异人崛起
13
辰东 著
继《完美世界》后
辰东又一东方幻想之作
后文明时代的全新历程/突破想象力的极限之作
逃离炼狱 脱胎换骨
进入浩瀚星海 营救受难恩人
世间的枷锁被打开
全新的世界就此揭开神秘一角
异人崛起
13
辰东
逃离炼狱揭开宇宙真相
隐瞒身份暗中夺取机缘
脱胎换骨进入浩瀚星海
九幽禁地营救受难恩人
神秘猛人 / 长刀所向 / 遨游域外
继《完美世界》后辰东又一东方幻想之作
定价：32.00元/册
《异人崛起》第1~13册
全国火热销售中

完美世界21

PERFECT WORLD

Oriental Fantasy

辰东◇著

山东画报出版社

图书在版编目（C I P）数据

完美世界. 21/ 辰东著. -- 济南：山东画报出版社, 2019.7（2023.1重印）
ISBN 978-7-5474-3145-0

Ⅰ. ①完… Ⅱ. ①辰… Ⅲ. ①长篇小说－中国－当代
Ⅳ. ①I247.5

中国版本图书馆CIP数据核字(2019)第073996号

WANMEI SHIJIE 21

完美世界21

辰东 著

责任编辑 郑丽慧
装帧设计 曹希予

主管单位 山东出版传媒股份有限公司
出版发行 山东画报出版社
社　址 济南市市中区舜耕路517号 邮编 250003
电　话 总编室（0531）82098472
市场部（0531）82098479 82098476（传真）
网　址 http://www.hbcbs.com.cn
电子信箱 hbcb@sdpress.com.cn
印　刷 湖南天闻新华印务有限公司
规　格 169毫米×233毫米 1/16
20印张 300千字
版　次 2019年7月第1版
印　次 2023年1月第3次印刷
书　号 ISBN 978-7-5474-3145-0
定　价 34.80元

CONTENTS

目录

第989章 归途

石昊离开英灵长眠地，来到山门外，看到一群年轻人正聚集在此。

“荒回来了，时间还充裕，难道说他得到了辟邪神竹？”仙院的一个年轻人神色复杂，低语道。

其他人闻言，心中颇不甘心。他们费心费力，好不容易才来到山门外，荒却一路顺畅，此时就要离开了。

“荒兄，可有收获？”圣院的一个年轻人面带笑容，询问石昊。

石昊瞥了圣院的那个年轻人一眼，淡淡地说道：“略有所获。”

“该不会真的寻到辟邪神竹了吧？”邀月公主眼波流转，看向石昊。

石昊笑而不语，没有回应，看到这番情景，众人面露异色，心里很不平衡。

“你该不会真的发现了辟邪神竹，并拿到手了吧？”仙院的那个年轻人也提出了疑问。

石昊没有回答，转身离去，这些他没有必要告诉他们。

“站住！”被无视后，仙院的那个年轻人有些愤怒，呵斥了一声。

石昊仍不理会，继续向前走，眼看就要走出山门了。

“哧！”

仙院的那个年轻人一抬手，掌心射出一道剑气，剑气分为五色，散发出金、木、水、火、土的气息。

不过，五色剑气并没有直指石昊，而是落在了石昊旁边的一块巨石上，巨石先是被劈成两截，而后化成了粉末。

剑气如虹，似乎可以撕裂苍穹。

“你什么意思？”石昊转过身来，看向仙院的那个年轻人。

一群年轻人心头一震，荒自从击败宇无敌后，就有了天神境第一人的架势，有几人敢招惹他?

“荒兄，别误会，这位师兄性情过于耿直，刚才有些激动了。”仙院的另一个年轻人急忙解释道。

而刚刚那个呵斥石昊的仙院年轻人也醒悟过来，意识到自己太冲动了，眼前这个人并不好惹。

石昊分明能去仙圣两院，却因为两院长老不能提供优厚的待遇，所以选择留在天神书院。

对于这样一个不把仙圣两院放在眼里的人物，还真没几个人有胆量挑衅。

“嗖！”

石昊出手，一剑横空而过，快到不可思议，眨眼间便刺中了仙院的那个年轻人束发的金冠，只见一缕黑发飘落。

“你……”仙院的那个年轻人脸色发白，似乎想说什么。旁边的人拉住了他的手臂，示意他不要冲动。

“不要轻易用剑指着一个人，不然会让我误会你要对我动手。”石昊冷冷地说道，而后转身离去。

一群年轻人惊讶不已，荒依旧没有变，丝毫不把仙圣两院放在眼里，哪怕是仙圣两院长老的亲传弟子，他也要教训一番。

“知足吧，他没有对你真正出手就不错了。”旁边的人对仙院的那个年轻人说道。

仙院的那个年轻人脸色苍白，冷哼一声，敢怒不敢言。虽然他的三道仙气是由长辈耗费大量心力帮他修来的，但不管怎么说他也是一个拥有三道仙气的人，没想到今日竟被人这般侮辱。

“荒没有一枚完美的种子，我就不信他将来会有什么大成就！”仙院的那个年轻人冷笑道。

众所周知，荒需要一枚古种才配得上他的天纵之资，可是仙圣两院并没有给他准备古种。他如果不与种子融合，日后肯定得不到重视。

“荒再骄傲、再自负，也限于天神境，我会在更高的境界等着他，同为教主级人物，我看他还拿什么来炫耀！”仙院的那个年轻人冷冷地说道。

一群年轻人听到这番话，纷纷点头。别说阴阳种、世界树幼苗等种子，荒连一枚稍差一点的种子都拿不出，日后他若是想与融合了古种的人竞争，肯定会吃亏。

无论是小天王还是其他几人，都融合了古种，他们原本就傲视同级别的人，现在则真正做到了道心合一。

“荒没有投靠一个长生世家，也许将泯然众人矣。”王曦淡淡地说道。她也觉得荒的前路堪忧，修仙古法需要一枚宝贵的种子，没有种子就意味着已经失去了竞逐年轻一辈第一人的资格。

“说不定天神书院有一枚古种呢。”有人嘀咕道。

“从古至今，完美的种子极其稀少，几枚古种先后都被挖掘了出来，荒能去哪里找完美种子？可惜他的天资了。”邀月公主似乎觉得有些惋惜，这般说道。

现在，所有人都认为荒的前路是坎坷的，他的传奇之路将至此终结。

“就算荒得到了辟邪神竹也没有什么用，哪怕拥有天下第一的金身，也挡不住仙古法的攻击。只有真正融合了完美种子的人，才能道法无双，天下无敌。”仙院的一个年轻人朗声道。

“走了！”一群年轻人继续前进，准备寻找辟邪神竹等机缘。

在回天神书院的路上，石昊见到了一些故人。他发现曹雨生从抵抗英灵的状态中醒来后，就不断寻觅英灵，研究英灵的记忆。

“这就是黄泉果？”曹雨生问石昊。听石昊叙说吃下黄泉果的经历后，他受到了很大的震动。

曹雨生决定先将黄泉果收起，日后请教圣院的长老，或者带给他下界的师父看看，然后再服用。

这时，太阴玉兔蹦跳着来到石昊和曹雨生面前，一把将黄泉果抢了过去，两口就吃掉了。

“真是美味啊！”太阴玉兔感叹道。她瞪着红宝石般的大眼睛，一头银色的齐腰长发闪闪发光，如瓷娃娃般精致的脸上满是喜悦。

石昊和曹雨生根本来不及阻止，事情发生得太突然了。

不一会儿，诡异的事情发生了，太阴玉兔一动不动，陷入了神游的状态。

“元神和魂魄呢？怎么不见了？”曹雨生惊呼起来。

太阴玉兔体内的元神不见了，魂魄也消失了，只留下了一具肉身。她怀中的麒麟幼兽嗷嗷直叫，显然也被吓坏了。连元神都消失了，这意味着一个人已经殒身了。

“太奇怪了！”石昊神色严肃，这是他第一次观察别人服用黄泉果后的情况。

石昊隐约看到虚空被撕开了一角，好像有一片黑暗区域，但他不确定看到的是不是真实的景象。

“难道黄泉果真的能让一个人轮回？”石昊自言自语道。他和曹雨生守在太阴玉兔旁边，不敢离开半步，也不敢挪动太阴玉兔，怕发生什么意外。

就这样，一天一夜过去了，太阴玉兔如同石像一般，没有一点精气神，仿佛已经离开了人世。

终于，午时，太阴玉兔发生了变化。

一瞬间，黑暗笼罩了此地，太阴玉兔的肉身开始变得模糊，然后渐渐消失。石昊和曹雨生想阻止这一切，却没来得及，反倒被一股神秘的力量推到了一边。

“哪儿去了？”曹雨生大喊道。

很快，黑暗褪去，太阴玉兔重新出现了，她长长的睫毛抖动了一下，而后睁开了眼睛。

太阴玉兔仿佛丢失了魂魄一般，眼神飘忽不定。

“醒来。”石昊轻轻地呼唤，将太阴玉兔从迷茫的状态中拉出来，帮助她恢复神识。

“你经历了什么？看到了什么？”曹雨生问太阴玉兔。

太阴玉兔看着眼前的石昊和曹雨生，依旧有点蒙。她张了张嘴，大叫了一声，道：“吓死我了！一个破盘子，好像要送我往生。奇怪，我……怎么都不记得了？只有一点模糊的印象。”

石昊急忙拉起太阴玉兔的一只手，查看是否有轮回印记，结果发现她的手上空空如也。

“你看看身上是否多了一块印记。”石昊对太阴玉兔说道。

太阴玉兔掀起裙摆，发现洁白如玉的小腿上多了一道伤痕，像是烫伤，很模糊。

石昊觉得有些怪异，这道伤痕像是在故意抹去什么，以至于让他看不清是否有轮回印记。

“你到底经历了什么？”石昊表情复杂，出声询问太阴玉兔。

“好像是轮回，在轮回的路上，我看到了一口鼎，那口鼎由各种仙金混合铸造而成，闪耀着九色光芒，还有万物母气弥散。我看到了一些画面，好像是大战的场景，十分可怕，而且我还在鼎中看到了几道模糊的身影，那些身影似曾相识，我像是在哪里见到过，可一时又想不起来。”太阴玉兔一口气说了很多话。

石昊惊讶得张大了嘴，这一切太诡异了，小兔子的轮回和他的不太一样，她口中的那口鼎既不属于现在，也不属于过去！

这一纪元太诡异了，牵扯了太多东西，既有仙古以前的，也有后世的，掺杂了太多力量，这些力量让天地都变得纷乱了。

“用神识将你所看到的清晰地映照出来，让我看一看。”石昊对太阴玉兔说道。

第990章 瞩目

一口鼎，巨大无边，鼎内弥漫着混沌之气，异常深邃，像是一个浩瀚的宇宙。无数星辰在鼎中闪烁、转动，让这口鼎显得更加气势磅礴。

这是石昊通过太阴玉兔的神识看到的画面。

石昊曾经见过这口鼎，只不过在太阴玉兔的神识之中它展现出了本体，处在宇宙之中，像是可以吞下无边的星海一样。

每次见到这口鼎，石昊就会心神不宁，总觉得他和这口鼎之间会发生一些非同寻常的事。

“那个女子！”石昊惊呼出声。他突然发现鼎的后方有一个白衣女子，她正在结法印，欲将大鼎顺势推过来。

白衣女子戴着一个青铜面具，面具上有泪痕和血迹，很容易给人留下深刻的印象。

是她！石昊恍然大悟。

石昊曾和天神书院的众人前往仙家战场遗迹，进入一片奇异之地。在那里，他见到了一个万古前的高手，那个高手当时要攻击他，结果来自时间长河下游的一个女子出手阻止了那个高手。

那个女子正是大鼎后方的这个女子！

还有人！石昊看到了三道模糊的身影，心头一震。

那三道模糊的身影都是男子，其中一个男子站在一只大钟上，施展法术，让汹涌的浪涛涌入前方的鼎中。

是他们在操控这口鼎！

鼎上满是血迹，不知道经历了一场怎样激烈的战斗。这个女子和三个男子渡过时间长河，沿途遭遇诸多阻击，依旧勇往直前。

“轰！”

随着惊天动地的一声巨响，大鼎消失了，太阴玉兔也清醒了过来。

石昊在太阴玉兔的神识中不仅看到了三个男子，还看到了那个白衣女子，可是太阴玉兔没有看到白衣女子，这很奇怪。

这分明是太阴玉兔的神识捕捉到的画面，但是石昊看到的与太阴玉兔看到的不一样。

“这没有道理啊！”太阴玉兔皱着眉头说道。

“你再想一想还看到了什么，听到了什么。”石昊对太阴玉兔说道。这件事非同寻常，两人所见不一样，让人费解。

“我都忘记了。”太阴玉兔嘀咕道。她确实记不清了，她究竟经历了什么？只感觉好像大梦了一场。

“再想一想。”石昊严肃地说道。

“一些声音伴着一口大鼎传来，模糊而悠长，仿佛是从世界尽头传来的，好像是……”太阴玉兔努力回想，断断续续地说道，“一个声音像是在和我交谈，说有一个人会迈过众生的躯体，踏过诸天万界的残骸，独自穿过黑暗区域，化解万古的诡异与不祥。那是一个人的孤独旅程，一个人的战斗，它想知道那个人的所有……”

太阴玉兔说着说着哭了起来，道：“我本应该想起来才对，我当时分明听到了很重要的事，可是现在……居然一点印象都没有了。”

太阴玉兔越是想从记忆深处看到什么，就越是看不见，到最后脑海中一片空白，什么都没有了。

石昊尝试进入太阴玉兔的记忆，仔细研究那段经历，可是她的神识海一片迷蒙，被时光的力量阻隔了。

“算了。”石昊摇了摇头，叹了一口气，道，“颠倒乾坤，扰乱阴阳，那种记忆不能久留，我们是看不到的。”

“你们还要去仙丘吗？”石昊不再执着于记忆的问题，询问曹雨生和太阴玉兔。

“既然机缘都被你送出来了，我们还进去干什么？”曹雨生笑嘻嘻地说道。

石昊分了一些辟邪神竹的汁液给曹雨生和太阴玉兔，又给了曹雨生一枚黄泉果，之后便继续赶路了。途中石昊遇到了长弓衍等人，于是又送出了一些辟邪神竹的汁液。

“那个人是荒！”

“荒出来了！”

看到石昊离开仙丘秘境，来到大山之巅，许多人都议论起来。

此时，山顶那座悬空的金色古寺已经消失，战神烙印也都已经全部散开，不见了踪影。

“年轻人，你真的不考虑来我仙院吗？仙院才是你的造化之地啊！”仙院的一位长老语重心长地对石昊说道。

“没有完美的古种，我去仙院的意义不大。”石昊应道。

“那就来我圣院。”圣院的长老见状，赶紧拉拢石昊。

石昊笑了，这笑中既有苦涩，也有无奈。圣院的长老们早已做了决断，珍贵的精血早就分配好了，他去了又能如何？一切大机缘都没他的份了。仙圣两院培养的几位绝世奇才已经占用了所有资源，他去了也不会得到什么好处。

仙圣两院留下的最后机缘和造化只有两三个名额的数量，早就分配给长生世家培养的接班人了。

“几位前辈再见！”石昊向仙圣两院的长老们告辞后，便下山了。

“了不得啊！这座山有十万个台阶，威力可压制天神，他居然这么轻松就下去了，肉身该有多强啊！”圣院的一位长老感叹道。

仙圣两院的长老们认为他们年轻时远没有这么强大，无法与石昊相比。有些长老立马就后悔了，将这样一个年轻人丢在天神书院，任他自生自灭，这不是浪费人才吗？

“那几个决策者多半会后悔的。我有一种预感，这个荒的潜力比我们想象的要大，他可能比那几个重点培养的对象还厉害。”仙院的一位长老神情凝重，这般说道。

石昊上山花费了很长的时间，下山却如同风驰电掣般，转眼就到了山脚。可能是因为他接受了辟邪神竹汁液的洗涤，肉身变得更加强大，所以这山体的符文对他没什么影响了。

石昊离开这片区域，径直赶往天神书院。

山上，一群人纷纷议论起来。

“唉，可惜啊！别说最古老的那株辟邪神竹，就连普通的我们都没见到。”

“别这么说，此地只有几株辟邪神竹，生长时间最短的辟邪神竹都有数万年了，哪来普通一说？”

“荒真的拿到最古老的辟邪神竹的汁液了吗？真是不可想象，他也太厉害了吧！据说从古至今都没有几人看到过那株竹子。”

这群人觉得很遗憾，因为他们没有得到辟邪神竹的汁液，同时，他们心中还有嫉妒、羡慕以及敬佩等复杂的情绪。

“无妨，荒即便得到了最古老的辟邪神竹汁液又能如何？他在天神境无敌，不代表他在更高的境界也能所向披靡。想在下一个境界成为绝顶人物，必须借助古种进行突破，他有吗？”这时，有人发出了不同的声音。

“没错，日后荒不可能是天地间的主角，没有一枚古种，他是不会有所作为的。”旁人也跟着附和。

“嘿，下一个大境界见。我看荒是否还能打败诸多强者，如果不能，他还是老老实实的比较好，不然找他报仇的人会很多！”还有人的话语中尽显嘲讽之意。

许多人冷笑起来，石昊压得他们透不过气来，如今他们听到这些话觉得很是快慰。

石昊知道不少人都在等着看他的笑话，因为他没有寻到合适的古种，但他并不在意别人怎么想，实力才是最重要的。

几日后，石昊返回了天神书院。他抵达书院的第一件事就是去见大长老。

如今，天神书院安静了很多，因为较为出色的弟子都走了，或进入仙院，或进入圣院。

偌大的天神书院，无论走到哪里都是静悄悄的，颇为萧瑟。

“你做得很好。”大长老对石昊表示了肯定。

灵山下，大长老早已准备好几个药池，药池旁边还有几口大鼎，鼎内煮着神药，散发出浓浓的药香味。

“修炼的时间很难说清楚需要多久，最短需要几个月，最长也许需要十年以上。”大长老严肃地说道。

“我知道！”石昊点头道。他已经做好了一切准备，想要有所突破。

随后，石昊将辟邪神竹的汁液和黄泉果交给了大长老，熬炼肉身肯定少不了它们。

“外界很多人都在关注你的一举一动，想看你究竟能走到哪一步。”大长老对石昊说道。

这是事实，只要石昊一闭关，天神书院中的弟子肯定会将消息传出。石昊如今的风头之劲少有人可比，很多人都很想知道他在没有古种的情况下如何进行修炼，最终能获得怎样的成就。

不少人都在等着看笑话呢！

果然，石昊才开始准备闭关，关于他闭关的消息就传出去了，长生世家和仙圣两院的人在同一时间得到了消息。

“荒要闭关了，真想知道他是如何修炼的。”有人悄声道。

“荒在天神境是无敌的，下一步呢，他准备怎么走？”也有人对石昊的前路感到疑惑，这般说道。

“终于要开始了，这是荒没落的开始，还是他走向辉煌的前奏，让我们拭目以待！”有人抱着看好戏的态度，朗声道。

第991章 蜕变之路

石昊还没有真正闭关，就引得万众瞩目了。

“等你出关了，还敢那么嚣张吗？千万别掉队，不然到时候就等着尝被人瞬间打败的滋味吧。”

“荒，你没有古种，也没有宝血，你拿什么来竞争？我看你如何保持辉煌的战绩！”

“哈哈，终于等到这一天了。让我们以教主级别的身份相会吧，看看究竟谁能笑到最后，真的很期待啊！我都等不及了！”

许多敌视石昊的人都在等待他闭关的结果，议论纷纷。

修为在天神境的石昊像一座大山压在这些人的心上，他们希望在更高的境界实现力量的逆转。

很多人心想，也许到了那个时候，就不再是荒的天下了，他们就能光明正大地蔑视荒了。

实际上，也有不少人感到很疑惑，荒在没有古种的情况下为什么敢突破，就不怕毁了自己的前程吗？

“石昊，你究竟选择了怎样的路？希望你一切安好。”清漪自言自语道。

清漪有些担心，石昊突然就这样闭关了，连一枚古种都没有，他应该如何前行？

“石昊不会有事的，我总觉得他和我成天大睡的师父口中说的那个人很像。”曹雨生安慰清漪道。

外界人声鼎沸，天神书院中却是一派宁静的景象。

石昊将自身调整到目前所能达到的最佳状态，每一寸肌肤都晶莹发亮，身体四周环绕着瑞霞。

石昊元神中的旺盛生机化成一团银色的烈焰，烈焰从眉心蹿出，最后化成一个小人儿，飘浮在空中。

大长老相当惊讶，道：“你元神释放出的生机之火如此旺盛，马上可以再造一个元神了！”

这个时候，地上的几个药池泛起了涟漪，池里全是各种稀世神药与矿料，比如天神树的叶子、八珍麒、仙血星沙……

“先进第一个药池。”大长老对石昊说道。

石昊一进药池，身上的毛孔就张开了，滚烫的药液刺激得他全身都在战栗，让他忍不住想要大叫。

“是仙血星沙。”石昊感觉自己晕乎乎的，自语道。

这不是一般的药液，是星沙熔化后形成的，温度比沸腾的岩浆还要高。据说，仙血星沙十分罕见，是仙血洒落宇宙后，染红星辰碎块留下来的。随着时间的推移，被仙血染红的星辰碎块化成了晶莹剔透的沙粒。

这些沙粒是被大长老以一口青色的大鼎熔化的，如今成了石昊的药液，如果是寻常人，肯定承受不住这种药液的高温。

晶莹剔透的沙粒熔化后，成了赤红色的液体，发出耀眼的光芒，如同真仙的血液一般。

“看来传言是真的，此沙的确是以仙血浸染而成。”大长老自言自语道。

石昊眉头紧皱，这种滋味真不好受，简直就是活受罪！

不过，石昊的体魄很强健，连一根头发都没有被熔化，体表光芒闪烁，一直在吸收仙血星沙的精华。

“如果是真正的仙血，你肯定早就受不了了，还好这仙血经过星沙提炼，又历经了无穷岁月的滋养，削减了煞气，只留下一点精华，如此才能为你所用。”大长老感叹道。

奇怪的是，这么高温度的仙血星沙落入药池并没有毁掉其他药物，反而与之交融，使药液的味道更浓了。

石昊觉得不是温度过高让他感到疼痛，而是仙血残留的那一点精华在攻击他的肌体。

就这样，石昊忍着剧痛，在第一个药池中坚持修炼。

到最后，大长老居然直接取来了一把大刀。石昊的脸色瞬间白得像纸一样，大长老是何等功力，一刀下来岂不是会让他形神俱灭？

“放心，我会控制好力道，你赶紧催动锤骨法。”大长老对石昊说道。

“当！”

伴着一声巨响，大长老一刀劈下，如同流星划过天际般绚烂，精确地击中了石昊的骨骼。

这种对力道的控制和对技巧的把握，令石昊惊叹不已。

石昊闷哼一声，疼得龇牙咧嘴，他不知道自己有多少根骨头被劈开了，在辟邪神竹那里的痛苦经历又重现了。

“我在检验你的成果，看一看你在仙丘的收获如何，助你力求完美！”大长老朗声道。

石昊心想，能不完美吗？连天神树的枝叶、八珍麒、仙血星沙等都用上了，以这样的东西熬炼肉身，想不强大都不行。

起初石昊还能扛得住，一声不吭，可随着大长老以刀气斩他骨骼，断他筋脉，他还是忍不住大喊起来。

这样的磨炼持续了十日之久。

之后，大长老让石昊盘坐在一口鼎中，不断向鼎内洒下辟邪神竹的汁液。经过一天一夜的熬炼后，石昊的体魄比之前更强了！

“进第二个药池。”大长老指向第二个白雾蒸腾的池子。

石昊才刚进第二个药池，汗毛就“嗖嗖”地竖立起来。

这个药池里不仅泡着多种药物，还泡有各种虫子，这些虫子都是有剧毒的洪荒异种！

药液虽看起来灿烂夺目，色彩斑斓，但闻起来腥味扑鼻，石昊一阵心悸，甚至忍不住想呕吐。

药池旁边的一口鼎中的液体已经烧沸，里面装的都是珍稀的虫子，汁液不断溅起。

石昊感到头皮一阵发麻，默默地坐在药池里，装作什么都看不见。

“哗”的一声，大长老将大鼎中的液体和虫子倒下，全部淋在了石昊身上，落入第二个药池之中。

“活的！”石昊惊呼出声。他感觉到了，从大鼎倒下来的虫子没有一只是死的，那些虫子爬到他身上，开始啃咬他的肌体。

白蝎子的尾巴纷纷刺向石昊的肌肤，锋利得吓人，似乎比神兵利器还要坚硬。

大长老对石昊说道：“别反抗，让它们刺进去。这可是白玉蝎，十分罕见，是血统高贵的稀有生灵！”

石昊只好听从大长老的命令，任这些蝎子刺入他的肌体。

“啊——”

石昊忍不住惨叫起来。

白玉蝎子覆盖了石昊全身，也不知道有多少根蝎子尾巴刺穿了石昊的肌肤。

难以忍受的疼痛感向石昊袭来，他觉得自己快撑不住了。

过了一段时间后，白玉蝎由白色变为赤色，毒血重返石昊体内，他忍不住叫出了声。

“啊——”

被这种剧毒之虫洞穿躯体，简直生不如死！

石昊将锤骨法施展出来，体内的骨骼跟炒豆子似的“噼里啪啦”响个不停。锤骨法在帮石昊造血，锤炼筋脉，连颅骨也不例外。

终于，一天一夜过后，这种折磨结束了，所有的白玉蝎都死了。

紧接着，密密麻麻的蜈蚣出现了，它们通体金黄，从大鼎中倾泻而下，全部落在了石昊的身上。

石昊觉得肌肤发寒，剧痛再次袭来。

“大长老，真的有必要这样熬炼肉身吗？”石昊有点忍不住了，问道。

“当然有必要，熬炼筋骨需要经历各种磨难，未来不需要温室里的花朵，现实会比修炼残酷一万倍。”大长老严肃地说道。

就这样，石昊被十种毒虫折磨了整整十天十夜，最后他以神药汁液浸泡身体，才恢复过来。

虽然过程很痛苦，但是效果极佳。

这十种毒虫本就是天地间的奇物，也是熬炼肉身的最高等级的材料，现在配合各种神药一起使用，果然起到了显著的作用。

“大长老，我什么时候可以走上以身为种的道路？”石昊问道。他觉得自己已经做好了充分的准备，随时可以蜕变了。

“你已经在途中了，以身为种需要各方面都攀升到顶峰。你要先成为天神境的最强者，不然怎么有成功的希望？”大长老郑重地说道。

与此同时，在石昊闭关的这些时日里，外界发生了一些惊人的事。

“大消息！仙院的一位绝世奇才融合了一枚古种，完成了一次高层次的涅槃。这次涅槃被称为完美进化，没有丝毫瑕疵！”

“圣院也有人成功融合了天角蚁的力之极限血和凤凰的涅槃精血，并且将十洞天融合归一，在体内刻下了先天混沌杀阵，让生命层次从本质上得到了提升！”

一些惊人的消息传出，陆续有人突破天神境，达到更高的境界，实现了完美无缺的晋阶。

如今荒究竟怎样了？所有人都想知道。

不少人都对荒不看好，没有完美古种，他如何与那些融合了完美古种的奇才相比？

第992章 千锤百炼

一个月了，还是没有荒的消息。

两个月了，天神书院的那片区域仍然被法阵覆盖着，没有任何变化，也没有任何讯息传出。

外界，众人觉得荒凶多吉少，恐怕出不了关了。

“两个月过去了，荒还没有出关，真是磨叽！”

“仙院拥有古种的人都已经相继涅槃，从生死关中走出来了。荒没有一枚完美的种子，还在苦苦坚持，说出去真是可笑！”

不少人都认为荒这次的闭关算是失败了，没有与自身天赋相契合的古种，便没有改变命运的机会，荒拿什么来突破？

以荒的资质，他日后成为一位教主应该毫无问题，但是众人知道他不会甘心。早有消息传出，他一直在修炼，要一举成为绝顶人物。

可这太不现实了！修仙古法，荒没有古种；修今世法，荒没有得到圣院的倾力支持。

三个月了，荒还是没有动静。

天神书院深处，大长老居所周围的蒿草在灵气的滋养下疯长，都有一人多高了。这里无人打理，大长老吩咐过，任何人不得靠近此处，以免惊扰正在闭关的石昊。

“荒真的能实现惊人的突破吗？”

“肯定比一般人强，不过他没有适合自身的种子，若是和那些融合了古种的人争雄，应该没有什么优势。”

“可惜啊！荒没有得到仙圣两院的重视，必定要没落了。他虽然将来会比我们强很多，远胜一般的奇才，但是无法与仙圣两院的奇才匹敌。”

一些留在天神书院的弟子对石昊不再看好，认为他缺少仙圣两院的帮助，前途一片渺茫。

天神书院的人尚且如此，就更不要说其他人了，一些曾经与石昊敌对的人都在等着看他的笑话。

无论众人如何猜测、讥笑、嘲讽，石昊始终在闭关。

灵山脚下，石昊不知道换了多少个药池，受尽百般折磨，修炼之路无穷无尽。他不仅要用药液熬炼身体，还要忍着剧痛修炼锤骨法。

按照大长老所说，石昊这一代人看似经历了很多，其实遭受的磨难还远远不够。

真正的动乱来临之时，世人将会被伤病困扰，如果没有百炼成刚的体魄，就会被轻易打败。

这样修炼的目的是让石昊拥有一具不灭的肉身，达到无坚不摧的境界。

“要走以身为种的道路，没有完美的肉身是不行的，否则在修炼途中会很容易失败。”大长老解释道。

这段时间以来，石昊虽经历了重重磨难，精神近乎崩溃，但他咬牙坚持，没有诉苦，也没有放弃。

因为大长老说，现在受苦是为了不久后完美的新生。

到第三个月时，石昊已经从熬炼肉身过渡到了锤炼精神，显而易见，后者比前者更加危险。

在此过程中，大长老使用各种手段刺激石昊的精神和元神，不断激发他的潜力。

“第二元神！”石昊大吼一声。

大长老对石昊抱有很大的期待，让石昊培养第二元神是因为他的精神力早已远超同境界的人。

银色的生机之火熊熊燃烧着，石昊的第二元神不断成长，到了最后，他的第二元神已经变得和第一元神一模一样了，只是略小一些。

“这……”大长老暗自吃惊。他本只是想让石昊尝试一下而已，没想到真的成功了。

石昊突然有一种奇怪的感觉，两个自己，一心多用，就像是一种奇异的新生。这样的话，他是否可以在同一时间做多件事呢？

然而，大长老的一番话让石昊打消了这个念头。

“大道至简，唯精唯一。身外化身、傀儡元神、第二法体以及第三无量身等都是弯路，到最后都是走不通的，只有保留本源的自己才是唯一的路。”

所谓大道至简不是说说而已，第二法体、身外化身等都只是修炼的手段，不是可以一直走下去的路。

“我们生于天地之间，自身原本就是一片天地，或者说是一个宇宙的雏形。我们要做的就是不断进化，达到登峰造极的境界，然后塑造真我。”大长老补充道。

不久后，石昊的第二元神成为养料，壮大了主元神。

从第一元神分化出第二元神，到两个元神并存、归一，这需要修炼者百般锤炼。

这不是结束，是开始！

“锻神法来自仙院，仙院的奇才肯定也会进行这样的蜕变，所以你要尽可能做到更好。”大长老对石昊说道。

最后，大长老不再局限于仙院的秘术，传授给了石昊一些更为奇特的仙古法。他让石昊将元神铸成兵器，这样做虽然很危险，但是能够磨炼意志。

失败的话，石昊就会成为一具没有意识的肉身；成功的话，石昊的精气神就会变得更加强大。

起初，石昊的主元神还在，他手持以元神力铸成的兵器，气势惊人。后来，石昊的主元神化为了利剑、战矛，甚至是一把坚不可摧的天刀。

石昊忍不住问大长老：“这不是平乱诀吗？”

平乱诀便是将元神化作剑胎，所过之处，地动山摇，星辰崩裂，什么都挡不住它的威力。

“只是残诀而已，用它锤炼元神还行，拿来攻击远远不够。平乱诀向来单传，想要得到完整的平乱诀太难了。”大长老解释道。

石昊的元神经过不断的磨砺后，变得越发强大了。

大长老取出一件兵器，它如烙铁般火红，共有十八截。这是一件灵魂兵器，是为毁灭元神而造的。

“你的肉身正在向不灭之身转化，可以抵抗神兵利器，要是元神能够抵抗魂器就更好了。”

大长老告诉石昊，异域有十分恐怖的魂器，当年这一界在仙古纪元末期之所以大败，就是因为异域的大军使用了魂器，让这一界遭受了巨大的打击。石昊闻言，先是沉默，而后让大长老用魂器不断攻击他的元神。

“看来平乱诀远比想象的珍贵，我不仅要达到肉身不灭的境界，还要修炼到元神不灭的那一步，才会不惧任何攻击。”石昊坚定地说道。

四个月过去了，石昊依旧没有出关。

五个月过去了，天神书院还是很平静。

半年过去了，外界的人纷纷摇头，一个没有希望的人闭关这么久，能有什么惊喜？

“仙院有四人出关，圣院最强的几人也现身了，皆功成行满。荒还是不见踪影，架子未免也太大了吧，哈哈——”有人大笑道。

“那几位年轻至尊拥有完美的古种都没有花费这么长的时间，而荒却如此‘矜持’，迟迟不肯露面，还真是腼腆可爱，嘿嘿！”一些人毫不掩饰地讽刺石昊，等着看他出丑。

第993章 风云动九天

六个月的修炼让石昊的肉身和元神都强大了不少，这已经可以称得上是针对教主的训练了。

与平日里的和蔼截然不同，大长老无比严苛，只要石昊有一点没达到标准，就会要求他从头再来。

“嗖！”

幽蓝的魂器带着恐怖的气势攻击石昊的元神，若是有外人在这里，一定会脸色大变，这种攻势能轻而易举地打败天神。

一杆蓝色战矛飞出，发出耀眼的光芒，一般的天神怎能抵挡？连教主级的人物遇到这种情况恐怕都会慌神。

就在这时，石昊的眉心前，一个拳头大的小人儿冲天而起，主动迎向蓝色战矛。小人儿身上弥漫着朦胧的仙雾，透出点点光芒。

小人儿在侧身的刹那结拳印，拳印撞在蓝色战矛的矛杆上，“当”的一声，火光冲霄，无比刺目。

这一击可谓是惊天动地，这个拳头大的小人儿居然在徒手与蓝色战矛搏斗！

石昊很快就要出关了，这是大长老对他的能力的最终考验。

“嗡”的一声，蓝色战矛颤动了几下，瞬间被拳印击飞了。

“不错！”大长老赞叹道。

如果换作是其他人，别说击飞蓝色战矛，就连稍微触碰它一下，可能都做不到。

“去！”大长老断喝一声。一把紫色的长刀发出璀璨的光芒，横穿长空，劈开天地。

石昊的元神刹那间化成一柄神剑，神剑虽没有光泽，但坚硬无比，直接迎上了那把紫色的长刀。

此时，连大长老都一阵紧张，这太冒险了，一不小心，石昊就会元神碎裂而亡！

“当！”

剑与刀撞在一起，火星四溅，一声清脆的撞击声响起。

“好，很好，非常好！”一向稳重的大长老连说了三个“好”字，喜形于色。这么多时日的刻苦修炼，终于看到了显著的成果。

“嗖！”

紫色的长刀破空离去，这场考验结束了。

那柄神剑重新化成了一个拳头大的小人儿，坚固得惊人，连魂器都没有将它打败。

强大到这种程度的元神，实在是世间罕见！

“唰”的一声，石昊的元神回到了肉身。石昊对于没有得到完整的平乱诀感到有些遗憾，残诀只能用来锤炼元神，无法展开攻击。

石昊堪称人形神兵利器，如今他的肉身可以直接击碎天神级法器，甚至能抵抗教主级宝具。

此时，石昊的额骨发出耀眼的光芒，这是精气神饱满的体现。他的元神之力早已超越了一般的天神境高手。

“你是我有生以来见到的最强大的天神境人物！”大长老赞叹道。

大长老的心情有些复杂，有欣慰，有开心，也有失落，还有些许酸苦。他终于培养出了一个理想中的弟子，他的弟子达到了天神境的最高峰，确切地说，是超越了天神境。

与此同时，大长老想到了过去的自己，同样是走以身为种的道路，可是他失败了。

成与不成，就看最后一步了！

“谢大长老成全！”这是石昊发自内心的感谢。大长老为他付出了不少心血，不仅不计代价地集齐各种神虫、仙药，还耗费这么长的时间帮助他修炼肉身和元神。

“如今你已经超越了当年的我，成功的希望会更大。”大长老喜笑颜开，继续说道，“而且你有一枚奇异的种子，它相当于一个天地胎盘，你若与它融为一体，成功的概率会大大增加。”

石昊其他的都已经准备好了，就差这最后一步了，可是他应该如何进入这枚奇异的种子之中，成为被孕育的仙胎呢？

这枚种子被雾霭笼罩着，散发出原始的气息，传出诸天万道的和鸣。

当年，在火州附近，石昊在天人族的矿洞中收获了这枚奇异的种子。

这枚种子忽大忽小，没有定形，一直无法被利用，直到今日才焕发出其应有的光彩。

“以身为种，一定要成功！”大长老对石昊说道。

石昊是大长老唯一精心培养的弟子，大长老当年在以身为种的路上失败了，所以如今把所有希望都寄托在了石昊身上。

大长老满是期待，眼中闪烁着梦幻般的光彩，对石昊说道：“我们没有古种，无法进行完美的融合，那就以身为种，再造一片天地！”

“好！”石昊郑重地点了点头。

“接下来，就是你如何进入这枚种子的问题了。你只管验证我传授给你的路与法，其他的不要管。”大长老这般说道。

随后，大长老为石昊的大罗剑胎注入神力，大罗剑胎发出刺目的光芒，刹那间照亮了天地。

大长老猛力挥剑，石昊指尖的一滴血随即落下，那枚忽大忽小的种子也裂开了。一时间，光芒四射，响声不绝，如同诸天神魔在诵经。

石昊没有一点犹豫，纵身跃入种子之中。可是，又一个难题出现了，他应该如何封闭这个天地胎盘呢?

“这是我从补天道求来的补天药，可以使天地胎盘愈合。”大长老对石昊说道。

石昊闻言，不由得大吃了一惊。

下界有补天阁，三千道州有补天教，而九天之上则有补天道。九天上有传说，补天道内有长生药，长生药既可以补天，也可以滋养万物。现在，大长老求来的补天药就是其中的一种。

石昊看到晶莹的汁液一落下，被切开的种子瞬间就复原了，不留一点痕迹。

“接下来，我要去造化地‘埋种’，静候你出关。”大长老叮嘱石昊。

之后，石昊就什么都听不见了，他将进行深层次的修炼，实现生命的升华。成败在此一举!

八个月过去了，石昊依旧不见踪影。

九个月过去了，石昊仿佛消失了。

……

一年过去了，天神书院大长老的栖居地野草丛生，藤蔓密布。

“十冠王耗时十二个月，成功融合世界树幼苗，圆满晋阶。他出关之日，一株巨树突然撑开苍穹，耸入天外，异象惊人。”

这一日，消息传来，震动天下。

十冠王闭关一年，如今终于有了动静，实现了完美的晋阶。他出关之时，出现了各种异象，地涌神泉，天降甘露，虚空中生出一朵又一朵大道金莲。

世界树幼苗是何等宝贵的东西，连真仙见到它都要倒吸一口凉气，而十冠王居然将它融入了体内！

数日后，风云再起。

紫气东来，仙院内皆弥漫着紫气。

“天啊！这景象也太惊人了，是谁出关了？”

“我知道了，这是传说中的古种——鸿蒙紫气种，它曾经在仙古纪元大放光彩，号称无敌古种，这一纪元居然又出现了！”

众人知道仙院中有人成功融合了鸿蒙紫气种，如今那个人出关了！

又一位绝世奇才出现了！

相传，能够成功融合鸿蒙紫气种的人注定拥有横扫九天十地的能力，一生难寻对手。

大时代来临了！

第994章 春天将种子埋在土里

大时代来临了，尽管这一纪元已经到了晚期，甚至可以说是末世，但是也到了最辉煌的时期。

世界树幼苗与年轻至尊融合，那是何等令人震惊的事件？鸿蒙紫气种也出现了，它是至尊神威的代表。

这一日，九天上的各大家族惊诧万分，真正意义上的年轻至尊先后在乱世中出现了。

“居然有如此完美的古种！要知道，即便在有真仙的年代，鸿蒙紫气种也是无比珍贵的种子啊！”有人感叹道。

不少人觉得这只是一个开始，以后还会出现更多厉害的年轻至尊，也许上一纪元的顶级古种将在这一纪元陆续亮相。

“完美古种接连出现，谁是天下第一，什么是真正的无敌古种，将在这一纪元见分晓。仙古纪元有些种子还未成熟便凋零了，我想今世它们定能大放异彩！”有人推测道。

一方面，众人无比期待年轻至尊之间发生碰撞；另一方面，众人又不希望这一界的奇才们自相残杀，只想让他们以抵抗异域的形式一较高下。

“我愿看到一位又一位年轻至尊崛起，彼此碰撞出最绚烂的火花，在危难来临时一致对外。”一名老者说出了所有人的心声。

不少人都希望看到一个辉煌的时代，没有人愿意看到一个没有生机的世界，或者是一个寂灭而冷清的残破乾坤。

这一界在仙古纪元末期的大战中败得很惨，完整的世界被打成了九片苍天和十块古地，如今这一界的众人希望能够一雪前耻。

谁是霸主？谁是天下第一？哪枚古种最强？马上就要见分晓了！

崇尚强大是人的本能和天性，不少名宿和老古董都想知道究竟哪枚种子才能称得上无敌古种。

在外界喧嚣之际，天神书院依旧是静悄悄的。

事实上，石昊已经不在天神书院了，大长老早就带着他悄悄地离开了。

“春天把种子埋在土里，秋天来收割。”大长老自言自语道。他将包裹着石昊的种子埋在土壤深处，之后便没管了。

浓郁的土气缠绕在一起，没有什么刺鼻的味道，因为土气是由天地精粹化成的。

这里不属于无量天，是九天中的另一片区域，名为清微天。

大长老将石昊和种子埋在地下，是为了让石昊和种子接受先天精气的滋养，成长得更加茁壮。

在生长的过程中，这枚奇异的种子不时发出声音，与日月山河完美地融为一体。

在修士耳中，这枚种子发出的声音既像是仙道之音，也像是从天外传来的古老的诵经声。

这就是这枚种子的珍贵之处，它相当于一个天地胎盘，是天地的产物，可以与乾坤融合。

这一界的各种法则都糅合在种子之中。

无数法则和秩序缠绕在这枚种子上，有形的和无形的混合在一起，结成了一个茧，这就是种子的外皮。

尤其是当种子被埋在这种土气浓郁之地，即所谓的本源地后，效果就更明显了。

这使得种子和乾坤更亲近，彼此更加容易交融。

当年齐道临告诉石昊可以借助这枚种子修仙气，只是那时石昊没有将种子利用起来。

此时，石昊被各种法则包裹着，看到了这片天地的本质，明白了最朴素的道理。他如同干旱的沙漠贪婪地吸收着雨露一般，领悟着这一切，并加入了自己独特的思考。

领悟大道，这就是突破天神境要做的事。

一枚完美的古种蕴含着这个世界无穷无尽的气息，如果刹那间与人合为一体，那么人就会看到世界的诸多本质，悟到事物的真谛。

因此，人人都在寻找一枚完美的古种，以领悟天地至理。

完美的古种不同于一般的古种，一旦与肉身融合，就是永久地合二为一，不像其他古种，肉身与之融合后得到的是刹那的领悟。

永久合一意味着此生有很多次机会通过古种与天地融为一体，在修行的路上不断进步。

拥有一枚完美的古种，便等于掌握了自己的命运，这是上一纪元的至理名言。

石昊由于没有这样的古种，因此要另辟蹊径。此时，他被法则包裹着，看清了很多本质性的东西。

“以身为种，我不融合外界的种子，而是以自身贯通这片天地，领悟所有奥义。”石昊自语道。

按照以身为种的理论，肉身蕴藏着天地间的基本道理，修炼者可以通过观察大宇宙激活人体内部的大道。

人若是想融合一枚完美的古种，无论如何都要依靠大宇宙，因为人是宇宙的一部分。以身为种则是将自己与大宇宙并列，将自身也视为一界，然后再透视大宇宙，进而激活自身。

以身为种发展的是自身，最后达到的境界是不假外物，不从大宇宙中获取所需。如此一来，人的体内便可源源不断地释放能量。

以身为种这条路到了最后，将不以体形的大小论能力，虽然人体和星域相比微不足道，但是人一样能撕裂宇宙。

大长老的话犹在石昊耳边回荡，带着失落和遗憾：“上一纪元我们之所以败了，就是因为那些融合了完美古种的强者在这一界实力强大，进入异域后却有些不适应，导致我方逐渐……”

起初，虽然这一界的强者不敌异域的强者，但是双方实力并不悬殊。后来，异域的强者开启界门，释放了异域的本源气息，两界气息交融，这一界的强者就不适应了。

这一界的强者习惯了与原有天地的气息融合，当天地的气息发生变化后，能力便受到了影响。

“虽然那种情况是能克服的，但是可以看出，拥有一枚完美的古种并不是万无一失的。”石昊细细回味着大长老说过的话，思绪万千。

观诸天法则，看乾坤本质，领悟真我，开启体内一扇又一扇仙门，这是石昊要做的事。

只是，这条看似可行的路其实隐藏着极大的危险。

没有融合完美的古种就窥探天地的本源奥义是一种禁忌，很有可能会遭到天罚。

完美的古种是天地留给世间生灵的机缘，与完美古种融合的修行方法是被天地认可的，其目的在于让人们看清世界的诸多本质，而像石昊这样潜藏于一枚种子之中，则是盗取天机的行为。

刚开始走以身为种这条路，石昊就遇到了危机。

身在奇异的种子之中，石昊感到有一股神秘的力量控制了天地间的各种法则，那股力量似乎准备向他出手。

“这是什么？”石昊惊疑不定，觉得情况极其危险。

这枚奇异的种子可大可小，最大时也不过一丈来长，它的内部异常空旷，供数十人甚至上百人盘坐都没问题。

仙雾弥漫，种子内的圣洁气息很浓，各种天地秩序在此交织。

在三千道州的时候，齐道临认为这枚种子孕育着没有成形的仙金，计划让石昊借它涅槃，顺便打造一件强大的兵器；在九天上时，大长老认为这枚种子内应该有其他正在孕育的仙道物质；石昊进入种子后却发现，种子内有一个活着的强大生灵！

“那是……”石昊有些不敢确定那个生灵的身份。

一道仙光闪过后，石昊见到了种子里面的生灵——一个长发披肩的女子。这个女子美若天仙，盘坐在种子的中间，倏地睁开了眸子。

第995章 下一纪元见

石昊震惊不已，无论如何也没有想到种子孕育着一个活着的生灵。

灵气散开，女子的身影愈加清晰，她从雾霭中显现出了真身。

这个女子与石昊见过的所有女子都不同，目光犀利，少了一些温柔，让人不敢与之对视。两弯远黛又细又长，几乎没入鬓发之中，气质独特，额头饱满，小小的鼻子很挺，贝齿如玉。

虽然女子盘坐着，但石昊还是看得出来她身材很高挑，站起来的话可能比一般的男子还要高出半个头。

此时，这个女子起了身，身体周围弥漫着混沌之气。这种朦胧的美很惊人，充满了魅力。

石昊虽然见过很多出色的女子，但是此时也忍不住在心里感叹，这个女子美得太不真实了！

“你这个人当诛！”女子传出了神识。

这个女子未诞生在外界，不懂得九天十地的语言，却能完整地表达自己的意思。

意识到这一点，石昊的内心更加不平静了。他到底做了什么？进入一枚种子之中，发现了一个活着的生灵，这实在是太不可思议了！虽然他听到过类似的传闻，但毕竟都是传说，没有几个人真正见过仙胎。如今，他竟真的撞见了一个天地孕育而出的仙胎！

不过，石昊贸然闯入孕育这个女子的天地胎盘内，这种行为相当于抢夺她的地盘，她肯定会产生不满。

“对不起。”石昊诚恳地向女子道歉。他对女子的行为表示谅解，如果有人扰乱他成仙的进程，他肯定会更加愤怒。

“你当说了这三个字就没事了吗？”女子的声音如同天籁般动听。

石昊当即愣住了，这次女子没有传出神识，而是直接说了九天十地的通用语言。

“在你进来的刹那，我感应到了天地间的气息，便学会了你的语言。”女子冷冷地说道。

“我不知道你在里面闭关，我以为这只是一枚奇异的种子。”石昊解释道。

不过，尽管石昊觉得对不住这女子，他也不会等着对方先动手。

“你还要对我出手？”女子微微挑起眉毛，眼中射出耀眼的光芒。

“我不会坐以待毙。”石昊应道。他猜想女子的修为比自己高，不过究竟高多少，不好推测。

天地孕育而出的生灵，破土而出的仙胎，每一个都强大得不可想象，必定会成仙。为何世人称呼他们为仙胎？因为他们只要出世，一般过不了多久就会直接成仙。

曾有人说仙胎是上苍的子嗣，只是在凡间走上一遭而已，他们不仅起点高于他人，成就也大过他人。

这种仙胎十分罕见，从古至今也没有几个。

一旦仙胎出世，风云变幻，天地动荡。不过，仙胎的孕育过程比较缓慢，通常是数百万年，甚至更长。

曾有人记述，在仙古纪元，一个孕育了千万年的仙胎刚一出世就成仙了。

仙胎有一个弱点——如果在孕育的过程中被人干扰，就会止步不前，甚至失去进入仙道的机会。

“哧！”

突然，女子抬手结了一道法印，虚空瞬间就扭曲了。

石昊大惊失色，这个女子太可怕了，其功力应该与三院长老不相上下。

随后，女子小心翼翼地散去了法印，似乎是怕破坏了这枚种子。

石昊心想，难道这个女子已经闭关完毕，快出世了？那她的真实修为到底有多高？

“哧！”

女子的双眸射出一道光芒，引得虚空一阵晃动。刹那间，时间好像都停止了。

这景象太可怕了，一瞬间而已，仿佛过了千万年那么久。

石昊觉得即便他反抗也没有意义，除非大长老此时在场，不然一点胜利的希望都没有。

可是大长老根本不知道种子里面的情况，这枚奇异的种子隔绝了一切，外面的人无法看到里面的情况。

很快，所有法则都消失了，女子双眸中的光芒也不见了。

“你是怎么让这枚种子复原的？”女子问石昊。

“用了从补天道求来的补天奇物，不知是一种长生药，还是一种奇石。”石昊答道。

“还有吗？”女子目光灼灼，盯着石昊问道。

“有。”石昊点头道。

“那好，我将天地胎盘借给你，让你在此修行。你出去之后，便用补天药封闭这枚种子，能做到吗？”女子没有威胁石昊，而是在和石昊商量。

石昊完全没有想到女子会以如此温和的态度和他谈条件，大吃了一惊。

“我能做到！”石昊爽快地答应了。

石昊相信只要用补天药重新封闭这枚种子，就不会有什么影响，种子就能完好如初。

“我观天地法则，隐约感应到会有一劫，没想到来得这么快。”女子自言自语道。她的周围交织着天地法则，弥漫着诸天万界的气息。

随后，女子扬起头，紫发飘舞，露出一张绝美的面孔。她看着虚空，浑身发光，眉心裂开，露出一只竖眼。

各种符文交织，将女子包裹起来，那是亘古不变的文字，是大道凝结而成的产物。刹那间，震耳欲聋的诵经声响起，在这片虚空中回荡。

时光碎片不断飞舞，一幕幕奇异的场景飞快流逝，如梦似幻。

石昊目瞪口呆，眼前这个女子在测算未来，眺望命运，这可以称得上是通天的本事了！

“我从你身上看到了血溅天穹、尸横遍野的画面。这一纪元危机不断，我若出世，很有可能会殒命在动乱之中。”女子对石昊说道。

石昊心头一震，道：“你若出世，必会成仙，即便这样也会殒命吗？”

“仙也躲不过这一劫，这应该是有史以来最黑暗的岁月。”女子沉声道。

这时，奇异的画面消失了，那些符文也不见了。

“这是天意，你借我的天地胎盘修行，到时候你替我应劫。”女子直言道。

“如果是这样，没问题。”石昊应道。

“这一纪元我不会出世，如果你还能活下来，下一纪元我们再见。”女子对石昊说道。

“好，下一纪元见！”石昊点头道。他一定会活下去，他还要改变很多人的命运呢。

女子退到一边，把最中间的位置让了出来，那里有一块平整的石板，石板似乎与虚空融为了一体。

石昊坐在石板上，发现石板不过三尺长，上面刻有各种各样的纹路，十分神秘。

诸天万道从四面八方涌向石昊，几乎快将他淹没了。与此同时，吟诵神秘经文的声音响起。

第996章 种子中悟道

石昊来到中间位置后，一切都变得不同了，经文如水波般荡漾。他在大道的海洋中遨游，领悟着无限的奥义。

在这里，石昊觉得自己像是一株干枯的植物得到了雨露的滋养，享受了阳光的照耀，不断茁壮成长。

这正是石昊需要的东西，既是灵魂的养分，也是生命的升华，更是自我的超越。

修行就是让生命实现质的飞跃，与日月同辉，与天地同生，实现真正的不灭。这是很多人的梦想之路，也是修士的最终目标。

石昊在悟道时，并不是一味地沉迷其中，而是加入了自己独特的思考。他明白自己的路是与众不同的，要想超越前贤，就必须另辟蹊径。

显而易见，拥有一枚完美的种子，得到大天地的认可，与这片乾坤同在，并不是石昊的道途，因为他根本就没有完美的种子。他是迫不得已才踏上了以身为种这条路。

“轰隆隆！”

巨大的声音响起，秩序神链如同一道道气势恢宏的大瀑布从天外倾泻而来，这样壮阔的场面，让石昊一生都难以忘怀。

这是石昊蜕变的开始，他不再单纯地摹刻万道符文，而是将万道符文与体内世界对照研究，从而做到与大宇宙并驾齐驱，甚至超越大宇宙。

“一粒尘可填海，一株草斩尽日月星辰……”石昊喃喃自语道。这是他最深刻的理解，也是真正的领悟。

虽然人体同星辰比起来如同尘埃，同星系比起来微不足道，同大宇宙比起来更是什么都算不上，甚至可以忽略，但是任何个体都是完整的，每个人都有可供挖掘的体内宝藏，或者说每个人都拥有自己的仙门。

人如果想与大宇宙并列，就不能一味地模仿大宇宙，而是要创造自己的道与法，开启体内的仙门。

此时，石昊被无数秩序神链缠绕着，盘坐在石板上一动不动，如同一座不朽的丰碑。

秩序神链如同凤凰的尾羽一般，发出灿烂的神光，在虚空中延展。石昊轻轻地用手抚摸秩序神链，它们是柔和的、温驯的，一切都是因为石板。

石昊已经被石板当成了孕育的生灵，即某种意义上的仙胎。最本质的秩序毫无保留地展现在石昊面前，神秘的色彩全都消失了。

石昊的目光由平和逐渐变得炽热，到最后他目不转睛地看着天地间最本质的秩序。这不是无所不能的大神通，而是最基本的法则。正是因为秩序神链之间进行了多种组合，所以才形成了最繁复的奥义。

石昊心有所悟，秩序神链与《原始真解》有些相似，都是最本质的东西。

突然，石昊心中一惊，为什么他每一次都觉得悟透了《原始真解》，可是再回首又会有不同的理解？

刹那间，石昊的元神发出耀眼的光芒，上面印了《原始真解》化成的经文，看起来好像穿了甲胄一样。

紧接着，诸天法则和秩序神链与石昊的元神交融，而后向《原始真解》的符文冲去。

法则、元神以及《原始真解》三者之间不断碰撞、融合，到最后居然顺利地合为了一体。

“好！”石昊大呼一声，兴奋不已。这正是他需要的东西。

石昊早就想理解乾坤的原始奥义，弄清楚天地的本质了，如今《原始真解》与最基本的法则合为一体，让他看得更清晰了。

片刻后，印在石昊元神上的《原始真解》的经文变得灿烂无比，每一个字符都在发光。

石昊伸出手抚摸秩序神链，用心感应，尝试着分解它们，让它们化成本质的微粒。

他成功了！

一条又一条秩序神链在石昊手中化成了一颗又一颗金色粒子，如同缩小的太阳神星一般。

石昊不仅捕捉到了法则的因子，还对它进行了近距离的观察，从而接触到了这个大宇宙的本质。

不远处的角落里，那个女子一直注视着石昊，起初她还很淡定，最后忍不住面露诧异之色。她没有想到眼前这个普通的少年居然一开始就接触到了大宇宙的本质，起点太高了！

石昊虽然陶醉，但是没有迷失，他认真观察、研究法则的因子，并将秩序神链分解成一颗又一颗微小的粒子。

石昊尝试用神识控制这些粒子，重新对其进行组合，结果不慎让它们碰撞在了一起，顿时引得响声隆隆。

所幸石昊身下的石板发出光芒，繁复的纹路蔓延开来，阻止了灾难的发生。

这块石板得到了天地的庇护，能安抚万物。它既是天地胎盘的中心，也是天地的产物。

种子中的女子没有找石昊的麻烦，刚才的危机被石板解除了，这一切都太顺利了，同时也让石昊感到有些不安。

十冠王等人融合完美种子是被上苍认可的，不会有任何危险，而石昊现在的所作所为属于盗取天机，是不被大道所容的，必定会遭到天罚。此时之所以还算平静，是因为他暂时蒙蔽了真相，还没有被发现，一旦事情泄露，他就有大麻烦了！

就这样，时间不知不觉地流逝着。石昊盘坐在石板上，不是在悟道，就是在分解秩序神链。渐渐地，他遗忘了一切，一心在法则的海洋中思索着。

经文声不绝，法则的因子形成了光的海洋，石昊的元神也发出光芒，无比耀眼。

诵经的声音让诸天的法则因子跟着颤动起来，一颗又一颗粒子仿佛变大了，同时变得更加清晰，让石昊看了个透彻。

随后，石昊开始对法则的因子进行排列，令他没想到的是，法则的因子居然如星河般旋转起来，形成了星系，他的身体也不由自主地颤动起来。

“轰！”

随着惊天动地的一声巨响，恍惚间，石昊觉得体内有一些仙门出现了。他一遍又一遍地重组法则的因子，使其按照《原始真解》的符文排列。

随后，石昊施展柳神法，但不是像过去那样直接施展宝术，而是亲自组织法则，创造宝术。

石昊用最基本的东西构建出最繁复、强大的神通，这一过程让他了解了不少的奥义。接着，他将其他的道法、宝术等也如此处理，一遍又一遍地演绎着。

到了后来，这些发光的粒子居然进一步分解成了颗粒和弧光，即使用天眼都很难看清楚。

石昊一边观察这些颗粒和弧光，一边悟道。他沉浸在其中，如痴如醉。

“轰！”突然，一阵巨大的声响传来，一个金色锤子砸在了石昊身上。他当即口吐鲜血，险些晕过去，唯一值得庆幸的是没有飞出石板。

石昊一下子回过神来，这是怎么了？天地的惩罚开始了吗？不对，这个金色锤子是由法则所化，这是……大道的体现！

石昊低头望去，身下的石板幻化出一块盾牌，替他挡住了金色锤子大部分的攻击，不然他现在已经身受重伤了。

“我沉迷于分解秩序神链，钻研微小的金色粒子，忽略了大势，无视了对大道的至高理解。”石昊恍然大悟，自言自语道。

如果太过沉迷于一隅之地，就会忽略整片天空，事实上，宏大的道才是根本。

在这枚奇异的种子内，石昊不断汲取营养，收获道的果实。他在变强，在突破，这是影响他一生的涅槃之路！

第997章 体内之道

天地大道，宏阔无边。

大道没有具体的形态，也没有具体的体积，它是神秘的。

突然，一股巨大的力量袭向石昊，他觉得灵魂好像都要崩裂了，如果没有身下的石板护佑，他恐怕早就承受不住了。

石昊擦净嘴角的血，凝视虚空，细细体会那种壮阔，虽然看不到具体的大道，但光是那种气势就足以令他惊叹。

大势，大道！

石昊闭上眼睛，努力转移注意力，不再执着于秩序的基本组成部分，而是着手研究道。

道是一种抽象的东西，不像秩序神链有具体的构造。

要如何演绎、阐释道？这几乎是无解的。道千变万化，想要具体地模仿、复制它是不可能的。

所谓的悟道，其实是指领悟具体的小法则，而不是终极的大道。或者可以这么说，修士只是通过天地大道的一角悟通了道的一个片段，而非全面掌握了大道。

修士如果洞悉了大道，就可以长生不老，还能获得“上苍之子”的称号。

“所谓诸天万道，应该是说有无数种大道吧，可这样的话，怎么能将道参悟透彻？”石昊自言自语道。

远处，那个女子一头紫发随风飘扬，惊讶不已，一个少年居然要涉足如此高深的领域吗？

很快，石昊明白了，诸天万道只是一个名称而已，道就是道，为什么非要人为地对其进行分割呢？

修为在高境界的修士都知道，大道无形，没有定势，不可捉摸。可是，往往人们只要得到一点法则碎片，就觉得领悟了一种道，明白了一种理。因此，道也就有了人为的划分，什么三千大道、诸天万道、十大圣道以及五行大道等都是在这种情况下定义的。

无名天地之始，有名万物之母。

道无形无体，宏大且无处不在，无法被具体地描述出来。所谓的三千大道和诸天万道都是法则，还称不上大道，只是前人划分得比较细致而已。或许只有将所有的法则拼凑在一起，才有可能呈现出真正的大道。

“我也要先掌握成千上万的法则，然后才能拼凑出大道吗？”石昊自言自语道。他进入这枚奇异的种子就是为了与诸天法则接触，然后学习、参悟法则，进而接近真正唯一的道。

石昊伸出手，让秩序、法则等缠绕在指端，之后紧紧地盯着它们。如何通过秩序、法则拼凑出原始、唯一的道呢？

时间逐渐流逝，一天，两天，三天……

光阴碎片慢慢消散，在这里感觉不到岁月的流逝，石昊一动不动，像是寂灭了。

数日后，又或许是数十日后，石昊才回过神来。对于他来说，这只是过了一瞬间而已。

石昊想通过拼凑各种法则来展现大道的威力，却发现一切的努力都是徒劳，他展现出了一种强大的势，可那只是道的一部分。

“道可道，非常道。名可名，非常名。一切都不可捕捉，一切都属于天地自然，强取无用。”石昊叹了一口气，有些无奈。

如果只是想成为高手，石昊已经做到了，可是他想得到更多。研究三千大道是远远不够的，那只是前人揣摩到的道的部分本质。

“超越诸天万道，这很狂妄吗？或许吧，不过说一些豪言壮语也无妨。”石昊自言自语道。他知道只有超越所有法则，才算悟透了大道，不过这样做没有多大的意义。

“道！”石昊断喝一声。

石昊用手轻抚石板，心想，外在的追寻已经到了尽头，也许是时候从内在入手了。

“道无形，没有定势，天地万物都在道的笼罩之中。”石昊自语道。他内视自身，将身体当成了一片天地。

“我的身体便是乾坤，我的精神、血液以及内在便是道。无名天地之始，有名万物之母，矛盾吗？”石昊自言自语道。

“我的身体就是宇宙，我的精神就是体内的道。”石昊坚定地说道。他一头黑发披散，眼神炽热。

“这是我悟道的方式，只有将诸天的万种法则与自身比较，才能领悟体内之道。”石昊自语道。

“我求的是自身的道！”石昊大吼一声。

天生万物，一尘一界，人体也是完美的宇宙，完全可以形成无上道。

“轰！”

伴着一声巨响，石板晃动起来。石昊将秩序神链引入体内，对其形态进行演化，在体内寻求对照。

法则无穷无尽，密布于石昊体内，几乎快将他挤碎了，所幸石板始终守护着他。

秩序神链不停地演化，石昊的血肉先是被毁坏，而后又在石板的作用下迅速恢复。他的血液和法则融合后，开始向全身蔓延。

石昊体内的筋脉颤抖个不停，发出耀眼的光芒，那是受了道之碎片的影响。他的血肉发出“哗哗”的响声，那是道在弥补体内的欠缺。

不知道过了多久，石昊回过神来，发现自己差点被外界的法则焚成焦炭。

“我的骨头、血液以及皮肉就是内在的道吗？”石昊脸色苍白，自问道。这似乎有些荒谬，在别人听来可能还很可笑。

“道是无形的，什么都可以是，什么都不可以是。”石昊自语道。

“没错，我体内的道，我想它是什么，它就是什么。我的身体是宇宙，体内的一切都是道！”石昊朗声道。

此刻，那个女子一脸愕然，觉得石昊可能走火入魔了。

“就是这条路！一粒尘，可填海，可装满大宇宙。虽然我的躯体很渺小，但是我同样能走出大宇宙之道！”石昊大吼道。

随后，石昊进入了探索的状态，诸天法则环绕在他的周围。

身体对应大宇宙，内在的道对应外界的无上道。

石昊先了解秩序神链的组成部分，也就是那些细小的因子，然后揣摩大道，进入最深层次的领悟之中。

秩序神链全部缠绕在石昊的身上，结成了一张网，而后继续交织。最后，所有法则缠绕在一起，形成一个茧，将石昊包裹起来。

“以我的躯体为天地，内在即道。”微弱的声音从茧中传出。

不远处，那个女子不由自主地打了个冷战，总觉得有什么事情要发生。

“轰！”

惊天动地的一声巨响传来，一个拳头大的火团从茧内冲出，先是化成了一面镜子，映照出无尽法则奥义，而后又化成仙火，释放出混沌之气，开始炙烤那个茧。

时间不知过去了多久。

茧上的“蚕丝”不断勒进石昊体内，然后消失，接着又浮现出来。到了最后，茧变得一片焦黑。

茧在破裂！

“道之茧？”女子惊讶地说道。

以外在之道为茧，进而求体内之道。

女子心想，这个少年肯定是疯了，难道他要逼出体内的道吗？

这时，女子看到了从焦黑的茧中露出的部分躯体，躯体虽然没有光泽，但是也没有被焚伤，实在太神奇了！

第998章 倚仗自身

残破的茧逐渐剥落，显得妖异而惊人。

由法则形成的茧已经被焚得如同焦炭，石昊的躯体呈现在女子面前，看起来不像是生命体，倒像是一件器物。

“轰！”

一阵巨大的响声传来，焦黑的茧突然燃烧起来。法则和秩序开始淹没石昊，光芒耀眼，之前茧被那团拳头大的神秘火焰焚烧时，发出的光也没有这般刺目。

这意味着诸天法则在相互碰撞，这让身处法则中心的石昊如何抵抗？

那个女子发出一声惊呼，就在她以为眼前这个少年即将成功之时，居然发生了变故！

石昊遇到了天大的麻烦！他的肌体一下子被点燃了，整个人被各种法则笼罩，躯体和焦黑的茧一同燃烧起来。

这是由诸天万道化成的火焰，它可以将任何东西焚成灰烬，十分恐怖。

此时，石昊的躯体到处都坑坑洼洼的，黑得像焦炭一样。他已经走到了毁灭的边缘，随时都会形神俱灭。

石昊料到不可能会如此顺利，如果一蹴而就的话，早就有人成就无上位了。

不远处，那团拳头大的神秘火焰依旧在跳动，仙气缠绕着它，尽显迷蒙，无比神秘。

石昊一开始认为那团拳头大的火焰是混沌焰，是九天十地中第一火，可是现在他有点不确定了，因为它既可以焚烧万物，也可以化成镜子，映照出最深刻的大道。

就在刚才，那团拳头大的火焰还将由法则结成的茧生生烧毁了！

石昊的躯体让人看了头皮发麻，可他仍在悟道。他想到了很多事，过去的种种一一浮现在眼前。

这种绝境石昊不是没有经历过，昔日修仙气时，他也被由诸天万道化成的火焰焚烧过，九死一生。

现在，石昊再次被由诸天万道化成的火焰焚烧，这让他不仅看到了最本质的符文要义，还看到了大宇宙的本源。

一方面，石昊近乎贪婪地观摩符文，激活体内的道；另一方面，石昊也得顾及生命，万一他不幸殒身，那就什么都没有了。

"那个时候我就已经踏上了这条路，我活下来就等于开始激活体内的道了。"石昊一下子想通了很多，自语道。

这个时候，火势更大了，比当年由诸天万道化成的火焰更加可怕。

当年，石昊只是借由诸天万道化成的火焰焚烧出仙气来，而如今是火光漫天，仿佛随时都会将石昊烧成灰烬！

此时此刻，石板的保护效果已经不是很明显了，石昊随时都可能会化成一堆灰烬。

一道清光突然出现，好像是从石昊体内的一扇仙门内迸发出来的。

石昊开启了人体宝藏，人的身体有很多扇仙门，现在他已经开始挖掘、释放仙门中的东西了。

从仙门中释放的东西即体内之道，它可以与大宇宙并列，一粒尘可填海就是这个意思。虽然人体无法和星系相比，但是人一旦开启体内的宝藏，就可以超脱出来，与宇宙相提并论。

"轰！"

一阵巨大的声响传出，由诸天万道化成的火焰形成了一个奇怪的图形，欲攻击石昊。

与此同时，石昊体内迸发出无数道清光，它们组合在一起，也形成了一个图形，与由火焰形成的图形进行对峙。

那个女子相当惊讶，清光居然是从一扇又一扇仙门内发出的！

一瞬间，石昊体内出现了很多扇仙门，那些仙门都裂开了一道缝隙，微光从缝隙中透了出来。

石昊激动不已，这是人体的力量，证明他走的这条路是正确的！

果然，人体可以与大宇宙并列，体内的道可以与外界的大道抗衡。

"轰隆！"

一声巨响过后，由诸天万道化成的火焰呈现出太阴之鱼的形状，压得石昊筋骨几乎都快断了。

这时，石昊体内发出无数道清光，它们汇合在一起，呈现出太阳之鱼的形状。随后，呈太阳之鱼形状的清光冲出体外，在石昊身体的另一侧进行挤压。

女子震惊不已，心想，难道这就是他要走的路？

大宇宙之道与人体内的道组合在一起，形成了阴阳太极图。

要知道，石昊随时都可能会殒命，不可能会有意摆出这种姿势，这完全是自然形成的。

刹那间，石昊仿佛得到了永生，时光的停驻让他生出了一种虚无缥缈之感，他如同在经历一场轮回。

终于，一切回归正常，所有清光都没入石昊的体内。与此同时，由诸天万道化成的火焰也熄灭了，瞬间消失得无影无踪。

“这就是你的路吗？”不远处，那个女子询问石昊。

“不是！”石昊答道。

石昊不愿意与大宇宙融为一体，也许有朝一日，他会从这个世界离开，因此他只能依靠自己的肉身和精神。

唯有自身强大，才是真的强大！

在石昊的体内，一扇又一扇仙门相继开启，犹如一座又一座火山不断地释放能量。

“如果我愿意，还可以摆出无数种那样的图案。”石昊自言自语道。他的体内和体外出现了不知道多少幅阴阳太极图，有的流淌在血液中，有的留在了骨子里，还有的将他紧紧包围着，让他的身体成为一道优美的阴阳曲线。

但是，最终图案还是散开了。石昊的道是体内之道，不一定非要用图案来阐释。

不久前，天地静止，时间停止，石昊仿佛跨越了万古，同时也开启了体内诸多的仙门。

“仙门的开启时间……有限，因为你……还未成长到那一步。”就在这个时候，一个声音断断续续地响起。那个声音仿佛风中的残烛，沧桑中带着疲倦和垂危的气息。

居然是那团拳头大的火焰发出的声音！

石昊吃惊地睁大了双眼，从那团拳头大的火焰中看到了无数身影，那些身影在进行残酷的战斗，视死如归。

无数生灵在哀号，数不尽的身影在冲锋。

直到那团拳头大的火焰恢复正常，石昊耳中的声音才消失不见。

“这团火究竟是什么？”石昊疑惑不解，自问道。

随后，体内的仙门吸引了石昊的注意力，一扇又一扇仙门为他演示法则，释放出玄奥的链条。

这是体内之道，是他的道！

“以身为种，跟我想象的完全一样。”石昊自言自语道。

求体内之道，不求大宇宙之道，倚仗己身，这就是石昊的路。

以身为种就是要开启体内的仙门，释放自己的道，如今石昊只是埋下了一枚种子而已。

这时，石昊体内的仙门缓缓地闭合了，每一扇仙门都只留下一道门缝，透出一道清光。

最后，这些清光聚集起来，化成一枚种子，与石昊的肉身融在了一起。

一些人将大宇宙孕育的完美种子与身体融合，从而得到大宇宙的认可，他们被称为上苍之子。这样的人能够得到大宇宙各种法则的庇护，释放出难以想象的宇宙之力。

只是，上苍之子终究是倚靠大宇宙的，而石昊则完全不同，由清光化成的这枚种子就是他自身，他将来要倚仗的也是自身！

第999章 欺天

种子已成!

石昊体内有很多仙门都没有彻底关闭，留下的缝隙透出了清光，那些清光汇聚在一起形成了一枚种子。

这些仙门似乎连接着不灭的古地，传递着强大的能量。石昊想伸手开启一扇仙门，看看里面究竟是什么，但是如今他还做不到。

“肉身的力量！”女子惊讶地说道。她见证了一个奇迹，一个少年踏出了一条与众不同的路，虽然一路上无比惊险，少年差点就殒命了，但终究还是成功了。

“轰隆”一声，女子心中像是有一道闪电划过，灵魂都被震惊了，这是天大的事!

石昊闭上了眼睛，默默回想，刚才的经历看似顺利，其实很凶险，一不小心他就会灰飞烟灭。直到现在，他依旧心神不宁，身体颤抖个不停。

为什么会这样?

以身为种真的成功了。一枚种子悬在石昊体内的最深处，闪烁着光芒，与他的肉身、精神融为一体。

石昊神念一动，种子便迅速从仙门中调动力量，他的体内瞬间被清光填满。

石昊忍不住仰天长啸，肉身与精神都达到了巅峰状态，此时此刻他连摘星揽月都不成问题。

不过，石昊还是无法彻底放松下来，他想变得更加强大。

石昊成功走通以身为种的道路后，若是再仔细研究所学的宝术，修为肯定会大大提升。

“我应该先从哪一方面入手呢？”石昊自问道。他有些迟疑，是先提高攻击力，还是先加强防御力?

很快，凭着一种本能，石昊选择了柳神法，还是自保要紧。

石昊感觉到肌肤一直在不由自主地绷紧，心里也越发不安，这是肉身的预警吗?

刹那间，千万条秩序神链从石昊体内冲了出去，那枚种子也在发光，清光与秩序神链相遇后，一同晃动起来。

石昊凝视着秩序神链，仿佛可以看透万象的本质。

石昊开始用种子发出的光芒包裹秩序神链，秩序神链颜色未变，但纹路发生了变化。他是在用体内之道阐释、重组柳神法，也是从本质上理解、悟透柳神法。

毫无疑问，这是一项浩大的工程！

此时，石昊沉浸在一种奇异的境界中，全身闪烁着光芒，忘我地演绎柳神的生命大法。

恍惚间，这一切都模糊了、消失了。

岁月悠悠，天地茫茫，石昊觉得自己化成了柳絮，包裹着一枚种子在飘摇，最后落入泥土之中。

起初，土地很干旱，长期被太阳炙烤，种子濒临死亡。之后雨雾出现，种子疯狂汲取营养，释放出惊人的生命力，开始生根发芽。

“好强大的力量！”哪怕在妙境中，石昊也忍不住发出感叹。

漫长岁月之后，种子上方早已被巨石压住了，没想到种子生根发芽后，居然从石缝中钻了出来。

这就是生命的力量！

石昊感触颇深，他以前也看到过类似的情景，嫩芽从石头缝中冒出，花儿在悬崖峭壁上绽放。

新生的气息给人奋发的力量！

随后，种子化成一株幼苗，接受风雨的洗礼，逐渐变得强大。直到有一天，由于柳树太过繁茂，引来了闪电，被劈得枝干断裂，通体冒着火光。

……

柳树尽管历经了数不尽的磨难，但还是活了下来。九天上的天劫落下，它只留下了一截树根。

也不知道过去了多少年，柳树又复苏了，再次生根发芽。

石昊心中大惊，这就是柳神的经历吗？她的经历居然蕴藏在宝术的本源法则之中！

石昊破译了更多的本源法则，柳树被雷霆毁灭的次数已经数都数不过来了，最后雷霆的攻击层次甚至上升到了仙刃的斩伐等。

这是一条九死一生的长生之路，也是生命的极限之路。

“我想看看柳神在仙古纪元经历了什么，也想了解她当年为何会降落在石村。”石昊自言自语道。

可惜那些生命的印记太复杂，虽然石昊在破译柳神法的本源法则，但有些东西还是无法看清楚。

石昊沉浸在生命气息的汪洋中，被绿光和金光包裹着，绿光是初生的气息，金光是经过洗礼后的气息。

片刻后，石昊终于脱离了演绎柳神法的状态。

“你该走了，你体内已经有了一枚种子，在哪里修炼都可以，没必要继续占我的位置了。”那个女子说道。

石昊点点头，站起身来，把身上残留的茧全部扯开。

“该出去了，过去了几个月？还是几年？”石昊对时间的流逝一无所知，自语道。

“嗖！”

突然，一道剑光闪过，冷不丁地向石昊冲了过去。

这是谁？肯定不是那个女子，她此时盘坐在不远处的虚空中。

“当！”

石昊张嘴吐出一道清光，幻化出一柄剑，剑和那道冲来的剑光撞在一起，瞬间火星四溅，发出清脆的响声。

“好强！”石昊叹道。那道剑光太犀利了，绝对可以轻易打败一群修为在天神境的高手。

“当！”

数十口秩序神钟齐鸣，响声悠长。

天地责罚！

这时，石昊突然明白发生什么了，原来他的心神不宁源自天罚。进入种子内，他没有遭受惩罚，一切都很顺利，谁能想到真正的危机最后才出现？

“轰！”

伴着一声巨响，成片的刀光劈向石昊，亮得刺眼，直通天地尽头。钟声悠悠，神塔座座，各种兵器一齐攻向石昊。

这是从未有过的劫难，比石昊遇到的任何危险都要严重，这是要置他于死地！

那个女子目瞪口呆，怎么也没有料到是这样的结局。

这是天地的惩罚，石昊因为盗取了天机，所以遭到了天地最严重的责罚。

石昊走的这条路本就是违背天意的，之所以从古至今都没有人能成功走通以身为种的路，就是因为它不被上苍所容。其他人寻到完美的种子与自身融合，是得到天地认可的。而以身为种完全不同，走这条道路就是让人体达到与大宇宙并驾齐驱的境界，甚至超越大宇宙。

虽然石昊目前只修炼成了一枚种子，但是雏形已成，因此天地要无情地扼杀他。

“轰隆隆！”

巨大的声音响起，神兵利刃纷纷攻向石昊，连石板都退到一边，不再庇护他了。石板如果再帮石昊抵御攻击，可能会崩裂。

神塔、大钟、天刀以及仙剑等紧紧地围住了石昊，他无处可躲，只好迎了上去。

那个女子愣住了，脸色变得煞白，如果上苍一怒之下把她的天地胎盘也毁掉，那她的路就断了。

就在这时，石昊被仙剑刺中，“噗”的一声吐出了一口鲜血。

对于一个悟道者，一个刚刚崛起的人来说，这是一种沉重的打击，所幸石昊已经突破了天神境，成了教主级的人物。

所有攻击石昊的兵器都是由雷电化成的，到了最后，这些雷电的威力已经超过了教主级的人所能抵抗的范围。

远处，那个女子叹道：“这个少年逃不过这一劫了，没有人能够抵抗比自身境界更高的雷电。”

“砰！”

随着一声巨响，石昊被闪电劈中，画面惨不忍睹。

那个女子见状，顿时觉得毛骨悚然，心想：这会不会也连累到我？

石昊坚持了这么久，最后身影还是消失了，只剩下了灰烬和血雾。然而，天劫并没有停止，雷电仍在不断地劈落。

那个女子十分担忧，难道天地要将她的成道之地也一并毁灭吗？她是天地孕育出的仙胎，一直受到上苍的庇护，如今要被抛弃了吗？

女子想抵抗，可又怕引来更大的天劫，只好默默等待着。

也不知道过了多久，雷电终于消失了，这里恢复了宁静，天地胎盘保存了下来。

“咦？”那个女子似乎发现了什么。

一道清光从灰烬中浮现出来，原来是一枚种子，它缓缓飘起，包裹着一团精血和一个元神。

欺天!

女子呼吸急促，不敢相信自己的眼睛，这是欺天啊!

一枚种子在灰烬中重生，在死亡中涅槃。石昊的元神挣脱出来，精血慢慢凝聚起来，肌体快速重生。

一般说来，修士在天神境便可以断肢重生，在更高境界实现肌体重生自然不成问题。

因为石昊破译了柳神的生命大法，以体内之道对柳神法进行了演绎，所以他在远超过他境界的天劫中活了下来。

这是一个不可复制的奇迹!

从来没有人能这样跨越境界与上苍作对!

石昊叹了一口气，心想：当年柳神坠落在石村，也是这样遭遇大劫，在绝望中重生的吧。如今我也经历了类似的情况，遭受残酷的天罚，熬了过来。

空气中弥漫着初生的气息，石昊舒展四肢，对女子说道：“谢谢你！”

这下，石昊终于要出关了。他不知道自己究竟闭关了多久，也不知道外界情况如何，也许其他的奇才早就崛起了吧。他已经很久没有露面了，是时候出去看看了。

第1000章 火洞

“记得你的承诺！”那个女子提醒道。

随后，女子起身回到了石板上，绚烂的光包裹着她的躯体，法则再次环绕在她的四周，衬托得她越发美丽。

石昊重重地点了点头，他对女子心存感激，如果女子一开始对他怀有敌意，大打出手，那他就不会有这番收获。

“请放心！”石昊对女子投去感激的目光，最后说了这样三个字。

这时，种子裂开一道缝隙，外面的光亮透了进来，天地间的浓郁精气顿时扑面而来。

石昊愕然，大长老把种子带到了一个怎样的地方？这里的精气如此浓郁，像水波一样荡漾。

石昊刚来到种子外面，一团火焰便扑向他，差点儿将他点燃了。四周都是熊熊的火焰，火光无比耀眼。

这是什么地方？

石昊记得大长老说会选择一个土行之地，将他和种子埋在土里，怎么这里全是火焰？

片刻间，石昊的头发便被烧焦了，肌肤好像也要裂开了。他不由得有些吃惊，如今他怎么还会被火焰灼伤？

很快，石昊发现自己处在一个古洞之中，这个古洞大而深邃，到处都是火焰。

突然，石昊体内的种子发出耀眼的光芒，一股清凉的感觉顿时遍布他的全身，疼痛感奇迹般地消失了。

古洞幽幽，火光跳动。

这里的地形很复杂，石昊看到不远处有很多岔路，如同蛛网般通向各处。

原来古洞里另有乾坤。

“大长老！”石昊大喊道，想快点找到大长老。他答应种子内的女子将种子复原，绝不能食言。

“在这里。”这时，从古洞深处传来了一个声音。

石昊循着声音走了过去，只见一个蒲团上坐着一道模糊的身影，正是大长老。

“孩子……你……成功了？”一向十分稳重的大长老，此时一把抓住石昊的手臂，面露激动之色。

“我成功了！”石昊毫不掩饰喜悦之情，朗声道。

“哈哈——”大长老大笑起来，笑声响彻整个古洞，引得许多巨大的石块轰然坠落。

这时，石昊看到四周的火光无比耀眼，石壁被烧得通红，似乎要熔化了。他认出了石壁的石料，这是一种天地奇石，极难熔炼，据说将其丢进太阳里都不会被焚毁，是一种极其稀有的材料。

难怪这个古洞可以承受如此炽热的火焰!

“真的成功了，这一天值得载入史册啊！”大长老面露惊喜之色，感叹道。当年，他也是一代杰出人物，走以身为种这条路时险些殒命，如果后来没有遇到大机缘，他的修炼之路早就断了。

无数英雄豪杰曾试图走通以身为种之路，结果都失败了。越是天赋高而没有完美古种的人，就会越发不甘心，于是选择走以身为种之路，然而，大多数人往往只能以失败告终，抱憾终身。

如今，只要提起以身为种这条路，众人就会视之为洪水猛兽，唯恐避之不及。就连实力强大的仙院都放弃了这条路，将其看作是一条绝路。

大长老长啸一声，大笑起来。他笑得腰都弯了下去，眼中含着泪花。

“好，好，好！”大长老一连说了三个“好”字。

“大长老，还请相助！”石昊对大长老说道。

石昊也很激动，可是现在时间紧迫，他不敢耽搁。

“怎么了？你修炼出了问题吗？”大长老惊讶地问石昊。

“不是，我需要补天药，必须尽快让这枚种子复原。”石昊快速地说道。

大长老愕然，随后想探视种子的内部。

“别！”石昊急忙阻止大长老，解释道，“里面有一个生灵。”

“什么?!”大长老震惊不已，惊呼出声。这超出了他的想象，种子里竟孕育了一个生灵!

“咕隆！”

古洞深处传出一个奇异的声响，一股炽热感蔓延开来。

大长老瞬间变了脸色，丢下石昊就往里冲，似乎发生了什么重大的事。

“大长老！”石昊喊了一声。

“给你！”大长老给石昊丢了一个玉净瓶，瓶里装着补天药。

石昊迅速取出部分补天药，将药涂抹在种子被切开的口上，缝隙瞬间就闭合了。

石昊将这枚奇异的种子小心地收好，他答应种子内的女子将种子埋在一个无人知晓的地方，只有这样，下一纪元她才会出世。

“嗷——”

这时，古洞深处传出一阵让人头皮发麻的长嚎声。

是什么生灵发出的？石昊疑问重重，汗毛直竖。他有点放心不下大长老，取出大罗剑胎，向古洞深处冲去。

一路前行，石昊发现地上堆着不少骨头，奇怪的是，这些骨头居然闪烁着光芒，他猜测这些生灵生前的修为一定在教主境以上。

不久后，石昊找到了大长老，大长老正在古洞最深处的一个大坑中挖掘着什么，那个大坑居然是由骨灰填充的！

大坑里有很多已经腐烂的骨头，不过更多的是骨灰，看起来很是恐怖。

大长老从大坑中挖出了爪子、头盖骨等物，它们看起来像极了龙爪、麒麟颅骨。

石昊被吓出了一身冷汗，这究竟是什么妖魔之地？

“这个古洞拥有强大的火能量，我带种子来此补充能量。”大长老神情凝重，解释道，“这里曾经是一位帝君的居所，很多人殒命于此，还有真仙在此殒命。”

火道领域的帝君？石昊心头一震，只有一个领域中的最强者才有资格称帝。

这时，大长老的手一阵颤动，从大坑中挖出了一个东西。

石昊见状，忍不住倒吸了一口凉气，连连后退。

这是一个人形生灵，通体焦黑，除了有一层皮，大体上跟骷髅没有什么区别。此外，他还有一对翅膀，翅膀略微带着金色的光泽。

只见这个人形生灵张开了嘴，好像在说些什么，嘎嘎作响，那是上下两排的牙齿碰撞发出的声音。

这个场面太惊悚了，大长老从大坑中挖出了一个皮包骨的生灵，无尽的岁月过去，这个生灵居然还活着！

“奇迹啊！洞中还有……活着的大人物！”大长老的声音都变得颤抖了。

“轰！”巨大的声音响起，皮包骨的生灵虽然看起来很虚弱，但是轻轻一扇翅膀，整个古洞便剧烈地晃动起来。

“难道是那位帝君？”石昊大吃了一惊，询问大长老。

“你速速回天神书院，这里很危险，你留下来也帮不上什么忙！”大长老并未回答石昊的问题，这般说道。

“大长老，你呢？”石昊问道。

“不用管我，我没有危险！”大长老让石昊离去，并嘱咐他不要透露此地的风声。

石昊只好离开了古洞。

大风呼啸，石昊乘着风向天神书院赶去。

时间已经过去了三年，在这段日子里，九天上人才辈出，许多人物都足以载入史册了。

第1001章 **人才辈出**

清风拂面，山川纵横，景色壮丽。

石昊御风而行，横渡浩瀚的汪洋，越过无垠的沙漠，跨过葱郁的大山。

前方，赤色的大山好像海中的珊瑚一样，红得莹润，很是奇异，这是一片神土。

大山上长着许多植物，不少药草长在大山的缝隙之中，薄烟从山间升起，呈淡红色。此地如同仙境，格外引人注目。

这里人来人往，很是热闹，一些老修士在探寻地下灵根，似乎是要大兴土木，创立门派。

石昊来到地上，向路人请教此处发生了什么事。

“你不知道吗？如今仙圣两院鼎盛，九天十地涌现出不少杰出的人物，这是仙圣两院的人在寻找洞府呢。”一个路人说道。

石昊觉得很诧异，仙圣两院都有洞府，而且他们的洞府是天地间灵气最浓郁的地方，如今为何还要出来另寻洞府？

很快，石昊便了解了情况：如今，仙院、圣院以及天神书院打算合并，合并的目的是促进三院弟子的交流，从而为应对大劫做准备。

石昊想到了当初仙圣两院到天神书院选拔弟子时的一些事，当时就有传言说三大书院以后会合并，三院地下的山脉之根将会移到同一个地方，甚至连各大书院的仙家洞府也会搬走。

“选址在这里吗？”石昊继续问路人。

“这只是选址之一，还没有确定。一共有几个地方，全都在九天，他们目前在进行最后的筛选与确定。”那个路人答道。

仙圣两院为了建造新的洞府，肯定会挖掘出惊人的仙迹，事实上，早有消息称长老们在寻找传说中的几处仙道古地。

经过这么长时间的寻觅，长老们已经大概确定了位置，若是真选出一个地址来，必定会是仙道古地。

“如果真的寻到了仙王秘境，很有可能得到仙王级的力量，真是不敢想象！”

那个路人感叹道。

“嘘，别乱说，这还没有公开呢，当心院中的长老责罚你！”另一个人提醒道。

石昊闻言，大吃了一惊，传闻中的几处古地竟然是仙王秘境！

从古至今能有多少个仙王？要知道，现在连真正的仙都没有了，就算在仙古纪元，仙也极少，基本上可以数得过来。

如今仙圣两院居然要挖掘仙王秘境，这个消息太让人震惊了！

毋庸置疑，这是九天十地最重大的事件之一！

不远处，大片祥和之气弥散开来，衬得山脉愈发神圣了。石昊感到很诧异，那是什么人物？排场这么大，想必修为肯定不凡。

“那是……紫日天君的书童，他估计是来这里选洞府的。”一个年轻人似乎非常忌惮来人，悄声道。

从众人的议论中，石昊了解到仙院的一些奇才都派出了手下在日后可能成为修炼圣地的山脉抢占洞府。

紫日天君很出名吗？石昊有几分疑惑，他只知道仙院的宇无敌、小天王，并不认识其他人。

紫气如同薄纱般笼罩着山川，让人不由得对来人产生敬畏感。

石昊心想，这真的只是一个书童吗？从气势上来看，他应该已经是教主级的人物了。

“这个书童，还真是……顽皮啊！”有人本想嘲讽一番，后面又改口了。

“道兄，还请慎言，莫要得罪了紫日天君的书童。他在紫日天君面前小心翼翼惯了，难得独自出来，有这样的表现，情有可原。”一名老者沉声道。

石昊有点忍不住了，询问旁人紫日天君到底是何许人也，他的书童为何让人如此忌惮。

一些人像看怪物一样看了石昊几眼，仿佛他是从仙古纪元来的。

“这位道兄一定是闭关了不少年月，所以才不知道紫日天君的鼎鼎大名吧。”那名老者笑道。

紫日天君来自长生世家，出生地为紫府，即九天十地中最强盛的古地之一。紫日天君的家族起源自上一纪元，是由长生者建立的，昔年有惊人的威势。

紫日天君年岁不大，是一位绝代奇才。

紫日天君出生时，族中祖地出现了各种异象。最为惊人的是，一轮紫日从天穹落下，照亮了山川万物，几乎填满了虚空。最后，紫日竟变成皮球大，落入产房中，没过多久，紫日天君便出世了。

不少人都认为紫日天君是仙道人物的转世，因为他的出生实在太富有传奇色彩了。

紫日天君自幼就被送进了仙院，接受德高望重的长老的教导。他不仅拥有家族提供的顶级资源，还有仙院长老赐予的各种珍稀药草。传闻他在年少时就修成了紫金不坏之躯。

更为神奇的是，仙院的长老在挖掘地下的仙家洞府时，年幼的紫日天君在也场，一枚紫色的种子竟从仙家洞府飞出，径直没入了紫日天君体内。

“知道那是什么种子吗？鸿蒙紫气种！那可是万古难得一见的完美古种。它在仙古纪元就有了不小的名气，据说只要与之融合，就能所向无敌！”老者叹道。

众人纷纷面露羡慕之色，他们虽然不是第一次听关于紫日天君的传说，但是每听一次都要感叹一番，因为紫日天君实在太与众不同了，简直就是上苍之子，得天庇佑。

而且，如今紫日天君与鸿蒙紫气种已彻底融合，达到了完美无瑕的境界。他出关那日，紫气弥漫，异象纷呈，震惊了世间。

“你们都知道北海石林吧，实力强大者可以去那里刻上自己的名字，紫日天君直接在北海石林的一座山上刻了名字，之后他的名字发出的光芒足足闪耀了八天！”

听到这里，石昊愕然，这个紫日天君的人生太富有传奇色彩了，想不名动天下都不行。

之前，紫日天君一直在闭关，众人并不知晓他的名号，自出关以来，他便声名鹊起。

紫日天君的书童之所以这般强大，是因为紫日天君平日喜欢诵读各种经文，书童一直在他身边伴读。经过岁月的积累，书童学会了悟道，道行猛增，逐渐超越了各族的翘楚。

“轰！”

这时，巨大的碰撞声响起，一时间，连赤色的大山都跟着晃动起来。

一个人在与紫日天君的书童对决，因为战斗而发出的光芒如同红日般闪耀，又好像岩浆在虚空中流淌，无比刺目。

“咦？那是什么人？竟敢和紫日天君的书童起冲突。”一个年轻人看向不远处，惊讶地说道。

所有人都很惊诧，要知道，许多长老都对紫日天君抱以厚望，少有人敢招惹他。

“居然敢动紫日天君的人，那是谁啊？”

“那血红的光芒像是大手印。”

“我知道了，那个人应该是大须陀的手下，难怪不怕紫日天君的人，大须陀和紫日天君本就难分高下。”

众人议论纷纷，只有石昊沉默不语，看来在他闭关的这段日子里出现了不少大人物，这些人的名字他连听都没有听过。

石昊又向旁边的人打听大须陀是什么来头。

“大须陀，那可是一位神奇的人物，将来必定会成仙。”一个中年人感叹道。

石昊有点讶异，如今世间都没有长生者了，居然还有人敢说出“必定会成仙”这样的话。

“你知道名为‘僧’的修行者吗？”那个中年人问石昊。

“知道。”石昊答道。他自然知晓，古僧实力强大，行踪神秘，自仙古纪元便已闻名世间，只不过古僧已经灭绝很久了。

“大须陀虽然没有融合一枚完美的种子，但是在遗迹中发现了一枚古僧的舍利子，最后与舍利子融合了。”那个中年人说道。

据说，古僧的舍利子蕴含着巨大的力量，浓缩了古僧一身的精华。

大须陀与古僧的舍利子完美融合之后，继承了古代仙僧的力量，实力深不可测。

舍利子的作用不亚于一枚完美的种子，有人推测那位坐化的古僧也许有着震动九天十地的来历。

带着震惊和感叹，石昊离开了此地，向天神书院赶去。他没想到出关后外界的变化居然如此惊人。

不久后，石昊回到了天神书院，发现这里更加热闹，很多人从仙圣两院赶了过来。

大部分人都在谈论如今哪几个人最强大，谁可以成为年轻一辈的领头人物。

怎么会如此热闹？石昊有点疑惑。

随后，石昊从众人的谈论中了解到了情况：天神书院的地下有一座从来没有被挖掘的仙家洞府，如今三院要合一了，于是天神书院决定挖掘这个仙家洞府。

故此，仙圣两院的奇才一听到消息，就迅速赶了过来，想要在此分造化、夺机缘。

“唉，可惜啊！这分明是我天神书院的洞府，却要让仙圣两院的人分机缘，真是不甘心！”天神书院的弟子有些不甘和愤恨，感叹道。

如今，天神书院真正厉害的人物都被仙圣两院选走了，只剩下一些资质平平的人。

第1002章 仙家洞府

石昊一直都知道天神书院的地下有未被挖掘的仙家洞府，而且还见过大长老以神药为饵，想将仙家洞府的一个生灵诱出，但是几年都未果。

天神书院地下的仙家洞府很神秘，连大长老都无法解开其封印，可见封印的力量有多么强大。

毋庸置疑，仙家洞府里肯定有惊人的仙家宝藏，不然肯定不会这么难打开。

“真是憋闷啊！这分明是我天神书院的仙家洞府，如今里面的宝物却要被仙圣两院的人瓜分，等到我们进去，多半什么都没有了。”

“谁叫我们不如人呢？谁能与那些奇才抗衡？他们中的一个人就可以打败我们所有人，实力悬殊啊！”

天神书院的弟子们议论纷纷，言语之中充满了沮丧和悲观。他们在各族中绝对算得上是耀眼的奇才，不然也无法进入天神书院，可是，在仙圣两院的选拔之中，他们既没被仙院看中，也没被圣院选上。从某种意义上来说，他们是失败者，是被遗弃的对象。

现在天神书院的仙家洞府由三院联合挖掘，他们却成了边缘人，失去了争夺机缘的资格。最先进入仙家洞府的肯定是仙圣两院的年轻至尊，等到天神书院的弟子进去，估计什么宝物都没了。

“呵呵，这不是莽牛族的道兄吗？还有黄金巨象族的师弟。看你们这副垂头丧气的样子，真是可怜啊！”这时，不远处传来了一个声音。

仙院的一个年轻人款步而来，他露出雪白的牙齿，笑容灿烂，让正在议论的几人感到很不舒服。

“仙院的人？”莽牛族的青年问道。他身形高大，一头紫发很是浓密，头上还有两个巨大的犄角。

莽牛族的青年虽是人形，但依旧带着种群的特征，比如眼睛格外大，说话声音洪亮，如同闷雷轰鸣。

仙院的那个年轻人笑了笑，道：“其实你们想进仙家洞府也不成问题，可以跟随我等入内。”

“你什么意思？”天神书院的另一个弟子朗声道。他体格健壮，皮肤呈金黄色，是黄金巨象族的奇才。

“我早就听说莽牛族和黄金巨象族的奇才力大无穷，背负山河行走都不在话下，到时候你们可以跟随我等去仙家洞府搬一些比较重的古器。”仙院的那个年轻人笑道。

莽牛族的青年闻言，顿时火冒三丈，脸变得通红，头上的两个犄角发出耀眼的光芒。

“道兄，别生气，你们能够跟着第一批人进入仙家洞府已经很不错了。要知道，为仙院的年轻至尊效劳是你们莫大的荣幸！”仙院的那个年轻人依旧是一副平和的模样，淡淡地说道。

莽牛族的青年脾气暴烈，忍不住想发火，黄金巨象族的年轻人一把拉住了他，而后对仙院的那个年轻人道：“你们有空间法器，什么东西带不上来，何需我们？不会是让我们去当炮灰吧？”

“你想多了，天神书院的前辈在此，谁敢这样做？仙家洞府的东西不能随意用空间法器收起来，只能用人力搬运。”仙院的那个年轻人这样说道。

“欺人太甚！”莽牛族的青年怒斥道。

“随你们怎么想，不愿意去就算了。不过，天地大变即将来临，三院合一是大势所趋，我觉得你们还是和我们愉快地相处比较好。”仙院的那个年轻人说完便走了。

天神书院的众人无比愤懑，奈何他们之中没有一个出色的高手，根本无力与仙圣两院的人竞争。

石昊看到这一幕，什么都没说，这种意气之争他早已不放在心上了。

强敌是谁？真正的剧变在何时？未来的大战究竟会有多惨烈？这些才是石昊关心的问题。

“你们说，现在谁是第一人？谁能想到这一世竟一下子出现了这么多奇才？之前不声不响，近几年来众多年轻至尊纷纷融合完美古种，成功出关。”有人提及了这三年来的盛况，不禁有些热血沸腾。

仙院不断有人成功融合古种，而且都是仙古纪元的完美古种，让天下人大为震惊。

谁能想到上一纪元就已经赫赫有名的古种会传承到这一世？

之前不少人认为这一纪元不如仙古纪元，必定会暗淡落幕，可是现在看到这么多奇才接二连三地出现，许多人仿佛看到了希望，长老们也充满了期待。

“我觉得紫日天君可能会位居首位，也可能会是小天王夺得天下第一的名号。”

“你提到的都是仙院的人，我倒觉得戚顾可能是最厉害的，他不断突破极境，将今世法修炼到了无人能及的境界。”

“戚顾就是那个喜欢穿灰袍，整日板着脸的年轻道士吗？虽然他很厉害，但是我不认为他是天下第一，光是圣院就有人在他之上。”

“你该不会说的是那个人吧，早年与仙院的小天王齐名，后来一直闭关不出的小圣人？”

“对，就是他，十年前就号称小圣人，何况是现在。”

“我也听说过小圣人，他近几年来很低调，不见得比现在的戚顾厉害。戚顾已经突破了多个大境界的极境，数次涅槃，实力早已无法想象了！”

众人议论纷纷，谈及了数位奇才，这些人都是石昊闻所未闻的。石昊不得不感叹，他闭关的这段时间外面的变化真的很大。

同时，石昊这才知道原来他已经离开三年了，怪不得外界已经物是人非。

“说起来，你们好像漏掉了一个人，他也是圣院的，号称绝代奇才。”一个人悄声道。

“谁？”旁人问道。

“你们应该知道长生世家的王曦吧，她的未婚夫就在圣院之中，名为金展，我想有人或许听过吧。”那个人说道。

这时，有的人眉头紧皱，似是有几分疑惑，有的人则倒吸了一口凉气，似乎有些难以置信。

“金展？他还活着？”一个中年人惊讶地问道。

“自然还活着，不然王曦的族人怎么会说要联姻？他绝对还活着。”那个人的语气很肯定。

“我还以为王曦仙子的未婚夫是小圣人呢，原来是金展。如果金展还活着，日后谁敢得罪王家？”一个年轻人惊讶地说道。

谁都没有想到一个所有人都以为早已殒命的人居然还活在世间。

金展是圣院的传奇人物，众人不清楚他的具体来历，只知道他的实力深不可测。他曾在半年内连续突破两大境界的极境，达到修炼的巅峰境界。

传闻，后来金展想在半年内突破多个极境，疑似是想将十洞天融合归一，还想在体内刻下先天杀阵，没想到在关键时刻出了问题，一团道火突然出现，让他瞬间丢了性命。

金展急于求成，结果不幸丧命。

现在有人说金展还活着，这怎能不让人心惊？这下谁是天下第一还真的不好说了。

“说到这里，我想到了一个人。”一个年轻人突然开口了。

“谁？”其他人无不好奇。

“荒！”那个年轻人话音刚落，所有人都愣住了。过去了这么久，现在已经很少有人提起这个名字了，三年的时间说长不长，说短不短。

在这个风起云涌、人才辈出的时代，强者很容易被人遗忘。不过，荒毕竟是特殊的，一时间，很多关于他的传闻又涌上了众人的心头。

“荒也是一代人杰，只是时过境迁，他已经成为历史中的人物了。”

“你们说荒如果当年进入了仙院，并得到一枚完美的种子，到如今会是什么境界？会有怎样的地位？”

“我想……应该会非常强吧，年轻至尊之列肯定会有他的一席之地，只是可惜了。”

石昊独特的性格和辉煌的战绩让人难忘，即使三年过去了，再提起他，众人还是有不少的话说。

“呵呵，我觉得荒如果真的去了仙院，得到一枚完美的种子并成功与之融合的话，现在多半会有大麻烦，金展肯定会提出与他对决。”仙院的一个年轻人淡淡地说道。

第1003章 四大至尊

“嗯，也许真的会那样。”其他人点了点头，表示赞同。

很多人都知道石昊和王曦之间发生过不愉快的事，王家的人针对过石昊，甚至还收他为仆从，给他戴上了金刚琢。

当年，石昊和王曦的事闹得沸沸扬扬，人尽皆知。为此，石昊有意对付王曦，深深得罪了王家。

“不见得，金展是一代天骄，理应有大胸襟，不一定出关后就会找荒的麻烦。”圣院的一个弟子提出了不同的观点。

“可惜啊！时过境迁，曾经的荒……”仙院的那个年轻人摇了摇头，颇为感慨。

三年过去了，融合完美古种的人都出关了，而荒仍不见踪影，杳无音讯，结果如何可想而知。

“路是自己选的，怪不得别人。当日仙院不给荒古种，他若是加入我圣院，又岂会如此？”圣院的另一个弟子冷冷地说道。

“算了吧，加入圣院，荒能得到真龙的心头血和天角蚁的力之极限血吗？那些资源都被戚顾、小圣人等人占用了，荒就算去了圣院又能如何？”仙院的一个年轻人反驳道。

这时，不远处，雾霭弥漫，蓝光浮现，显得清冷又神秘。

一道模糊的身影出现了，好像是一个女子，她身材高挑，双腿修长，蓝色的衣裙随风飘舞。

那个女子看起来不过双十年华，肌肤雪白，缓缓地从雾霭中走出。

渐渐地，众人看得更加清楚了，女子的瞳孔是蓝色的，一头长发如蓝色的水波般泛着晶莹的光泽。

“是她，长生世家蓝家的公主——蓝仙！”一个人认出了女子的身份，顿时引起了一阵热议。

所有人都朝蓝仙看去，她不仅倾国倾城，还曾与紫日天君对过一掌，仅一掌便削平了北海石林的一座神峰。

很多人都去北海石林留过名，借以彰显自己境界的高深。北海石林是一片神圣的古地，不同的境界对应不同的石林。

不过，很少有人可以毁掉北海石林的石山，更不要说摧毁仅次于超绝峰的神峰了。

蓝仙与紫日天君以平局收场之后，便没有再交手，外界猜测他们大概是相互忌惮。

“蓝仙融合了一枚天穹种，天穹种出世时发出的光芒让仙院的天穹变得碧蓝如洗，当时谁也不知道天穹种去了哪里。直到蓝仙融合古种成功，与紫日天君对决，众人才知道原来天穹种在她手中。”有人提及了蓝仙体内的古种的来历。

石昊眉头紧皱，感受到了这个名为蓝仙的女子的强大，这就是如今年轻至尊的实力吗?

天穹种从古至今都是珍贵的古种，敢以天穹命名的种子，自然价值连城。

鸿蒙紫气种被称为可以让人合道的无敌古种，据说有了它就能成仙，而可与它相提并论的便是天穹种。

如今蓝仙亲自来到天神书院，是不是意味着年轻至尊们都会现身？众人都很期待。

紫日天君、蓝仙、小天王、大须陀四人的名号已经传遍了九天十地。此外，还有戚顾、小圣人、金展，这三个人一个比一个强，数次涅槃，实力深不可测。

谁是当今的第一人？谁是年轻一代中的第一至尊?

这段日子以来，很多人都在私下议论究竟谁是天下第一，就连老辈也在讨论此事。

“其实还要加上十冠王、守护者的后裔独孤云以及那个神秘的谪仙。”

“谪仙就算了，没听说他得到了古种，不过十冠王肯定很厉害，毕竟他融合了世界树幼苗。”

“说这些没用，真相如何谁又能全部知晓？我觉得可能有的人还没亮出真正的底牌，说不定后面会出现更强大的年轻至尊。”

众人只是随口一提，就已经列出了十大年轻至尊，这十个人是近几年来的焦点人物。

“十大年轻至尊啊……有些人可以换一下，说不定还有隐藏的年轻至尊，不过前六七名还是比较稳的。”仙院一个颇有地位的人说道。

比如宇无敌，虽然他曾经败给了石昊，但是也有人认为他有资格进入十大高手的排名。

传闻圣院有一个名为奕蚁的少年，他与天角蚁的力之极限血很契合，实力不容小觑。

除此之外，还有人认为阴阳种的得主另有其人，那个人肯定有盖世之资。

就这样，众人列出了十几人，认为这十几人都有资格进入十大年轻至尊之列。

仙院的紫日天君、蓝仙、小天王、大须陀，圣院的戚顾、小圣人、金展，这些是已经确定的人选。还有十冠王、谪仙、守护者的后裔独孤云以及宇无敌，另有奕蚁和融合阴阳种的神秘人。

“哧！”

不远处，光芒闪烁，五彩缤纷，格外耀眼。

一群人当即冲了过去，随后，剩下的人也向发出光芒的地点赶去，他们都感受到了浓郁的仙道气息。

众所周知，天神书院的地下有一个未被挖掘的仙家洞府，光芒说不定就是从那里发出来的。

“烂泥塘！”有人惊呼出声。

烂泥塘是天神书院的大长老最喜欢垂钓的地方，很多人之前就觉得仙家洞府的入口多半在那里，如今那里发出光芒，自然引得众人瞩目。

“轰！”

巨大的声音传来，天际尽头，金光闪烁。

就在这时，一个赤金钵盂突然出现，似乎要覆盖烂泥塘。

“是……大须陀！”不少人认出了大须陀的赤金钵盂，大喊道。

得到古僧舍利子的人出现了，号称必定会成仙的人来了！

赤金钵盂是大须陀以宝术化成的，可以容纳日月星河，大须陀想用它控制烂泥塘。

“嗖！”

蓝光一闪，神秘的雾霭弥漫开来。

一个蓝衣女子轻轻挥动宽大的袍袖，轻而易举地就将赤金钵盂震开了。她飘浮在空中，姿态优雅，正是蓝仙。

谁也没有想到，烂泥塘刚出现仙道气息，年轻一代有名的两大至尊就开战了！

“呼！”

突然间，狂风大作，飞沙走石，许多古树被连根拔起，一个灰袍道人出现了。

他悬在烂泥塘上方，衣袂飘飘。

“戚顾，他也来了！”众人惊诧不已，圣院的年轻至尊居然也现身了。

戚顾相貌平平，有着与年龄不相称的古板，不苟言笑，面无表情。他数次涅槃，突破今世法的极境，实力强大。

“戚顾道兄来了，我也凑个热闹。”此时，一个声音从远处传来。

天空中，祥和的气息扩散开来。

紫气东来！

是紫日天君，这个出生富有神秘色彩的奇才也赶到了。

一个仙家洞府竟引得几位年轻至尊接踵而至，实在是令人震惊！

“我知道了，天神书院地下的仙家洞府很有可能是仙王所留，里面的宝物足以令举世震惊。”圣院的一个弟子推测道。

众人心头一震，觉得圣院弟子的推测很有道理，地下的仙家洞府可能正是仙王秘境！

这时，烂泥塘发出更加耀眼的光，瑞气蒸腾，好像有什么东西要冲出来一样。众人一齐向前冲去，都想占据最佳位置。

然而，四大年轻至尊一起出手，让诸多强者有所忌惮，不敢靠近。

大须陀并未现出真身，赤金钵盂再次遮盖了天地，仙僧的气息弥散开来。

蓝仙见状迅速结法印，将天穹化为一篇大道经文，经文将钵盂围得严严实实，密不透风。

“轰！”

伴着惊天动地的一声巨响，紫日天君更加直接，竟与戚顾隔空对了一掌。还好此地有法阵，不然恐怕什么都挡不住那股强大的力量。

“都不要挤，不要太靠前！”仙院一个负责管事的人主动站了出来维持秩序，大喊道，“仙圣两院的人站在最前方，天神书院的人都靠后！”

天神书院的人听了这话，觉得有些刺耳。

显而易见，四大年轻至尊处在最有利的位置，一旦仙家洞府的门开启，他们可以第一时间就冲进去，其次是仙圣两院的其他人，他们紧随四大年轻至尊之后。

虽然这里是天神书院，但是天神书院的弟子被迫排在了最后面，并未占据有利位置。

“凭什么？这是天神书院，怎么能这样对待我等？！”天神书院的弟子很不服，愤愤地说道。

“就凭天神书院无一人可以出来对决，末流书院而已。机缘自然要留给强者，人啊，还是有自知之明的好！”圣院的一个弟子根本没把天神书院的人放在眼里，冷冷地说道。

这对天神书院的弟子来说，是一种极大的奚落和侮辱！

“嗖！”

烂泥塘中发出一道光芒，光芒似乎包裹着什么东西。刹那间，四大年轻至尊纷纷出手，发生了大碰撞。

其他人见状也想出手争夺，可又怕惹怒四大年轻至尊，迟疑不决。

就在这时，一个人从天神书院的一群弟子中走了出来，直接将光芒包裹之物夺走了。

众人顿时大惊失色，他是谁？为何敢与四大年轻至尊争夺机缘？难道也是一位年轻至尊？

“他……怎么看着很眼熟？”

“天啊！他是消失了很久的荒！”

第1004章 质疑

荒！

真的是他？众人回头，齐刷刷地看向石昊。

真的是荒！只不过他比以前多了些淡然，少了几分张狂，整个人都变得安静平和了。

不少人都觉得很诧异，荒怎么又出现了？原本以为他失去了至尊之位，再也不会出现了，谁也没有想到今日他居然又出现了！

荒一走就是三年，这段时间他在哪里？做了什么？众人疑惑不已，恨不得让他一一解答。

“荒曾经也是年轻至尊，只因没有完美的古种，所以没落了。他现在回来意味着什么，难道是融合古种成功了？”仙院一个修炼时间较长的弟子说道。

天神书院的弟子们得知这个消息后，皆难掩兴奋、激动之情。

“我天神书院并不是没有人，只是没有回归罢了，现在来了一位真正的年轻至尊，连仙院的宇无敌都曾败在他的手中！”天神书院的一个弟子朗声道。

这三年来，天神书院逐步没落，奇才都被仙圣两院选走了。天神书院变得暗淡无光，失去了原有的风采。只要是在有仙圣两院弟子的场合，天神书院的弟子就会备受排挤，这也是天神书院的弟子见到石昊归来如此激动的原因。

其实，石昊以前在天神书院与这些弟子并无太多交集，倒是与一些奇才起过冲突，比如绿陀、王曦等。

然而，时过境迁，只有这些弟子与石昊留在了天神书院。因此，他们不由得对石昊产生了好感，如同见到了知己一般。

一些弟子甚至喜极而泣，心想，终于有人能为天神书院出头了，他们实在遭受了太多不公的待遇！

三年前的石昊也是一位风云人物，拥有不少辉煌的战绩，如将异域修出三道仙气的莫道收为仆从，击败仙院高手宇无敌等。

在三年前提起石昊，众人都是敬畏的，谁都不敢招惹他。只是，时光荏苒，融合完美古种的人相继出世，他还能保持当年的地位吗？

许多人认为石昊肯定会失去天神境的辉煌，一个最重要的原因就是他没有完美古种。

此时，石昊被天神书院的弟子们团团围住，弟子们眼中的热切让他有些吃不消。

“那是什么？”一个人盯着石昊手中的东西，问道。

石昊手中握着一个石匣，石匣四周环绕着光芒，白雾从石匣中飘出，显得十分神秘。

众人心动不已，这是一个宝匣！

石匣主动从烂泥塘里飞了出来，显然已经通灵。每一个人的目光都牢牢锁定石匣，恨不得即刻冲过去夺走它。

蓝仙、紫日天君、戚顾等人也很好奇，石匣中到底有什么？

石昊掂量了一下石匣，正准备打开它，不远处突然传来一个声音：“且慢！”

“你有何事？”石昊问道。

石匣被光芒包裹着，散发出一股祥和之气，石昊初次尝试，竟没有将石匣打开。

“石匣从烂泥塘飞出，是无主之物，不应归你所有。”一个身材高大的人形生灵说道。他头上长着一只金色的独角，一双眸子呈淡金色，挺拔的身材给人一种压迫感。

很明显，这个高大的人形生灵认出了石昊，就算以前没有见过，刚才肯定也听到别人的议论了。现在他上前挑衅石昊，无疑表明了他的态度。

众人面露异色，心想：这人估计是要挑战荒的威严，试探荒如今的真正实力。虽然他说得很委婉，没有直接撕破脸皮，但是语气之中分明有故意阻拦之意。

“既然是无主之物，你喊‘且慢’有何意义？无主的东西落入我手中，便是有主了。”石昊冷冷地瞥了那个人形生灵一眼，道。

那个人形生灵顿时感到一阵心悸，心想：荒……难道还是很厉害吗？不是没有融合完美的古种吗？

人形生灵虽有点惧怕，但并未退缩，反而向石昊逼近了几步，金色的瞳孔中射出光芒，朗声道：“它是无主之物，需要经过大家讨论才能确定归谁！”

众人在一旁观看，明白此人是铁了心不让荒得到石匣，故意这般挑衅。

天神书院的弟子看到这个场面，非常生气，眼睛都快喷火了，如果是大须陀、蓝仙等人得到石匣，此人还敢如此挑衅吗？

就在这时，天神书院的一个弟子站了出来，道："你是仙院的金角犀吗？我知道你的灵犀神通了得，防御力惊人，不过你这样未免也太不知进退了，凭什么阻挡我天神书院的人获得宝物？"

"道友说笑了，我只是就事论事。为了公平起见，才建议大家先讨论，难道天神书院的人就可以不遵守规则吗？"金角犀冷然一笑，似乎并不把天神书院的弟子放在眼里。

接着，金角犀又对众人说道："这是一件无主之物，理应由大家来评断它归谁所有，诸位道兄觉得呢？"

众人不愿意仙家宝物落在别人手里，于是纷纷附和金角犀。

"如果是大须陀、紫日天君等人得到宝物，你敢这样说吗？"天神书院的弟子怒斥道。

"荒兄，不好意思，我并不是针对你，不过这件事还是公平一些才好，请你交出石匣。"金角犀不仅瞳孔里发出灿烂的光，连肌肤都发出金色的光，对石昊说道，"你看，这是大家的意思，我们都希望此地祥和一些。"

天神书院的弟子顿时火冒三丈，心想：金角犀真是道貌岸然，竟说出这样一番话来！

"是大家的意思，还是你的意思，抑或是你身后人的意思，我管不了那么多，你想要的话就来取吧。"石昊扫了金角犀一眼，道。

"你什么意思?!"金角犀被石昊这种冷淡的态度激怒了，叱问道。一个失去了昔日荣光的人，居然如此傲慢!

"我听闻此地宝物谁抢到便归谁，你三言两语便改变了规则，你代表谁？大须陀、紫日天君、戚顾，还是蓝仙？"石昊厉声道。

金角犀很想反驳石昊，又怕得罪四大年轻至尊，一时间进退两难。

"想要的话就过来拿，不想要的话就滚！"石昊已经不想再多说了。

"你！"金角犀原本只是想替人打探一下荒的实力，现在却下不来台了，于是他说道，"好，我代表诸位道友向你讨要！"

"你只是你，代表不了任何人，不要说得那么高尚，不然的话等下只会更难堪！"石昊冷冷地说道。

众人心头一震，这绝对是荒的风格，刚才看他好像没有了过去的锐气，现在看来其实他始终都未变。

这时，金角犀的上半身化成了神犀，巨大的身躯闪烁着淡金色的光芒，那只犀角更是惹人注目，喷出金属属性的精气。

金角犀迅速冲向石昊，想要强行夺走石昊手中的石匣。

石昊身姿飘逸，带着一种独特的美感，迎向金角犀。

随后，石昊一跃而起，结出一种古朴的法印，瞬间攻破了金角犀教主级的防御。

“咔嚓”一声，金角犀的犀角断了。

金角犀当即发出凄厉的嚎叫声，声音响彻天地。刚一开始，它就丢掉了自己引以为豪的金色犀角！

众人心中大惊，这才刚开始就已经结束了，简直是难以置信！

“以天神境的力量突破金角犀的防御，好手段！”就在这时，蓝仙忍不住称赞起石昊来。

众人震惊不已，以天神境的力量攻破教主级高手的防御，这可是跨了一个大境界啊！

“有意思，以天神级的力量攻击教主级高手最薄弱的防御点，然后借助敌人的力量进行反攻。”蓝仙继续说道。

“你……”金角犀气得话都说不出来了，金色犀角可是他日后成道需要的东西，居然就这样被毁了。

“你还想讨要石匣吗？”石昊问金角犀。

金角犀一言不发，准备离开，他已经见识了荒的实力，知道哪怕对方没有融合一枚完美的种子，凭他现在的力量也没有办法打败对方。

“谁让你走了？我还没跟你算账呢！”石昊厉声道。

“啊——”金角犀惨叫一声，立即化为一只金色的犀牛，转身就逃。

“哪里走?!”石昊大喝道，准备追上去。

就在这时，一阵大风刮过，一个年轻人从天而降。

“梓潼救我！”金角犀高声喊道。它实在是被吓坏了，忍不住当众呼救。

来人正是追随紫日天君的书童——梓潼。

“金角犀，你站在我的身边，我看谁敢动你！”名为梓潼的书童底气十足，冷冷地说道。

石昊微微撇了撇嘴角，冷笑一声，怪不得金角犀敢挑衅他，原来是背后有紫日天君的人撑腰！

“梓潼，你退后。”这时，一个声音从远处传来。

一轮紫色的大日从空中压落，一道模糊的身影浮现出来，那种气势似乎要震动日月河山。来人正是紫日天君。

“你就是荒？初次相见，久仰大名！”紫日天君面露灿烂的笑容，对石昊说道。

第1005章 **无种**

这个场面十分惊人，一轮紫色的大日悬于长空中，气势磅礴，发出耀眼的紫色光芒。

紫日天君的周围流光溢彩，紫霞如同瀑布般垂挂着。

没有人能看清紫日天君的容貌，他模糊的身影好像屹立在遥远的域外一样，眸子开合之时，一股旺盛的生命精气散发出来。

谁都没有想到荒刚归来，紫日天君便与他对上了。众人都在猜测，这两人会展开对决吗？

荒的修为如今究竟达到了何种程度？没有融合完美古种的他能与融合了鸿蒙紫气种的紫日天君匹敌吗？

一时间，不少人都充满了期待，想看看荒如今的实力到底如何。

“是你让金角犀来试探我的？”石昊问紫日天君。

紫日天君微微一笑，道：“书童顽劣，手下胡闹，不要见怪。”

石昊没有再说什么，心想：这个紫日天君也太会做表面功夫了。

“宇无敌是我的好友。”紫日天君直接说了这样一句话。

石昊闻言，觉得有些诧异，这个人怎么还和仙院的宇无敌有交情？

“宇无敌，他可好？好久未见，不知道他如今修炼到哪一步了。”石昊并未表现出自己的疑惑和惊讶，这般说道。

“他昔日败在你手上，受到了不小的打击，后来他知耻后勇，寻到了一枚完美的种子，最后成功与之融合。”紫日天君说道。

“知耻后勇？你认为他败给我是一种耻辱吗？”石昊盯着半空中的那轮紫色大日，眼里闪烁着逼人的冷光，问道。

“荒兄想多了。”紫日天君淡淡地说道。

此时，紫色的大日越发璀璨，仿佛可以主宰天地间生灵的命运。

“你找上我，是想和我对决吗？”石昊问紫日天君。

“我听闻宇无敌败北并不惊讶，因为我知道以他骄傲的性格早晚会有一败，唯有经历了挫折才能真正崛起，此外，我也很想与那个击败他的人对决。只是，我寻你时，却得知你未得到合适的古种，后来便销声匿迹了。我很遗憾在天神境没能与你一较高下，以后可能再也没有机会了。”紫日天君的语气中似乎有一些遗憾。

最后一句话一出，许多人心中一惊，纷纷面露异色。

紫日天君是强大而自负的，他认为在天神境时没有与荒对决，进入教主级后，两人对决也就失去了意义。荒没有一枚完美的古种，日后肯定会与他不断拉开距离，他们可能永远也无法对决了。

“不过我刚才见你出手，发现可能是我误会了什么，那种手段不是一般人可以施展出来的。以天神境的力量攻破金角犀的防御，实在了不得！”紫日天君赞叹道。

众人听到紫日天君的话，不禁有些纳闷，这是何意？难道紫日天君怀疑荒已经成功融合了一枚完美的种子吗？这怎么可能？完美古种在天地之间就只有数得过来的几枚啊！

“修为到了一定的层次，想找个对手都很难。荒兄，你是一个奇迹，我很欣赏你，出关后我听了许多关于你的传闻，今日也许有机会一了心愿！”紫日天君的声音很有磁性，有一种别样的魅力。

紫日天君天资过人，号称年轻一代的最强至尊之一，可以算得上当今最杰出的年轻男子之一。

不远处，许多女修士盯着天空中那轮紫色的大日，眼中流露出崇拜和仰慕之意。

各族的一些年轻俊杰虽有几分嫉妒，但也不得不承认紫日天君的确十分出众，无人能及。

“你想跟我对决？”石昊问紫日天君。

石昊身材修长，眉目清秀，肌体闪烁着光芒，一头黑发浓密柔顺，自然地垂在背后，可以说是一个气质极佳，不染尘俗的少年。

不过在众多女修士看来，还是紫日天君的吸引力更大一些，他与鸿蒙紫气种融合后，九天十地的年轻一代中还有几人是他的对手？

崇拜强者是生灵的一种天性，因此紫日天君拥有极高的声望，尤其受到各族女修士的崇敬与喜爱。

“不错，我想与你对决，你可接受？”紫日天君直言不讳。

所有人顿时心中一惊，两大奇才终于要交手了，只是，如今的荒能与紫日天君匹敌吗？

“没问题！”石昊痛快地答应了。他离开了太久，许多人都快把他遗忘了，连金角犀都敢来挑战他的威严，也许他需要通过对决重振雄风。

“主人，他这样的实力不值得您出手，让我来替您与他对决。”梓潼的话让不少人神色大变。

梓潼早已成年，二十五六岁，正是精气最充沛的黄金年龄段，他因紫日天君而出名。

“连一个书童都敢如此，真是好大的口气！”天神书院的弟子又惊又怒，呵斥道。紫日天君的书童就算再强大，少有对手，终究只是一个仆从，怎能直接与荒对战？

“退下。”紫日天君似乎不太高兴，声音有些低沉。

梓潼唇红齿白，长相十分俊美，他撇了撇嘴，最后还是退下了。

“荒兄很神秘，一走就是两三年，不知道你融合了哪一枚古种？”紫日天君问道。世间的完美古种几乎可以数得过来，据他所知，那几枚古种都已经是有主之物了，荒究竟上哪儿找了一枚古种呢？

不仅紫日天君想知道，其他人也想了解荒究竟有何奇遇，是否有成为至尊的资格。

众人屏住呼吸，不约而同地将目光投向石昊，期待他的回答。

“让你失望了，完美的种子世间只有几枚，我并未得到。”石昊如实说道。

听到石昊的回答，众人的反应各不相同。

有的人为石昊打抱不平，曾经的最强年轻至尊之一，居然无人看重，都不给他一枚合适的种子，这意味着什么？意味着他会走下坡路，意味着他失去了与紫日天君、大须陀等人竞逐的资格。

有的人长叹了一口气，顿时觉得压力骤减，不再对石昊有所忌惮。

还有的人轻声笑了起来，心想：没有融合完美的古种，荒肯定会越来越普通，再也无法傲视别人。

“可惜啊！荒虽然看起来很厉害，但是不能与真正的年轻至尊相比。”

“如果我是荒，就会找个地方隐居，自此隐姓埋名，还来凑什么热闹，难不成是享受被人打败的滋味？”

众人议论纷纷，认为荒成不了什么大气候。

天神书院的弟子深感无奈，这就是现实，作为天神书院的一员，他们很难再抬起头来了。

“真是悲哀啊！”仙院的吴泰嘲讽道。他曾被石昊击败，还被石昊夺走了小天王借给他的湛蓝甲胄，因此恨极了石昊。

“不过如此！荒没有融合完美的种子，能有什么作为？还是让我和他对决吧。”梓潼信心满满地说道。

“你融合了一枚仅次于完美种子的奇异古种吗？”紫日天君再次问石昊。

“没有。”石昊摇头道。

“哈哈——”吴泰忍不住大笑起来。

吴泰曾说他会在下一个大境界等着石昊，如今机会终于来了。确定石昊没有融合任何古种后，他感到无比畅快。

“主人，还是让我来吧，这个人不配与你对决，交给我就可以了。”梓潼仍然坚持要与石昊对决，对紫日天君说道。

仙院的不少人都笑了，彻底放下心来。

一时间，此地吵吵嚷嚷，十分嘈杂。

“谁敢欺负我兄弟?!”突然，天空中传来一个声音，一道光芒闪现，一群人赶到了。

“咚！”

伴着一声巨响，地面扬起尘沙，那群人降落在了地上。为首的是一个小胖子，他肉乎乎的，穿着月白色的道袍，正是曹雨生。

曹雨生的旁边站着一个一头银色长发的少女，她大大的眼睛如红宝石般透亮，正是太阴玉兔。

太阴玉兔一下来，就眨着大眼叫嚷道：“你一个破书童也敢与石昊对决！”

后面紧跟着长弓衍、魔女、凤舞、甄古、火金族的藤一、龙女等人，这些来自三千道州的年轻人大多选择了加入圣院，现在才赶到天神书院。

梓潼闻言，怒不可遏，这几年来他跟在紫日天君的身边，谁敢针对他？今日他居然被人这样呵斥，简直是奇耻大辱！

“你们……不知天高地厚！我承认荒过去很强，可他如今连一枚稍有瑕疵的种子都没有，如何与至尊对决?!”梓潼厉声道。

“即便没有融合古种，就凭他是石昊，他也能用一根指头就打败你！”太阴玉兔朗声道。她白嫩的脸颊因为激动变得通红，眼睛瞪得溜圆。

“就是，当年石昊闯荡天下时，你这个小崽子还不知道在哪里窝着呢！”曹雨生喊道。

“虽然我不知道这三年来石昊到底经历了什么，但是我相信他用一根指头就能打趴你！”魔女笑道。她绝对相信石昊的实力。

“没错，一根指头就打趴你！”后面，来自三千道州的一群人跟着喊道。

石昊觉得心里暖暖的，这么长时间过去了，这些人一出现就如此维护他，让他很是感动。

梓潼当即向石昊逼近，脸色铁青，厉声道：“我看谁能用一根指头把我打趴！”

一时间，此地变得安静下来，只听得见梓潼粗重的呼吸声。众人纷纷看向梓潼和石昊。

“如你所愿！”石昊伸出右手，用食指向前点去。

“你试试看！”梓潼冷笑道。他浑身发光，施展出一种惊人的宝术，紫气滚滚，席卷长空。

石昊的右手不断放大，沉重如山，缓慢地向前压去。

梓潼顿时感到有些不妙，想要躲避，却发现无处可躲。

“砰！”

巨大的声音响起，石昊的手指点在了梓潼身上，梓潼当场横飞了出去。

第1006章 天君

仅仅一指，梓潼就飞了出去，如同枯黄的叶片凋零一般落在了地上。

梓潼不由自主地颤抖着，脸色变得惨白，连话都说不出来了。

众人看到这一幕后，皆瞠目结舌，惊讶到不知道该作何反应。

这就是荒的实力吗？他如今到底有多强？居然用一根指头就打败了紫日天君的书童，简直是不可思议！

要知道，这个名为梓潼的书童可不是一般人，他整日跟在紫日天君身边，学到的知识和经验是很多修士都可望而不可即的。

在如今的仙圣两院中，梓潼也算得上是一个强者，没想到居然如此轻易就被打败了！而打败他的人是荒，这让众人觉得事态更加严重了。

昔日的荒有无敌之姿态，后来所有人都以为他没落了，结果他却这样霸气归来了。

一时间，气氛有些压抑，很多人都不相信石昊没有得到一枚完美的种子，认为他一定有惊天的际遇。

同时，一些人望向紫日天君，想知道他会如何表态。

“好手段！以《原始真解》破法，唯有熟读此经文，真正将其理解透彻的人才会有此造诣。”蓝仙赞叹道。

众人讶然，从蓝仙的言语中才明白荒用了何等妙术，原来是《原始真解》这一古老的经文。

《原始真解》的上篇名为《神引》，少数古老的大教中有收藏，一族的继承人有机会研读此经文，因此不算绝对的秘密。不过，上篇《神引》中的万灵图并不是每个人都能见到的。

石昊当年是从下界西陵的葬地中的神秘祭坛得到《神引》的，祭坛上供奉着一只金色的骨手，一个水晶颅骨，还有一块莹白的骨——万灵图。

石昊不仅修习了《神引》的经文，还参悟了万灵图。

因为石昊在几次闭关悟道时都接触了《原始真解》，已经将它悟到了骨子中，所以远比其他人理解得更为深刻。

天空中，那轮紫色的大日终于有了动静。紫日天君的声音依旧平和，但是有了几分距离感："竟是《原始真解》。传言哪怕不修宝术，只研读此法，若是能参悟到最高境界，也可融汇万法，以最原始的骨文打败对手，看来有一定的道理。"

众人闻言，心头一震，紫日天君这是在赞赏《原始真解》吗？

许多人都曾听说《原始真解》的入门不算难，但越往后越难，连一些老修士都无法将其钻研透彻，仅上篇《神引》就会拦住许多人。至于后续篇《超脱》，不要说钻研了，连找到它的可能都微乎其微。

有传言称后续篇《超脱》在至尊殿堂，可是至尊殿堂早已破落了。

"荒兄，你真的没有得到一枚完美的种子吗？"紫日天君还是不相信石昊没有融合完美古种，问道。

其他人也想知道石昊到底得到了一枚什么样的种子，都竖起耳朵聆听石昊和紫日天君的对话。

"虽然仙院有两枚完美古种，但是已经被内定了，我没有机会得到。"石昊说道。

听石昊这样一说，许多人皆是一愣，没有完美古种，他都有如此成就，若是得到了完美古种，他会有多强？

许多人都在感叹，同时也为石昊感到可惜，他虽然很厉害，但是没有融合完美古种，以后恐怕不能与那几位年轻至尊竞争了。

"你是否得到过舍利子，并与之融合？"就在此时，大须陀突然开口了。他并未显出真身，是悬在空中的赤金钵盂发出的声音。

众人先是一愣，而后明白了大须陀的意思，大须陀猜想荒可能是像他一样，融合了舍利子。

"没有。"石昊应道。

"真是遗憾啊！荒兄有这样的天资，竟没有一枚属于自己的完美古种。"紫日天君摇了摇头，惋惜地说道。

听到这一番话，天神书院的弟子彻底失望了，同时感到很愤懑，觉得仙院有失公正。

"还不是因为仙院的老家伙徇私，将古种送给了长生世家的继承人，无视荒，实在可恨！"天神书院的一个弟子愤愤地说道。

仙院最后剩下的那两枚古种究竟送给了谁，到现在都没有定论，一直是个未解之谜。

“仙院公正严明，还请你们慎言。”紫日天君神情凝重，严肃地说道。

众人心中一惊，这位年轻的紫日天君来自仙院，鸿蒙紫气种是仙院挖掘仙家洞府所得，怎可在他面前针对仙院？

“真是可惜，原本我还想与你对决，了一个心愿，现在看来，你让我失望了。”紫日天君俯视着下方，淡淡地说道。

一些年轻修士不由得感慨，荒如此强大，刚才只是随便出手，就镇住了很多人。可是，在紫日天君看来，荒没有得到完美古种，就等于失去了和他对决的资格。

看到紫日天君这种果断霸道的态度，许多女修士不由得对他生出敬佩、仰慕之情。

“天君果然超凡，不愧为今世至尊！”仙院的一群人喊道。

此时，那些与石昊对立的人都很兴奋，希望紫日天君态度强硬一些，最好能够出手教训一下石昊。

“若是主人出手，荒绝不是您的对手！”梓潼强忍着伤痛说道。他身后的金角犀不敢随意说话，躲在一旁。

“天君威武，举世无双！”吴泰等人高呼起来。

“真是狂妄，什么乱七八糟的天君，我从来都没听说过！”太阴玉兔看不惯仙院一群人的做派，气呼呼地说道。

曹雨生、凤舞等人也想反驳，可又觉得紫日天君确实有资本，如果现在讽刺他，引得他与石昊大战一场，到时候万一石昊遭受重创就不好了。

“当年石昊叱咤风云时，怎么不见这些牛鬼蛇神出来？现在一个个都觉得自己无敌了，还自称至尊，真是厚脸皮！”太阴玉兔继续奚落道。

“嗖！”

紫日天君弹指，一颗神丹迅速飞出，落入梓潼的口中，瞬间治愈了梓潼的伤势。

这是一颗神丹，以数种极为名贵的药材炼制而成。梓潼顿时浑身发光，很快就站了起来。

“还请主人出手，荒这般侮辱我，是对您的不敬！”梓潼恳求道。

“闭嘴，退后！”紫日天君眉头紧皱，呵斥道。

“你不是想与我对决吗？”石昊问紫日天君。

“在现在这个境界，已经没有必要了。”紫日天君看向石昊，说道。

石昊嘴角微翘，道：“不试试怎么知道？”

“可以！”紫日天君突然改变了想法。

众人闻言，惊讶不已，紫日天君不是不屑与荒对决吗？怎么突然又答应了？

“我知道你在天神境最强，我们便在天神境对决吧。”紫日天君提出了这样的建议。

众人一愣，紫日天君果然不是一般人，如此自信，竟要在天神境与荒对决，要知道，荒在天神境可是所向披靡！

许多女修士兴奋不已，个别人甚至尖叫起来，觉得紫日天君魅力极大。

“天君必胜，天下难求一败！”几个对紫日天君有好感的女修士喊道。

第1007章 **依旧霸气**

一轮紫色大日悬空，神焰腾腾，虚空中弥漫着成千上万道紫气。

“天君无敌，打破所有神话！”许多人呼喊起来。

支持紫日天君的大部分都是年轻女子，其中不乏大族名门之后，她们对紫日天君高声叫嚷着，异常兴奋。

吴泰冷然一笑，已经迫不及待地想看石昊败亡的场面了。

梓潼凑到紫日天君旁边，道：“什么荒，什么不败的神话，主人一出手，他肯定逃不掉！”

金角犀瞪大了眼睛，金色的瞳孔发出光芒，很是激动，心想：如果紫日天君将荒打败了，那我就彻底安全了。

人声鼎沸，盛况空前，九天十地的很多高手都赶来了。

紫色的大日缓缓而行，在距离石昊不是很远的地方停了下来，紫日天君模糊的身影展现出极其恐怖的威势。

鸿蒙紫气种号称仙古无敌，历代与它融合的人都是九天十地的最强至尊之一，关于它有着太多的传说。

此时，所有人都在仰头看空中那轮紫色的大日，紫日天君成了万众瞩目的对象。他身影模糊，如同一位无敌的仙人，紫色的大日发出恐怖的光芒。

一些人不由自主地战栗起来，生出敬畏之感。

那轮紫色的大日发出的光芒化为能量涟漪，释放了出来，令不少人战战兢兢，灵魂仿佛都在颤抖。

而另一边，石昊的衣袂随风扬起，整个人显得很单薄，散发出一种超脱的气息，少了几分霸气。

众人心中已有了定论，荒肯定会败在紫日天君的手里，虽然他曾经所向无敌，但是今时不同往日，很快他就会成为紫日天君的手下败将。

一些人替石昊感到惋惜，觉得他的英名也许会就此毁于一旦，还有一些人则是抱着看好戏的态度，等着他大败，比如吴泰、梓潼、金角犀等人。

“来吧，在天神境对决！让我看一看你究竟有多强，是否言过其实。”紫日天君冷冷地说道。

后方，太阴玉兔、曹雨生、凤舞等人面露担忧之色，这次虽是天神境的对决，但也有不小的风险。

“不用担心。”石昊笑着安慰好友们，慢慢走向那轮紫色的大日。

对决终于要开始了，一些人的目光开始锁定石昊。

“他还真敢迎战啊？”仙院的人很惊讶。

“呵呵，他毕竟是曾经的一代年轻至尊嘛，怎么好意思退缩呢？无论如何也要战斗到底。”吴泰故意这样说道。

不少人都不看好石昊，因为他们觉得紫日天君融合鸿蒙紫气种后，无论在哪个境界都是无敌的。

“真是可悲啊！荒也曾辉煌一时，如今却要这样凄然落幕了！”连之前有几分胆怯的金角犀也开口了。

“没有人可以战胜主人，从此之后荒必定走向没落！”梓潼冷笑道。

“轰！”

就在这时，巨大的声音响起，一股大道之气弥散开来。众人见状，无不大惊失色。

紫色的大日缓缓转动，如同从宇宙星河的深处出现，降临人间。

紫色的大日是由鸿蒙紫气种化成的，鸿蒙紫气种无比古老，没有人知道它究竟存在了多长的时间。

紫色的大日包裹着紫日天君，带着神秘的法则，向石昊压去。

瑞气滚滚，紫光万道，响声惊天动地，景象骇人至极。

天神级的力量？

众人惊诧万分，这种威力比一些教主的威力还要可怕。

“咚！”

巨大的声音响起，石昊向虚空中挥了一拳，铺天盖地的紫气瞬间被击退了。

“你我本无交集，不会有任何机会对决，不过我一直想知道你的实力究竟如何。”紫日天君对石昊说道。

“你太自信了！”石昊面不改色，道。

“尽你所能出手吧，不要让我失望！”紫日天君喝道，而后俯冲向石昊。

刹那间，日月无光，山河失色，天地隆隆作响，这片虚空似乎都要裂开了。

由鸿蒙紫气种化成的紫色大日笼罩着紫日天君，如同宇宙中的帝星般向石昊冲去，带着不可侵犯的威严。

“轰隆！”

伴着一声巨响，漫天都是紫色的光芒，乾坤瞬间被遮蔽了，恐怖的气息如同汪洋般翻涌。这是一种无敌的大势，仿佛可以毁灭一切。

众人不禁目瞪口呆，紫日天君在天神境就如此厉害，如果不限制境界，他的力量会有多么惊人？荒的身影早已被紫色的光芒盖住了，几乎快看不到了。

就这样结束了吗？

曹雨生、太阴玉兔、凤舞等人刚才就有些担心，此时更是觉得情况不妙，石昊可能会有生命危险。

“我就知道荒没有什么本事，这么快就被主人打败了。”梓潼大笑道。

“嘿嘿，没想到你也有今天，天君的实力比你当年强数倍，你认输吧！”吴泰嘲讽了石昊一番，心情无比畅快。

“这才刚开始，就要结束了吗？”仙院的弟子故意这样说道。

一道又一道光芒从紫色的大日中射出，逐渐将石昊的所在地淹没。起初，石昊所在的位置一片宁静，后来众人渐渐觉得有些不对劲了——为何紫色的大日压落后，始终笼罩着那里，却不毁灭那里呢？

突然，沉闷的气氛被打破了，一道修长的身影在紫日下结拳印，以雷霆之威进行反击。

“轰！”

惊雷撕裂虚空，粉碎乾坤，场面好不惊人！

这时，那道修长的身影变得清晰了，是荒！他虽然看起来清秀出尘，但是出手迅猛，那双看似普通的拳头没有发光，也没有符文，却将那轮紫色的大日打得晃动起来。

众人骇然，一时间鸦雀无声，安静得连掉根针在地上都能听见。

这是怎么了？刚才还看到紫日天君以紫色大日压制了荒，怎么转眼间一切都变了？那轮紫色的大日竟快要被击碎了！

刚才那些说着冷言冷语的人这下都愣住了，不敢再出声。梓潼闭上了嘴，紧紧地盯着紫日天君，吴泰也好像哑了一样，一言不发。

荒比以前更强了！虽然依旧是在天神境，但是他比之前更厉害了。

许多人心中涌起无比复杂的情绪，荒这样杰出的人才，为何没有得到古种？这实在太可惜了！

其他奇才借助古种让功力突飞猛进，荒尽管没有得到古种，但在天神境依旧有傲世之资，这是何等的天赋啊！

“咚！”

随着一声巨响，石昊展开双臂，如同鲲鹏展翅一般，释放出无与伦比的威力。

那轮紫色的大日被石昊的力量震得近乎碎裂，冲上了半空。

“咔嚓！”

紫色的大日裂开，成千上万道紫光瞬间填满了天地，随后没入紫日天君的体内。

“说好不使用更高境界的力量，这些紫光我不用，现在收起。”紫日天君说道。

尽管所有的紫光都被紫日天君吸收了，但众人还是没有见到他的脸，他的脸仿佛蒙着一层纱，很朦胧。

不过，此时众人已经能看清紫日天君的形体了，他威武挺拔，一头紫发披散，给人一种霸气之感。

“荒兄，来吧，别让我失望！”紫日天君对石昊说道。

“轰隆！”

闪电缠绕，雷霆轰鸣，电光四射，场面惊人。

紫日天君整个人被紫光笼罩着，每次移动都如同彗星横空一般。他出手疾若雷霆，快如闪电，刹那间便和石昊碰撞了千百次。

这时，紫日天君背后浮现出一只如山岳般的紫麒麟，它在天地间呼啸着，那种气势压得人近乎窒息。

众人惊呼：“麒麟宝术！”

紫日天君一出手就是十凶宝术之一，让人难以想象他的实力有多强大。

石昊浑身发光，瞬间幻化出一只大鹏，与紫日天君展开对决。

大鹏展翅高飞，撕裂苍穹，仿佛可以毁灭一切。石昊立于空中，威风凛凛，展现出无敌的气势。

看到这个画面，众人愈加震惊了，石昊比想象中的还要可怕，释放出的气息居然盖过了紫日天君的威势！

“嗷——”

紫麒麟长嚎一声，声音震耳欲聋，紫色的光芒射向四面八方，天地间都是紫麒麟巨大的身影，恐怖至极。

“轰！”伴着惊天动地的一声巨响，紫麒麟的大爪子拍向大鹏，虚空直接裂开，许多黑色的大裂缝浮现出来，密密麻麻，触目惊心。

大鹏长鸣，扶摇直上，仿佛要穿透苍穹。

紫麒麟咆哮着，吼声震散了云层，雷电跟着降临。随后，它扑向大鹏，要与之一决高下。

刹那间，紫麒麟与大鹏发生碰撞，大鹏身上的黑色与金色二气流转。

“砰！”

巨大的响声传来，紫麒麟遭受了重击，嘴角溢出鲜血，躯体横飞了出去。与此同时，紫日天君也跟着受创，身体剧烈地晃动了几下，跌倒在地。

大鹏一下子就俯冲了过去，继续攻击紫麒麟。

“嗷——”

虚空中传来一阵嘶吼声，紫麒麟与大鹏打得很激烈。一时间，飞沙走石，虚空崩塌。

“噗！”

紫麒麟吐出一口鲜血，疼得龇牙咧嘴，它竟然被大鹏的利爪生生折断了一只角！

虽然紫麒麟是由宝术所化，但是依旧对施法者有一定的影响。

紫日天君身子一晃，眉心渗出几滴鲜血，也遭受了不小的打击。他踉跄着倒退了几步，心中大惊，怎么会这样？他居然失利了！

其他人也没有料到会是这样的结果，紫日天君竟负伤了！

“嗷！”

伴着一声惊天动地的大吼，紫日天君用宝术幻化出了一只神禽，这是一巨大无比的紫凰，浑身闪烁着耀眼的光芒。

众人神色一变，大为震惊，仙院的一个年轻人忍不住惊呼出声：“真凰宝术！”

这样厉害的神通一出手，谁人可敌？

在世人的心中，真龙和真凰都是不可战胜的，有着特殊的意义。

紫色真凰一出，天地失色，风云变幻，隆隆的雷声随之响起。

“嗖！”

石昊和紫日天君如同闪电一般冲向对方，刺目的神光瞬间照亮了天地，让众人的双眼不能直视。

电闪雷鸣，狂风大作，不时有沾染着鲜血的翎羽坠落。

这是一场惨烈的对战！

“嗷——”那分明是一只紫凰，却发出了兽类的嘶吼声，吼声震得众人气血翻涌，胸口发闷。

紫凰突然快速放大，没入苍穹之中，紧接着张口就把大鹏吞了进去。

要知道，大鹏比山岳还要大很多倍，居然被紫凰一口吞掉了！

众人看到这一幕，无不瞠目结舌。然而，还未等梓潼等人欢呼，紫凰的腹部便鼓胀起来，“砰”的一声炸开了。

大鹏从紫凰的腹中钻了出来，无论是凰羽还是凰骨符文，都无法阻挡大鹏前进的脚步。

石昊用无敌之拳印撕开了紫凰的腹部，才脱离险境。虽然这不是紫日天君的真实腹部，但他还是遭受了重创。

惊天动地的大战，两大强者之间的对决，难道就这样落幕了吗？

那些原本准备欢呼的人，此时全都一声不吭，没想到是这样的结果。

“还要对决吗？”石昊对紫日天君说道。

听到这句话，紫日天君眉头紧皱，表情复杂，暗自握紧了拳头，不知道如何应答。

其他人一时间也不知道说什么好，之前针对石昊的人如今个个都哑口无言，脸色难看到了极点。

“哈哈——”太阴玉兔第一个笑了，而且是放肆地大笑。

接着，曹雨生等人也笑了起来，仙院的众人觉得那笑声格外刺耳。

“哈哈，我们胜了，荒大胜，紫日天君不敌我天神书院的荒！”天神书院的弟子兴奋得手舞足蹈，大叫道。

“你们少得意，这场比试算得了什么？！”梓潼不甘地说道。

“有什么可笑的？！”吴泰勃然大怒，冲着天神书院的人吼道。

“砰！”

伴着一声巨响，石昊出手了，只见一根放大的指头结结实实地压在了梓潼身上。

“你……”梓潼正准备说些什么，石昊直接一脚将他踢飞了。

众人见状，不禁感叹道：“荒当着紫日天君的面，这样果断地对他的书童出手，未免也太不留情面了。”

“聒噪！”石昊怒斥道。

“砰！”

接着，石昊又一拳挥向吴泰，吴泰疼得哇哇大叫起来。

“还有你，过来。”石昊冲着远处的金角犀招了招手。

第1008章 轻狂

“还不过来吗？”石昊看向金角犀，声音虽不大，但有一种不可抗拒的威严。

石昊虽然像什么事都没有发生过一样，但是无形之中给众人带来了极大的压迫感，没有一个人敢忽视他的声音。众人屏气凝神，不敢出声。

金角犀头皮发麻，汗毛根根竖起，在他听来石昊的声音就如同惊雷一般。

怎么会这样？荒赢了，紫日天君败了，金角犀万万没有想到会是这样的结局。

“你还想让我说第三遍吗？”石昊对着金角犀说道。

众人心跳加速，将目光投向不远处的紫日天君，他会干预吗？

“大人，请宽恕我的无礼，我再也不敢了！”金角犀硬着头皮上前道歉。迫于局势，他不得不向荒低头。

此时，金角犀很后悔，他如果当时没有多嘴，就不会受到这样的侮辱了。

“你刚才恨不得我立刻被打败，现在又低声下气向我求饶，这态度转变得未免也太快了吧？”石昊瞥了金角犀一眼，冷冷地说道。

“还请大人手下留情！”金角犀吓得双腿一直抖个不停，继续向石昊求饶。

“你以为挑衅过石昊，简单的一句道歉就能算了吗？”一旁的曹雨生开口了。

“天君救我！”金角犀急忙向紫日天君求救，像是抓住了救命稻草一样。

“荒兄，得饶人处且饶人，金角犀不过是稍有得罪你而已，你何必这样咄咄逼人？”紫日天君终于说话了。

众人一直想知道紫日天君会如何表态，荒当着他的面对他的书童出手，还压制了吴泰和金角犀，可以说根本没把他放在眼里。

一时间，此地的气氛有些凝重，所有人都在静静观望，想知道事态会如何发展。

“说得轻巧，换作是你，有人一直奚落你、嘲讽你，还巴不得你早些丧命，你难道不会让那个人长点记性吗？”石昊反问紫日天君。

“荒兄未免有些不近人情，就不能宽恕他一回吗？”紫日天君再次开口了。他的肌肤泛出紫色的光芒，晶莹透亮。

“哼！他对我无礼时怎么不见你阻止？如今你倒为他求起情来了。你已经败了，我如果是你，就会选择一句话也不说。”说到这里，石昊向前踱步，平静地扫视四方。

紫日天君脸颊发烫，有些下不来台。过去，他从未想过自己会被人击败，更没想到会被人这样赤裸裸地奚落是一个失败者。

“你是要逼我出手，再对决一场吗？”紫日天君对石昊说道。

此时此刻，紫日天君的心中升起了一股怒火，这是在践踏他的威严，挑战他的底线！

石昊轻笑了一声，道：“不是刚打完吗？你不是我的对手，难道还不服，想要再对决一场？”

石昊的这句话听似轻描淡写，其实暗含了不小的挑衅意味。这下众人越发安静了，谁都不敢贸然说话，怕引起误会。

紫日天君怒火中烧，他的意思很明显，不要得寸进尺，不然他会动用更高境界的力量。

这是一种威胁，更是一种警告！

可是，荒像没听懂他的话一样，仍以胜利者自居，甚至还带着轻蔑之意。

此时，紫日天君已经有些忍无可忍了，居然有人敢轻视他！

不少人暗暗吃惊，荒竟然直接挑战紫日天君，难道他还真敢再对决一场？他是故意摆出高姿态，还是真有那种实力？

“你在逼我出手！”紫日天君的声音中有着让人恐惧的威势。

“想出手尽管出手，手下败将，我不介意再击败你一次。对于你这种输不起的人，我觉得只有多败几次，才会让你有所觉悟。”石昊似乎并不畏惧紫日天君，淡淡地说道。

石昊越是以这种语气说话，紫日天君越是怒气冲天。

紫日天君的脸色很不好看，他已经打定了主意要教训石昊。

这时，紫日天君不经意地回头，看到了蓝仙、戚顾等人。他们几人神色异样，显得有些古怪，似乎是在嘲笑他。

紫日天君更愤怒了，这些人居然在嘲笑他！如此大败，实在是一桩耻辱！

但紫日天君不想在众人面前留下争强好胜的印象，他强忍着怒火道：“好，这次算我败了。可惜你我再难有交集，不然我会让你知道鸿蒙紫气种的威力！”

“手下败将，还算知进退，懂事理。”石昊一边踱步，一边说道。

众人很是疑惑，荒真的听懂紫日天君的话了吗？居然表现出这样的态度，真是奇怪！

“还不退下！”石昊当着众人的面呵斥紫日天君。

众人继续保持沉默，此时此刻的形势已经完全反过来了。

“金角犀，你跟我走！”紫日天君对金角犀说道。

然而，金角犀却向石昊低下头，道：“大人，只要留下我的性命，我愿意领罪。”

石昊点了点头，算是回应。

紫日天君气得直咬牙，满头长发都竖起来了，金角犀太不争气了，居然在这个关头服软！

“好了，你先闪到一边。”石昊对金角犀说道。

石昊看到紫日天君还愣在那里，便对他说：“你还有什么事吗？没事就退下吧。”

众人瞠目结舌，这个结果……让人能说什么？紫日天君已经气得七窍生烟，就差出手了。

“荒，你嚣张什么？不过是在天神境赢了我家主人而已，在更高境界你什么都不是，鸿蒙紫气种会让你永无出头之日！”远处，梓潼开口维护紫日天君。

“你倒是挺顽强的。”石昊说完，轻轻一跺脚，地面便晃动起来，梓潼立马吐了几口血。

还好关键时刻紫日天君出手相助，不然梓潼肯定支撑不住了。

“你什么意思？一再当着我的面对我的人出手，真当我脾气好是吗？你要是想被废掉，就尽管动手试试看！”紫日天君终于忍不住了。

“你算哪根葱？在什么境界对战都随你，我既然可以打败你一次，就可以打败你十次百次！”石昊不甘示弱，朗声道。

这时，烂泥塘突然发出光芒，氤氲仙雾弥漫开来，让人感到无比惬意和舒适。

蓝仙、戚顾、大须陀等人第一时间赶到了烂泥塘附近，紫日天君也一个闪身到了烂泥塘周围，他们都要争夺仙家宝藏。

石昊更为干脆，眨眼间就来到了烂泥塘的最中央。

“你也敢来？！”紫日天君厉声道。

四大年轻至尊看向石昊，目光冷厉，各占一方。

“你很强，在天神境战胜了紫日天君，不过想进行更高境界的对决，实力还是弱了一些，这里不是你能来的地方。”大须陀淡淡地说道。

石昊大笑道："今日我就是要进这仙家洞府，看看你们能奈我何！"

石昊的笑声隆隆如雷鸣，震动四野，许多人的耳膜都险些被震破了。

"你好大的口气，此地不容入内！"蓝仙朗声道。

"我看谁敢拦我！"石昊喝道。

众人愣住了，刚才荒只是与紫日天君对峙，现在突然变成了他一人与四大年轻至尊对决。

第1009章 虚道

这时，烂泥塘裂开一道缝隙，泥水汩汩，仙气弥漫，仙家洞府要开启了！

石昊站在最中央，随时准备闯进去，这让四大年轻至尊极其不满。

“不知天高地厚，你以为自己在天神境实力不弱，就可以来此搅闹吗？”蓝仙冷冷地说道。

“我偏要站在这里，不服就过来对决！”石昊毫不客气地说道。

一场大战在所难免，石昊将与四大年轻至尊展开对决，他能行吗？

“你确定要与我们争？”紫日天君没有了之前的愤怒，心平气和地问石昊。

“是又如何？”石昊并不在意四大年轻至尊的想法。

紫日天君看向其他三位年轻至尊，道：“几位道友觉得如何，此人有资格与我们一争高下吗？”

“他算什么？赶走就是了。”不知是谁的声音穿透虚空，在烂泥塘上回荡着。

“听到了吗？还不速速离去，不要挡路！”紫日天君厉声道。

紫日天君这是要联合其他三大年轻至尊一同敌视石昊，让石昊无路可走。试想，谁会冒着得罪四大年轻至尊的风险来与石昊站在同一战线呢？

“人贵有自知之明，不要忘了自己有几斤几两，早点离开吧！”那个神秘的声音再次响起。

石昊猛地回头，看向那个属于大须陀的赤金钵盂，难道一直是大须陀在说话？

“你是想留下吗？后果自负！”紫日天君对石昊说道。

“我不信你能把我怎么样！”石昊没有一点惧怕的样子。

“好，既然你想留下，那我们就成全你！”紫日天君朗声道。他早就想使用更高境界的力量了，现在其他几位年轻至尊也被挑起了情绪，这下荒注定插翅难逃了。

“虚道境与道交融，以完美种子为媒介，触摸大道，你永远不会懂那一刻的感受！”紫日天君面露骄傲之色，这般说道。

虚道境在天神境之上，达到虚道境可与道交融，感悟天地间的至理。第一次与道全面接触，会给人带来一种错觉，就好像自己都化身成了大道。

达到虚道境的人可以开设宗派，被众人尊为教主。当然，并不是每一个教主的修为都在虚道境，教主只是一个称号，没有固定的境界，不过大多数教主的修为都在虚道境。

此时，紫日天君浑身闪烁着耀眼的光芒，整个人仿佛一轮璀璨夺目的太阳，让人不敢直视。

石昊不以为意，淡淡地说道："手下败将！"

烂泥塘剧烈地晃动起来，仙家洞府的入口随时会出现，下方冒出的仙气越来越浓了。

成功走通以身为种的道路后，石昊也不知道自己的实力究竟如何，如今四大年轻至尊就在眼前，这是最好的检验机会。

蓝仙看向石昊，浅笑道："你的确不凡，不过虚道境有些不一样。你如果没有融合一枚完美的种子，还是早点离开吧，免得惹祸上身。"

蓝仙精致的面孔如同上天得意的杰作，很难挑出瑕疵，一双蓝宝石般的眼睛充满了灵性，一头蓝色长发披散，湛蓝的衣裙随风飘舞，整个人如同即将乘风而去的仙子。

"原来虚道境一定要借助古种的力量啊！"石昊冷笑一声，道，"这里是天神书院，仙家洞府属于这里，你们凭什么赶我走？"

"不走的话，可是会挨揍的哦。"蓝仙调侃道。

"我这个人没什么别的爱好，就喜欢扛女胖子回家，别惹我。"石昊盯着蓝仙，认真地说道。

众人面露异色，大吃一惊，荒居然敢对蓝仙说这样的话！

蓝仙对"胖子"一词实在有些敏感，咬牙道："不识好人心，有你好受的！"

"真是不知天高地厚！"那个冷冰冰的声音再次响起。

石昊又一次回头看向那个钵盂，此时，大须陀的真身已经显现，四周佛气缭绕，圣光普照。

大须陀是一个容貌平凡的人，皮肤蜡黄，如同贴了一层金色的纸一般，形体枯瘦。他双手合十，正低眉默诵经文。

一个钵盂悬在大须陀的头顶，呈赤金色，十分古朴，佛气从钵盂中冒出，守护着他。

这就是大须陀？众人讶异，很多人都是第一次见到他的真面目。他实在太普通了，除了肤色之外，看不出有什么独特之处。

“贫僧没有开口，自始至终都是这个孽畜在讲话。”大须陀指向钵盂，只见一颗巨大的头颅从里面探出，极其恐怖。

那颗头颅探出后，瞬间放大无数倍，挤满了虚空，面目狰狞。

众人不由得大吃了一惊，从这个小小的钵盂中探出的一颗头颅，居然变得如此庞大！

“赤龙！”一个人惊呼出声。

许多人仔细辨认后，不禁大惊失色，这不是一条龙吗？浑身呈赤红色，鳞甲如同由金属铸成的一般，闪耀着刺目的光芒。

众人想到了传闻——大须陀得到舍利子之后，周游天下，降妖除魔，后来还收服了一条龙。

“就是这一条吗？据说它道行高深，实力强大。仙院的长老得知它的存在后，表示要把它保护起来，因为它是难得的战力。”

连仙院的长老都要保护这条龙，可见它有多么不一般，血脉有多么纯正。

“就是你这妖龙屡次冒犯我？”石昊冷冷地问道。

“是我又如何？秃头不愿出手，我可没有什么忌惮，让我来打败你！”那条赤龙以神识传音，冲出钵盂，带着狂风，径直攻向石昊。

赤龙庞大的躯体如同山岭一般，吓坏了很多人，它一个摆尾，就让这片土地晃动起来。

飞沙走石，烂泥飞溅，空中刮起了红色的妖风，仿佛要吞噬一切。

众人难以想象这条龙的实力，难怪当年它会被仙院的长老看重，并留下了性命。

“哈哈，虚道境的完美力量岂是你能懂得的？赤龙出手就足以将你击败！”梓潼见识到赤龙的实力，忍不住大笑起来。

然而，飓风突然止住了，漫天的红色妖风也莫名其妙地消失了。

众人愕然，场中只有荒的身影，赤龙去了哪里？

“赤龙呢，怎么不见了？”梓潼有点看不懂了。

其他人也疑惑不已，到底发生了什么？

“救命啊！光头，大师，救救我啊！”就在这时，赤龙的声音响起。

众人终于发现了赤龙，它刚才是何等威风，惊天动地，可是现在……

赤龙缠在荒的腰上，被当成了一条腰带！它的头和尾被当成了绳子的两端，系在了一起。

众人不由得目瞪口呆，这可是传说中的赤龙啊！是连仙院长老都看重的对象，此时居然被荒当成了一条腰带！

“不简单。”平日间沉默寡言的戚顾开口了。

“手下败将、蓝衣女胖子，还有那个光头，都给我过来！”石昊朗声道。

众人大惊失色，荒未免也太狂妄自大了，竟敢这样使唤三大年轻至尊！

“轰！”

就在这时，一阵巨大的响声传来，紫日天君出手了。他实在忍无可忍了，手下败将都快成为他新的名号了！

紫日天君的拳头发出光芒，如同紫色的大日裂开一般，闪耀得让人睁不开眼。

面对融合了完美种子的虚道境至尊紫日天君，石昊直接出拳，与之展开正面对决。

“咚！”

石昊刚挥出一拳，整个世界就好像要毁灭了一样，释放出来的气息让人毛骨悚然。

紫日天君嘶吼着，咆哮着，好像被击中了。

此时，石昊带着无与伦比的威势，冲向了蓝仙。他一头长发披散，目光冷厉，拳头前仿佛有星辰转动。

“砰！”

石昊一拳挥出，粉碎虚空，与蓝仙的手撞在了一起。

蓝色的光芒闪耀，婀娜秀丽的身影摇晃了几下，蓝仙美丽的脸上满是震惊与疑惑。

这种力量太可怕了，蓝仙的手一阵剧痛，身体忍不住颤抖起来。

随后，石昊又冲向了大须陀。

石昊的拳头化成了银色大手印，上面画满了各种符号，如鲲鹏、狻猊等，奇异而可怕。

“当！”

石昊的大手印向大须陀拍去，大须陀以钵盂防御，结果钵盂发出一声巨响后，竟直接碎裂了！

“天啊！我看到了什么？这是真的吗？！”观战的人忍不住惊呼起来。

片刻间居然发生了如此惊人的变化，荒仅凭一己之力就击败了三大年轻至尊！

众人觉得难以置信，一个没有完美种子的人，为何会如此神勇无敌？

“他没有完美古种，为何这么强？”梓潼自言自语道。

其他人在震惊的同时，也有同样的疑问，这就是荒真正的实力吗？为何他没有完美古种还能走到这一步？

一时间，此地沸腾了。

第1010章 **王者归来**

石昊独自站在场中央，傲视群雄，长衣飘飘。

四大年轻至尊一阵发愣，荒连一枚完美的古种都没有，怎么会变得这么厉害？

他们不敢相信，这真的是荒吗？为何他的实力如此强大？这完全不符合常理啊！

“我有点没看清楚，石昊这家伙刚才是在同时与三大年轻至尊对决吗？”太阴玉兔揉了揉红宝石般的大眼睛，难以置信。

这简直太不可思议了，之前他们预感石昊要吃大亏，没想到转眼间形势竟来了个大逆转！

天神书院的弟子们欢呼起来，曹雨生更是拍着胸脯向周围的人炫耀石昊是他兄弟。他甚至搂着一个年轻人的肩，说道：“看到了吧，那是我的结拜兄弟，一个人对付一群至尊都毫无问题。”

被曹雨生搂住的年轻人是紫日天君的堂兄，此时他的脸色要多难看有多难看，可他又不知道该怎么反驳。

“这家伙总是把不可能变成可能，给人带来惊喜，创造一个又一个奇迹。”魔女凝视着石昊，感叹道。

魔女感触颇深，因为她认识石昊很久了，两人在下界就合作过，有过不少交集，所以彼此也算是知根知底。

“真是无法想象，石兄竟强大到了这种地步！”长弓衍惊叹道。他的话引起了来自三千道州的一群人的共鸣。

石昊变得强大，他们也备感兴奋，来自同一个地方的人实力超群，这让他们感到脸上有光。

“哈哈，荒真是厉害，没有古种也能走到这一步！”天神书院的弟子们激动不已，大笑道。

有些弟子眼里甚至还泛起了泪光，险些哭出来。

石昊这一次为天神书院的弟子出了一口恶气，这下他们终于有底气面对仙圣两院的挑衅了！

“即便没有得到古种，照样可以打败所谓的至尊！”天神书院的弟子高喊道。

荒的荣耀，便是他们的荣耀！

这下，天神书院的弟子们更加期待荒的表现了，希望他对决之后，最好压得所有年轻至尊都透不过气来。

仙圣两院的人此时很是迷惘，今日之事超出了他们的预料，他们怎么也想不明白荒为什么变得如此厉害。

“真是无解啊！”仙院的人叹道。

众所周知，修士如果走仙古法这条路，就必须融合古种，这是最重要的一个环节。然而，今日发生的一切颠覆了所有人的认知，荒不仅没有变弱，反而实力猛增。

仙院与石昊有过嫌隙的一些人，现在看到他更加强大了，一个个心情都很复杂。

吴泰更是心惊肉跳，他曾放言在虚道境等着石昊，现在看来，他的豪言只是一个笑话，他永远都不会有那个机会了。

邀月公主白衣胜雪，亭亭玉立，自语道：“真是不可思议，荒的身上到底发生了什么？消失几年后，所有人都觉得他没落了，没想到他竟以这种姿态登场，给众人留下无比深刻的印象，真是看不透！”

“看来，荒在消失的这几年有不少难得的际遇。”蓝仙感叹道。

“所有人都说荒几年不出来见人，是选择了逃避，属于荒的时代已经结束了，现在看来，这都是谬论。”唯一没有出手的戚顾也开口了。

原本，不少人都觉得荒最辉煌的时代已经过去了，甚至快将他遗忘了，他远离了风云，同时也错过了修炼的大好时机。

令人没有想到的是，荒在没有露面的这几年，一直都在努力修炼，归来之后，实力更胜往昔。

就在这时，紫日天君散发出一股阴郁之气，心想：这个没落的人居然有此等修为！

紫日天君的右手指缝间有殷红的血迹，那是和石昊打斗时留下的，石昊的那一击令他痛得龇牙咧嘴，拳头都快碎裂了。

要知道，紫日天君在少年时便修出了紫金之躯，与鸿蒙紫气种融合后，连炼体士的肉身都难以与他匹敌，可刚才他居然被打伤了。虽然只是短暂的碰撞，但是他觉得荒是一个极其可怕的人，实力深不可测。

大须陀一叹，轻诵了一声仙僧号，神色复杂。他的赤金钵盂被石昊一记大手印直接拍碎，裂成了数十块。

此时，大须陀的内心很不平静，心想：这人的肉身如此强大，或许能与仙古纪元那个最有名的古僧相比。

据大须陀得到的经文记载，仙僧中有一位至尊年轻时以佛自称，修成了不坏之身，所向无敌。

“单以肉身而言，古来少有人可及。”大须陀赞叹道。

此话一出，众人惊讶不已，连大须陀都给出了如此高的评价，可见荒有多么厉害！

梓潼退到角落里，脸色苍白，再也不敢随意说话了。

众所周知，荒一旦发起狂来，什么都敢做。据闻长生世家的第一传人，那个精通黑暗魔拳和十字神道的风行天，就是死于荒之手。

连长生世家的第一传人都敢对付，还有什么是荒不敢做的？

“手下败将，你还想和我对决吗？还有女胖子，你仍然坚持要我离开此地吗？另外，光头，你那吃饭的赤金碗实在不怎么样！”石昊的声音在烂泥塘上方回荡着。

众人闻言，震惊不已，这简直就是赤裸裸的挑衅，难道荒打算打败三大年轻至尊吗？

“你知道同时针对我们三人会是什么下场吗？竟敢如此挑衅我们，简直是不知天高地厚！”紫日天君怒斥道。

“挑衅？我只是想打败你们而已。”石昊目光炯炯，很是坚定。

此话一出，众人哗然。

用“王者归来”一词来形容荒实在最恰当不过了，他虽然消失了几年，但是并未没落，也没有失去往日的光辉，反而更加强大了！

“看招！”紫日天君不再浪费口舌，直接以最强手段攻向前方那道修长的身影。

“轰！”

巨大的声音响起，清光从石昊的体内迸发而出，他的身体如同一枚种子，蕴藏着无限生机，弥散出大道之气。

石昊抬手就向紫日天君压去，没有丝毫的犹豫，简单的一击便撕裂了虚空。

“斩！”

紫日天君倒退几步，大吼一声，一柄又一柄由鸿蒙紫气化成的天剑径直向石昊刺去。

此地一片残败，到处都是虚空裂缝。

石昊立于残破之地，衣袂飘飘，面不改色。他施展出一记又一记大手印，将那些天剑震散，直至它们化成紫雾，消失不见。

“荒可以徒手抵抗完美的种子！”远处，观战的人惊叹道。

“女胖子，你要出手吗？”石昊看向蓝仙，问道。

然而，石昊不等蓝仙回答，便把她擒了过去。

“无耻小贼！”蓝仙喝道。她挣脱了石昊的束缚，展示年轻至尊的力量。

“轰！”

伴着一声巨响，石昊又攻向了大须陀。

“没有完美古种，荒凭什么以一敌三？难道是传说中的那条路？”观战的人猜测道。

“王者归来，消失几年后……荒重新崛起！”天神书院的弟子激动地说道。

第1011章 **拳震乾坤**

紫色的大日无边无际，占据了整片天空。

紫日天君的血液沸腾了，整个人变得狂暴起来，这是他出世来的第一次决战，也是他洗刷耻辱的一战！

“轰！”

巨大的声音响彻天地，紫日天君的身高拔高到一丈，浑身闪耀着紫金色的光芒，肌肉紧绷，如同躯体上缠绕着一条又一条虬龙，刚健有力。

这就是紫金之躯！

天地间雷声隆隆，瑞气从苍穹降落，将紫日天君包裹起来。

那是鸿蒙紫气种，此刻它已经彻底被紫日天君唤醒了。伴着大道的和鸣声，紫日天君与鸿蒙紫气种得到了天地的认可，与道同在。

众人战栗不已，灵魂仿佛都要离体而出了。在这股力量的影响下，每一个人都深刻地感受到了自身的渺小。

紫日天君大吼一声，声波化成了能量涟漪，如浪涛一般向四方涌去。

“咚！”

伴着一个沉闷的声音，紫日天君拍出大手印，紫得发黑的手如同巨大的乌云般笼罩了苍穹。

紫天掌！

这是紫气东来古天功中的一种掌法，源自上一纪元。修炼者若是将这种掌法修炼到高深处，便可掌控天地万物。

石昊依旧是一副从容不迫的样子，周身清光蒙蒙，看起来好像一位即将出世的仙。

无声无息间，石昊拍出一掌，瞬间便击穿了乾坤，掌印不断前行，与紫日天君的掌印相碰撞。

霎时间，成千上万道光芒迸发出来，璀璨绚烂，让人几乎睁不开眼。

石昊和紫日天君释放出的威力惊天动地，动作迅如闪电。

两人对过一掌后，紫日天君感到手一阵剧痛，有点点鲜血滴落，他心中涌起一股强烈的屈辱感。原本他以为出关后就能独步天下了，没想到第一战如此艰苦，难道说他注定要败在荒的手里吗？

“我是无敌的！”紫日天君吼道。

天神书院远处的神山随着紫日天君的这一声怒吼直接崩塌，无数乱石块四处散落，景象惊人。

此时，紫日天君的精气神已经达到了最佳状态，他双手结印，呈握大戟状，而后猛力挥动，向着石昊劈去。

“咔嚓！”

伴着一个清脆的响声，一道紫色的电光瞬间照亮了天空。

紫气缠绕着紫日天君，虽然他面目模糊，但是高达一丈的躯体无比清晰，一柄恐怖的紫色战戟在他手中浮现。

“天啊！是那枚种子化成的！”观战的人大叫道，深感恐惧，压抑的气氛让人有些喘不过气来。

号称无敌种的鸿蒙紫气种不仅释放出强大的力量，还化成了一柄战戟。

那柄战戟横陈于长空中，通体闪耀着紫色的光芒，仿佛可以斩破乾坤、撕裂苍穹。

此时，虚空正一寸一寸地裂开，山体慢慢化成粉末，这威力太可怕了！

石昊神色严肃，双手同时结拳印，正面迎战。

众人不禁大惊失色，荒疯了吗？难道想与紫色战戟硬拼？

“咚！”

巨大的响声传来，广袤的大地颤抖着，如同一面大鼓在被人击打，乾坤似乎都要崩裂了。

这是石昊的拳头发出的声音，他以凶猛的力量攻击战戟，阻挡紫日天君看似所向披靡的大势。

石昊以右手施展鲲鹏法，展现出拳法的威力，这种拳法可以压制万灵，号令天下。

石昊以右拳迎向战戟，“当”的一声，碰撞声响彻乾坤，所有人的耳朵都嗡嗡作响。

鲲鹏搏天术！

那柄紫色战戟被石昊的右拳击中，剧烈地抖动着。

石昊体内发出的清光一齐涌向拳头，为他提供源源不断的力量。他的左手结拳印，一时间，电闪雷鸣，阳刚之气弥漫，是雷帝印！

右手鲲鹏拳，左手雷帝印，凭借体内的清光为攻击提供无穷的力量，此时的石昊神勇威武，所向无敌。

“当”的一声，紫色战戟裂开，似乎要重新化为紫气了。

紫日天君面色苍白，大口喘着气，他从来没有过这样的压力，由鸿蒙紫气种化成的兵器居然不敌对手的肉身。

“轰！”

雷帝印和鲲鹏拳一同出击，声音响彻整片天地，战戟瞬间被击断，紫日天君的嘴角也溢出了鲜血。

“啊——”

紫日天君乱发飞扬，发出一阵咆哮。这太奇怪了，无敌种居然败了，他不甘心！

“鸿蒙紫气全部浮现，凝结为种，显现真身！”紫日天君喝道。

随后，一轮紫色的大日将紫日天君笼罩了。他的身子不断放大，看起来如同魔神一般，恐怖至极。

而此时，石昊还在和大须陀进行精神对决。

大须陀盘坐在虚空中吟唱禅经，经文如同金属铸成的符号一般不断地向石昊攻去。

石昊面无惧色，眉心发光，元神出窍，一个小人儿盘坐在他的额骨前，口诵真经。

石昊的元神与大须陀的元神在对峙！

这时，蓝仙衣裙舞动，秀发飘扬，飞渡而来。

刺目的蓝光如同万千闪电四散开来，蓝仙在顷刻之间动用了九种大神通对付石昊。

石昊长啸一声，一道清光如同从混沌中破开天地而来。那道清光之中是一片星河，璀璨夺目，美得动人心魄。

众人见状，不禁张口结舌，荒长啸一声就形成了一片星河，世间同龄者谁可与之匹敌？

仔细凝视，众人发现那片星河是由符文组合而成的，可与蓝仙的九大惊世神通相抗衡。

符文是石昊对道的理解，他体内的仙门为他提供了无穷的力量，之后他又融合

《原始真解》的骨文，最终形成了一片由符文组合而成的星河。

一种真经，压制蓝仙的九大神通！

清光破开迷雾，轻而易举地阻挡了九大神通的攻击。

此刻，众人已经不再怀疑石昊的实力了，都对他佩服得五体投地。虽然结局难料，但是仅这开场的一幕，就足以让他赢得天下人的尊重了。

一颗无敌之星正在冉冉升起！

这是属于荒的神话！

仙院的三位长老看到这一幕，沉默了下来。当初，仙院内部商议后决定不给荒古种，如今荒归来，竟上演了这样让人意外的一幕，就连他们培养的紫日天君等人一起出手似乎也无法打败荒。

石昊是在以这样的方式向世人宣告：他回来了！

第1012章 一气化万灵

蓝仙再次施展出九大惊世神通，她这个年龄段的女子对九大神通如此精通，着实令人惊讶。

这时，蓝仙身体周围开始出现九色光芒，逐渐形成了一圈斑斓的光晕。

“轰！”

伴着一声巨响，蓝仙的九大神通再次向石昊攻去。

要知道，光是一种神通就足以打败很多人。到了蓝仙他们这个级别，施展的神通更是不同凡响，九大神通一齐发动，威力之大可想而知。

“噗！”一个观战的人突然口吐鲜血，原来是力量涌来时躲避不及，不小心被伤到了。

“这得是多么强大的神通！”一个修为在虚道境的强者看到这一幕顿时觉得后背发凉，不禁感叹出声。

同样是在虚道境，差距怎么会如此之大？与年轻一代的至尊相比，他实在太微不足道了！

在这一刻，不少人心中都生出了这样的想法，一位年轻至尊打败他们简直不费吹灰之力！

当众人看到前方的景象时，内心更加震惊了，甚至连灵魂都忍不住战栗起来。

那是荒在反击！

荒张嘴喷出的星河不仅阻挡了蓝仙九大神通的攻击，而且其中的符文化成了万灵。

刹那间，无数道身影浮现出来，成千上万的生灵遮天蔽日，到处都是。

黄金猛犸象浑身闪烁着金色的光芒，正在仰天咆哮；如巨山般的白金狮子威猛无比，仿佛可以撕裂虚空；长有乌黑羽毛的吞天雀在地上投下大片的阴影，双目大而猩红；饕餮站在虚空中，狰狞无比，似乎要吞噬域外的星辰；大鹏双翅如垂天之云，扶摇直上，瞬间就能击落大星……

众人仿佛来到了仙古末年，万灵齐出，与异域的生灵展开激烈的大战，场面好不壮观！

强大的生灵几乎都出现了，它们或展翅撕裂乾坤，或站在大地上大吼，密密麻麻的身影覆盖了广袤的大地，遮蔽了无垠的天空。

这一切都是由石昊幻化出的星河形成的，一气化万灵，这是至高手段的体现！

数不清的神禽猛兽奔跑着，长啸着，刹那间大地裂开，虚空破碎，似乎没有什么可以与万灵匹敌。

在万灵面前，蓝仙的九大神通顿时变得暗淡无光。

才片刻而已，石昊就转守为攻，很快要击败蓝仙的九大神通了。

众人盯着那些神禽猛兽，很是疑惑，这是什么宝术？为何荒可以在顷刻之间召唤万灵？

“轰！”

九大神通终于抵挡不住万灵的力量，一声巨响后，彻底被击败了。

长老们目光炯炯，盯着石昊，若有所思。

“是《原始真解》的第一部，《神引》中消失的万灵图上记载的法！”一位长老解释道。

众人闻言，大吃了一惊，居然是那部法，那不是化腐朽为神奇的最原始的骨文吗？为什么还有宝术？

“传言，当修炼到高深境界后，寻常的法也能释放出惊天动地的威力。我不知道荒是怎样做到的，居然将万灵都召唤出来了！”仙院的一位长老说道。

此时，蓝仙陷入被动的境地，被各种生灵包围了，一些猛禽俯冲过去，对她发起了攻击。

蓝仙被一只黄金鸾的喙扯碎了衣袖，险些伤及手臂，情况十分不妙。

蓝仙的九大神通已经除掉了很多神禽，无奈现在面对的生灵数量太多，而且每一个都是传闻中的强大生灵，她无力阻挡。

数以万计的生灵奔跑而过，腾空击天，片刻间，此地已是满目疮痍，惨不忍睹。

不要说其他人，连石昊自己都愣住了，这超出了他的想象，没想到将《原始真解》中的寻常骨文展现出来，释放的力量竟如此强大。

不过，这一击也消耗了石昊不少力量，他虽然力量充足，但是也有一些虚弱的感觉。星河冲出，化成万灵，就像是一个深洞不断地吞噬他体内的精气神。

“一气化万灵，很厉害，也很凶险。”石昊自言自语道。

这要是换作别人，此时多半已经晕倒了，因为演化出万灵需要消耗的力量实在太多了！

最后，石昊张口一吸，所有的生灵都化成光点，凝聚在一起，接着没入他的躯体中。

众人瞠目结舌，无不觉得惊悚。

就在这时，经文声响起，吸引了众人的注意。只见大须陀盘坐在虚空中，口诵真经。

众人突然想起荒不是在进行一场战斗，而是在同时与三大年轻至尊对决，只是刚才他与蓝仙的对决太精彩了，因此让人忘了其他两场。

仙古最强心经之一是名为“僧”的修行者开创的，觉悟真性，问心问道，便是他们的法。

古僧的厉害之处在于精神力强大得惊人，他们仅靠吟诵经文就能与对手抗衡，甚至打败群敌，力量诡异而强大。

一位年轻时自称“佛”的至尊，曾以吟诵经文的方式降伏了不少仇敌，让他们追随在左右。

大须陀继承了这种能力，如今在用强大的精神力吟诵佛陀心经。

经文不绝，在虚空中化成巨大的符号，那些符号闪烁着金属光芒，纷纷向石昊飞去。

石昊一个踉跄，差点摔倒在地。

众人惊呼起来，将目光锁定了石昊。

石昊贸然使用一气化万灵，将《原始真解》发挥到了最高境界，消耗了太多精气神，一时间身体有些虚弱。

“轰！”

伴着惊天动地的一声巨响，石昊定住身子，体内仙门的缝隙似乎变大了一些，继续为他提供力量。

石昊大喝一声，眉心前盘坐的小人儿瞬间变得刺目起来，开始大声诵经。

这是神念的对决！

到了最后，盘坐在石昊眉心前的小人儿化成了一柄剑，“嗖”的一声飞出，向大须陀刺去。

站在人群中的王曦当即大惊失色，这不是王家的独家宝术——平乱诀吗？平乱诀是三大最强剑诀之一，可让元神化成兵器，斩断一切羁绊，所向披靡。

其他人也觉得不可思议，纷纷议论起来。

荒怎么学会了平乱诀？这不可能！没有心法，谁都不可能掌握平乱诀！

大须陀原本很淡定，此时也按捺不住了，他不再吟诵经文，双手开始不断结印。

这时，紫日天君也出手了，他没等鸿蒙紫气种彻底成形，便直接向石昊扑了过去。

石昊突然转身，手结法印，迎向紫日天君。

“嗯？”

大须陀面露震惊之色，发现他上当了，向他冲过去的剑是虚影！直到看到石昊与紫日天君激战，他才明白过来。

“轰！”

伴着一声巨响，石昊与紫日天君撞在了一起，刹那间，地动山摇。

“咚！”

石昊用雷帝印接连攻击，紫日天君口吐鲜血，紫气与闪电混合在一起，无比刺目。

大须陀觉得自己被戏弄了，便冲向石昊，猛然挥动蜡黄色的大手。

“光头，你肉身还不行！”石昊喝道。他一掌震开了紫日天君，接着又一拳攻向大须陀。

“砰！”

巨大的碰撞声响起，大须陀身体发出金色的光，剧烈地晃动了几下。

石昊趁着这个机会，张口吐出清光，准备以此禁锢大须陀。

蓝仙冲向石昊，用纤纤玉手施展出古天功，蓝色的涟漪瞬间布满了此地。石昊一拳击退了大须陀，随即双手结拳印，径直向蓝仙冲了过去。

紫日天君大喝一声，再次加入战斗之中。

大须陀身体一晃，佛光普照，也冲向了石昊。

石昊和他们分别硬拼了一招后，集中精力对付蓝仙。

“刺啦！”

随着一声轻响，蓝仙的衣袖裂开了，隐约可以看到她的右臂上有五道血痕。她面色通红，又羞又怒，这太有损她仙子的形象了！

大须陀大吼一声，以咒语配合自己的手势，向石昊发出了致命的一击。

石昊元神出窍，化为一柄剑，向大须陀的头刺去。

大须陀以为这又是障眼法，便直接攻击石昊，并不在意那柄剑。

“轰”的一声，石昊以霸气的一拳挡住了大须陀的全力一击，毫发无损。

而与此同时，大须陀发现刺向他的那柄剑竟不是虚影，便迅速出手，竭尽所能抵挡攻击。

令大须陀没有想到的是，在最后关头，那柄剑竟化成了一个拳头大的小人儿，在他的头上盘旋着。

“啪！”

那个小人儿直接在大须陀的头上拍了一巴掌，响声清脆。众人瞠目结舌，大须陀也愣住了。

这是赤裸裸的调戏啊！

大须陀抬手向上抓去，想将那个小人儿捉住，谁知道小人儿迅速散开，瞬间化成一道光，回到了石昊的眉心中。

此时，石昊用右手施展出柳神法，欲以秩序神链套住紫日天君的脖子。

紫日天君闷哼一声，吐出一口血，一条秩序神链擦到他的脖子，割断了他的一缕紫发。

众人目不转睛地盯着战场中对决的几人，激动不已。

这是一场前所未有的顶级大战，是年轻一代中最高层次的对决！

天神书院的弟子们激动得大声呼喊起来。

石昊一个人对战三大年轻至尊，神勇无比，展现出唯我独尊的姿态！

第1013章 身即是种

紫日天君大吼一声，披头散发，浑身被紫气笼罩着。

这时，对决的几人已经近乎疯狂，特别是紫日天君，似乎把命都豁出去了。心高气傲的他屡次被石昊压制，早已忍无可忍，他想要一雪前耻，重新赢得属于自己的尊严。

鸿蒙紫气种号称无敌种，但凡得到这枚种子的人都是为世人所津津乐道的对象，拥有辉煌的战绩。

紫日天君刚一出关，就遭遇挫折，怎能甘心？

如果他今日彻底大败，就会成就荒的威名，到时候一提到鸿蒙紫气种，人们想到的就是荒的威势。以无敌种衬托对方的战绩，那是何等悲哀啊！

想到这里，紫日天君重新振作起来，一枚紫色的种子在他身前浮现，虽然种子散发出的是瑞气，但是也给人一种压迫感。

众人见状，惊诧万分，这枚种子是要显出真形了吗？

“不对，还是差了一部分。紫日天君虽然实力强大，但是融合种子的时间不长，还不能随心所欲地掌控它，此时只调出了部分鸿蒙紫气。”观战的人看出了究竟，低语道。

鸿蒙紫气种一显形，乾坤瞬间就变了颜色，狂风怒号，阴云密布，如同世界末日即将来临一般。

“咔嚓！”

一道巨大的雷电劈下，声音响彻天地，乾坤被截为了两半，整个世界都崩坏了。

虚空中，各种裂缝蔓延开来，密密麻麻，触目惊心。

大须陀和蓝仙见状迅速后退，怕被牵扯进去，暂时放弃了攻击。

“轰！”

伴着一声巨响，紫日天君右手结法印，猛力一挥动，鸿蒙紫气种便晃动起来，紧接着，乾坤也开始颤动。

一时间，山摇地动，天神书院内各种古老的神山似乎都快要坍塌了，还好关键时刻有长老出手阻止，他们用护教法阵守住了神山。

巨大的力量犹如不可阻挡的浪涛向着石昊所在的位置涌去，鸿蒙紫气种缠绕着雷电，闪耀着紫色光芒，让人见了忍不住颤抖。

“荒，等着接招！”紫日天君大吼道。

紫日天君一头长发乱舞，双目射出两道紫色的光芒，整个人在云雾中显得神秘而恐怖。

紫日天君终于唤醒了鸿蒙紫气种，这代表他和种子都得到了上苍的认可。

与此同时，无数法则从苍穹上方如瀑布般倾泻而下，随后化成有形之体，没入紫色种子内。

得乾坤宠爱，受上苍庇护！

此时，鸿蒙紫气种正在接受法则的洗礼，吸收大宇宙的力量，这是大道的威势！

鸿蒙紫气种将虚道境的力量提升到极致，代表天地的审判，上苍的裁决。

紫日天君立在半空中，双手开始结法印。他身前的鸿蒙紫气种发出紫光，渐渐与大道融合在一起，似乎随时都能释放出惊人的力量。

紫日天君如同上苍之子一般，挟天地之威，所向披靡。

许多人都感受到了那种无敌的威势，无不胆战心惊。

这时，紫日天君自信心剧增，觉得谁都不是他的对手。他满头长发飞舞，目光如同骄阳般热烈，浑身的毛孔都喷着精气。

“轰隆！”

巨大的声音瞬间响彻天地，沟通大道，与乾坤相合，鸿蒙紫气种现世，这是极其恐怖的一击！

众人从骨子里对鸿蒙紫气种感到忌惮，因为它是天地的大道孕育出来的种子。

一些人“扑通”一声跪倒在地上，再也支撑不住了，这是不受控制的，出于一种本能。

所有人都觉得荒有了大麻烦，除非他动用自己隐藏的种子，否则他的下场会很惨，说不定会就此殒身。

“嗖！”

一道璀璨的光芒四散开来。

石昊舒展四肢，挥动拳印，体内迸发出清光，肌体莹莹且富有光泽。以身为种，他的躯体就是大道种子！

在石昊的体内，一扇又一扇神秘的仙门迫于外界的压力，打开的缝隙逐渐变大，释放出人体最本源的潜能。

无数条秩序神链出现在石昊的身体表面，闪烁着耀眼的光芒，他准备正面与鸿蒙紫气种对决。

“坏了！”天神书院的弟子们大喊道。

“不好，怎能这样硬拼？”曹雨生等人也失声惊呼，预感石昊可能会惹上大麻烦。

就在所有人都觉得石昊凶多吉少、危在旦夕之时，震撼人心的事情发生了，鸿蒙紫气种居然放慢了攻击的速度，似乎遇到了极大的阻碍。

“咚！”

随着一声巨响，一个闪烁着淡金色光芒的拳头居然径直穿透了鸿蒙紫气种！

“什么?!”

众人当即就愣住了，怎么会这样？号称无敌种的鸿蒙紫气种就这样被击败了吗？

这简直让人难以置信，与人们预想中的完全不一样！

紫日天君的霸气姿态已经荡然无存了，他没想到自己费了这么大力气，最后竟如此轻易就被打败了。

“怎么会……”紫日天君一时间都忘记了愤怒，喃喃道。

“不可能！”接着，紫日天君嘶吼起来，内心充满了不甘。

众人也从震惊的状态中回过神来，议论纷纷，这究竟是怎么回事？

“出现这种情况只有一种可能，那就是荒也有一枚种子，而且他的种子比紫日天君的鸿蒙紫气种更完美，蕴含的法则更多。”天神书院的一位长老分析道。

可是，鸿蒙紫气种是无敌种，还有比它更厉害的种子吗？哪怕是同一等级的种子也没有几枚，更别说超越它的种子了。

“鸿蒙紫气种没有完美地展现出来。时间仓促，紫日天君没有等到那一刻就释放了它的力量，如果有与鸿蒙紫气种同等级的种子出现，紫日天君就会吃大亏！”仙院的一位长老解释道。

“你也有一枚完美的种子，你竟然诓骗我！”紫日天君对着石昊吼道。他觉得自己受到了欺骗和侮辱，颇有几分不服气。

“你这样认为也不算错，因为我自己就是一枚无敌种。”石昊的语气很平淡，没有任何情绪的起伏。

石昊体内的仙门裂开，一道又一道从裂缝发出的清光汇聚在一起，使他的力量攀升到顶峰。

“唰！”

石昊一个闪身，掀起一阵狂风，用全身的力量向紫日天君攻去。

紫日天君心中一惊，快速聚集鸿蒙紫气，阻挡这一击。

目前的情况对紫日天君非常不利，鸿蒙紫气种刚被击穿，散开后不能迅速地归位。

“咚！”

一个沉闷的声音响起，紫日天君被石昊的拳头打得大口吐血，直接横飞了出去。

石昊如同战神一般，以无敌的姿态打败了紫日天君。一时间，天地仿佛都要塌陷了。

众人目瞪口呆，难以置信。

石昊黑发披散，目光冷厉得吓人，走一步，挥出一拳，没有任何花哨的招式。紫日天君连连后退，身体近乎崩溃，难以承受这种巨大的压力。

这就是荒的真正实力吗？

所有人都震惊不已，这实在是太匪夷所思了！同时，一些人想到了荒说他自身是一枚完美的种子。

“怎么可能？”仙院的一位长老面露质疑之色，自语道。

“难道荒真的走通了那条路？”仙院的另一位长老说道。

莫非就是那条从来都没人能成功走通的路——以身为种？那条路太艰难了，不知道有多少盖世英杰在修炼途中殒命，荒居然成功了？！

仙院的几位长老都沉默了，这个被他们放弃的少年，连一枚古种都没有，竟走通了连历代英杰都没有走通的那条路！

这是惊世的大消息！

“扑通！”

随着一声巨响，紫日天君一头栽在了地上。他遭受了重创，战斗力锐减，再这样下去恐怕会就此殒命。

大须陀和蓝仙见状，急忙上前阻止石昊的攻击，不过这似乎并没有起到什么作用，石昊已经进入了一种无敌的境界之中，力量恐怖至极。

“谁敢挡我的路？！”石昊喝道。

石昊的声音如同雷鸣一般，响彻天地。

“他真的走通了那条古路吗？以身为种？”此时，其他人也从仙院的长老那里听到了这个消息。

第1014章 不败传奇

以身为种那条路从仙古纪元就有人走，可是走过的人都失败了，而且走那条路的人下场都很惨，不是殒身，就是半废。

在世人看来，以身为种是一个深渊，是一条不可能成功的路。

敢走那条路的，哪一个是普通人？绝大多数都是声名显赫的英杰，可是最终他们都没有落得一个好下场。

想要成功，一步到位，谈何容易？

可是，荒不仅走通了那条路，还打败了拥有完美种子的紫日天君。

许多人都不相信荒走通了以身为种那条路，而是认为他融合了一枚奇异的古种。

可完美古种一直都是定数，数量和类型早已经确定，荒去哪儿寻到的完美古种？出名的几枚种子都集中在仙院内，还有几枚在九天十地最可怕的禁区中，但是禁区根本没有人能进去，更别说将种子从禁区带出来了。

将这些可能都排除之后，荒身上的种子到底从何而来？众人尽管不愿相信，但还是不得不接受事实，他……可能真的成功了！

以身为种，这四个字压得人有些喘不过气来。

“轰！”

战斗还没有结束，惊天动地的一声巨响过后，天地间出现了各种可怕的异象，神光迸发，天崩地裂，大雨倾盆。

石昊每挥动一拳，乾坤就会剧烈地颤抖一下，茫茫的气浪翻涌着、肆虐着，让人心惊肉跳。

“啊——”紫日天君大叫起来。他的身体剧烈地晃动着，难以抵挡石昊无敌的大势。

石昊在虚空中一步一步向前走去，如同天帝巡天而至。

“咚！”

一个沉闷的声音响起，石昊挥出右拳，虚空瞬间破碎，光芒四射，灿烂而耀眼。

紫日天君如同断了线的风筝一般直直地坠落在地，身体仿佛都快要散架了。

大须陀和蓝仙放慢了攻击速度，站在不远处观望。

此刻，紫日天君的情况不是很乐观，身为一代年轻至尊，他何曾这样狼狈过？

紫日天君甚至有一种预感，即便他将鸿蒙紫气种的力量全部释放出来，也不见得能够打败荒。他引以为傲的鸿蒙紫气种居然就这样被人比了下去，实在太不甘心了！

紫日天君大吼一声，竭尽全力抵抗，然而石昊一拳就击中了他的胸腹，让他动弹不得。

仙院的长老顿时神色大变，紫日天君不能再继续战斗下去了，不然必定会殒命于此，这不是他们乐意见到的。

“停手！”仙院的一位长老大喊道。

可是，此时的紫日天君像是疯了一样，硬是不肯认输。

“我是不败的！”紫日天君大吼道。

“咚！”

石昊又一拳砸向紫日天君，这一拳的威力非同小可，紫日天君的筋骨都快断裂了。

“怎么会这样？”紫日天君百思不解，接着整个人飞了出去。

梓潼看到这一幕，想到自己此前对荒的不敬，忍不住战栗起来。连主人都不是荒的对手，而自己之前还再三挑衅荒，真是有点不知天高地厚。

此刻的吴泰也是坐立不安，他躲在人群中，浑身汗毛竖立，害怕被发现。连拥有完美古种的人都败了，这世间还有几人可以与荒匹敌？想到这里，吴泰瞬间有一种逃走的冲动。

“回来，你如今还不是荒的对手，他已经走通了以身为种那条路！”仙院的一位长老对紫日天君说道。

这句话如同天雷般震惊了每一个人，众人纷纷惊叹起来。

第一个走通以身为种这条路的人，即使有瑕疵，也有着超凡的意义。

这是一个传奇，到了后世注定会被无数人传诵！

作为第一个走通这条路的人，荒必然会流芳百世，成为被记载在史书上的辉煌人物。

这既让人羡慕，又让人恐惧。以身为种这条路如此艰难，荒竟然成功了，他是何其强大与坚韧啊！

“以身为种，真的有人成功了。”紫日天君自语道，眼里是藏不住的失落与愤怒。

古来走上以身为种这条路的人哪一个不是英杰，结果都失败了，可眼前这个人……竟然成功了！

“快退下！”仙院的长老再次告诫紫日天君。

然而，紫日天君执拗无比，一头紫发乱舞，低声嘶吼。他想让鸿蒙紫气种的力量全面显现，与荒展开终极对决。

仙院的长老快步上前，试图阻止这一切。

石昊丝毫没有惧怕，准备与紫日天君正面对决。

此刻，大须陀和蓝仙不得不出手阻止石昊，毕竟仙院的长老都开口了，他们要是没有什么表示，实在有些说不过去。

三大年轻至尊围住石昊，联手对他展开攻击。

不一会儿，紫日天君就被石昊击飞了，如果不是鸿蒙紫气种将紫日天君包裹着，他很有可能当场就殒命了。

见此情景，仙院的一位长老快速冲出，接住紫日天君，用一颗金丹保住了他的性命。

所有人都惊讶不已，荒以一敌三，打败了紫日天君，书写了不败的神话。今日过后，荒归来的消息将会传遍天下。

荒再次崛起了！

众人忍不住惊呼、热议，这里一片喧嚣。

曹雨生、太阴玉兔等人兴奋得手舞足蹈，天神书院的弟子更是激动得哇哇大叫起来。

就连仙圣两院的一些人，此时也不得不赞叹石昊的英勇。

王曦的心情很是复杂，她原以为几年过去，荒已经没落，根本构不成什么威胁了，可如今他的成就超乎了所有人的想象，走通了传说中的那条路，族人多半要担忧了。

这时，王曦突然想到了与她有婚约的金展，他的实力究竟有多强？据说他数次涅槃，达到了今世法的极限，是否与荒不分伯仲？

“真是不简单！荒若是进入长生世家，成就一定会更惊人！”邀月公主双眸泛出光彩，赞叹道。

战场中，天地失色，八方风雨。

石昊与两位年轻至尊对决，主攻蓝仙，让她陷入被动的境地。

众人愕然，这才多长时间，又一位年轻至尊要被击败了吗？荒未免太恐怖了吧！

就在此时，石昊心头一震，发觉烂泥塘周围出现了极其厉害的人物。又有人来了，还带着一股青春的气息，毫无疑问，来人应该是今世顶级的年轻至尊。

“轰！”

伴着一声巨响，烂泥塘忽然炸开，泥浆四溅，有人试图开启仙家洞府之门。

这里本就瑞光密集，仙气氤氲，经过这样一击之后，地下发生了极大的变化。

“轰隆！”

烂泥塘塌陷了，仙光冲霄，地下传来仙乐声和石门开启的巨响，仙家洞府被打开了！

“唰！”

无数道身影如闪电般冲向烂泥塘，眨眼间便没入其中。

“过来！”石昊呼唤曹雨生、魔女等人，还有天神书院的弟子，准备带他们一起下去。

其他人当即愣住了，荒竟以一己之力庇护一群人，要带他们进入仙家洞府，换作其他人，谁敢？

第1015章 地下

曹雨生、太阴玉兔、长弓衍、魔女以及凤舞等人并不觉得意外，跟随石昊一并进入了烂泥塘中。

天神书院的弟子就没有那么平静了，他们万万没有想到自己有机会率先进入仙家洞府，这是一个大机缘！

烂泥塘的泥浆溅得到处都是，泥塘中央出现了一个巨大的洞，不断有仙气从洞里冒出。

“荒，你未免太张狂了，一个人进入仙家洞府也就罢了，还想带一群人进来！”一个冷冷的声音从地下传出。

“我乐意，你管得着吗？”石昊直接驳斥道。

“嚣张！”那个声音再次响起，紧接着惊雷和闪电从地下冲了出来。

石昊伸出右手，五根手指不断放大，一下子就将洞口挡住了。他一把抓住了所有的惊雷和闪电，指端雷光滚滚，恐怖至极。

掌中乾坤！

当一个人的修为到了一定的层次，就不再局限于固有的宝术，自身也可以通过排列骨文创造大神通，眼前的石昊就是活生生的例子。

石昊先将所有的雷霆炼化，接着一个反手，掌心迸发出成千上万道耀眼的雷电。

众人看到这番景象，不禁头皮发麻，大惊失色，太壮观了！

“你敢！”

“难道你想攻击所有人吗？”

地底传来不同的呵斥声，一些人责怪石昊不分青红皂白就胡乱出手。

“少废话！你们以为我无法确定是谁偷袭就不敢出手了吗？做梦！”石昊厉声道。

“轰！”

石昊一掌就拍了下去，威力使得烂泥塘下方的地层抖动起来，发出震耳欲聋的声音。

神光闪耀，仙家洞府中许多古老的法阵都被激活了，接连不断地释放出巨大的力量。

之前冲下去的一些人吃了苦头，急忙展开防御。

观战的众人见此情景，心想：荒未免也太专横了，有人暗中针对他，他便直接攻击所有人！

“荒，你过分了！”下方传来斥责的声音。

“废什么话？害你们的人又不是我，暗中挑衅我的人才是罪魁祸首。你们身在下方应该知道是谁，你们不向他讨说法，反而指责我，是看我好欺负吗？不服就上来对决！”石昊冷冷地说道。

这下，那个开口的人也不知道如何反驳了。

片刻后，烂泥塘下方恢复了平静，雾气氤氲，神秘莫测。

“我们也下去。”石昊撑开一片光幕，走在了最前面。

泥塘下幽深开阔，看起来像是一个大溶洞，里面的石钟乳形状各异，闪烁着灿烂的光芒。

“荒大人，你抓住的石匣中究竟有什么？”天神书院的一个弟子突然询问石昊。

石昊这才想起之前从烂泥塘中飞出的那道光芒中包裹着一个石匣，也正是因为那个石匣才引得他出来与人对决，要不是书院的这个弟子提起，他都差点忘了。

石昊从怀中取出石匣，石匣散发着蒙蒙光芒，看起来很普通。他试了几次都没能打开石匣，连破解骨文的方法都试了。

“力之法则？”石昊皱眉，自语道。

经过一番认真检查后，石昊发现了问题所在，石匣上附着的骨文形成了一股巨大的力量，那股力量阻止了他打开石匣。

“开！”石昊大喝一声，用力一捏，试图通过暴力的手段打开石匣。

“轰！”

巨大的声音响彻乾坤，惊呆了所有人。

“荒，你太过分了！有人对你出手不假，可你也不能总是故意报复吧！”有人忍不住喝道。

“这次是不小心而为之，不过我拒绝道歉，谁叫你们刚才恣意挑衅。”石昊淡淡地说道。

这时，一道刺眼的光芒冲向天际，让地面上的人大为震惊。

地下，石钟乳遍地，光泽灿灿。

曹雨生、龙女等人凝神看着石昊手中的石匣，小小的石匣闹出这么大的动静，里面到底有什么？

石匣被打开后，一颗雪白的头颅小心翼翼地探了出来，很是滑稽。

众人揉了揉眼睛，确定自己没有看错，从仙家洞府中飞出的石匣里竟藏着一个生灵！

这实在令人难以置信，多少年过去了，石匣里面怎么还会有生灵？

“一只龟！”曹雨生惊呼出声。

这是一只雪白的龟，巴掌大，背壳如同羊脂玉般洁白，肢体也是如此。与寻常的龟不同，它很有灵性，一双眼睛贼溜溜的。

“这是什么龟？该不是一株仙药通灵化成了白龟吧？我记得在三千道州就遇到过一株白龟驮仙的仙药。”太阴玉兔眨着大大的眼睛说道。

其他人闻言，也是一惊，这不是没有可能，这个石匣是从仙家洞府中冲出来的，里面包裹的自然是仙珍。

“你们想多了。”石昊摇头道。他认出了这只雪白的乌龟，几年前，大长老在此垂钓，想将仙家洞府中那个神秘的生灵诱出，结果引来了这只贪吃的龟。

这是八珍龟！

八珍龟虽然无法和长生药相比，但是名气大得惊人，不仅是让人垂涎三尺的美味，还是大补药。

“八珍龟比神药还难求，价值连城啊！”天神书院的一个弟子感叹道。

“这是大长老的东西，留着补气血用的。”石昊说完，把八珍龟放回了石匣中。

紧接着，石昊用神识询问八珍龟此地究竟发生了什么事。

八珍龟早已通灵，自然懂得交流，便告诉石昊，它在烂泥塘徘徊时，被一股怪力卷到了地下。

“是那个生灵！”石昊想到了大长老一直想捉住却总是捉不住的那个生灵。

“咚！”

突然，地下的溶洞发出巨响，石钟乳纷纷坠落，地层沉陷，乱石纷飞，各种烟尘弥散开来。

地层深处，妖异的道符在闪耀。那里有一片地宫，地宫恢宏而古朴，如同一座仙道古城。

众人仔细凝视，发现那座仙城居然是用金属浇铸而成的。

“好大一座城！”凤舞忍不住惊叹。

“应该说这是一个小世界。”长弓衍说道。

一群人飞到半空中，向前眺望，发现城中有一些石山，石山都开凿了洞府，洞府中弥散着仙气。

这是仙家的宝地，若是闯进去，必然有大造化。

与此同时，石昊感觉到附近有几个十分恐怖的能量光团，虽然能量光团掩藏得极好，但是逃不过他的灵觉。

那是几位年轻至尊，他们早已到了此地，只是一直没有现身。

巨大的仙城整体呈青金色，如同瑰丽的金属艺术品一般，虽然历经了无尽的岁月，但是依旧灿烂闪耀。

不少人意识到这座仙城并不是重点，真正的大机缘在城中的石山洞府之中。

这里果然与众不同！

一般说来，同一个地点能有一个仙家洞府就已经很难得了，而这里一共有九座石山，意思就是说这里有九个仙家洞府！

这是一处宝地，是一个藏有大好机缘的地方。

一群人皆面露严肃之色，不敢轻举妄动，连天神书院的大长老都不敢轻易踏足的地方，肯定有陷阱。

“吱呀呀——”

巨大的青色金属门敞开，发出声响，混沌之气弥散开来。

随后，金属门后面的石门也自动开启了，仙城就这样毫无保留地呈现在所有人的面前。

气氛十分诡异，漫长岁月过去，仙城一直悄无声息，今日居然自动开启了大门！而且密布在仙城上方的符文也消失了，这意味着什么？难道直接越过城墙就能进去？

在过去，翻越仙城者无一例外都会被符文攻击，哪怕至尊也是一样。

就在这时，“咔咔”的声音响起，几个人形生灵缓步走了出来，他们全身被甲胄覆盖着，散发出仙气。

众人无不心惊胆战，心想：这几个活着的生灵是真仙吗？

第1016章 仙城

一群人屏住呼吸，好像脚被胶水粘住了一样，全都定在了原地。

这座仙城不知道存在了多少万年，如今这里怎么可能还有活着的生灵？

没有人敢轻举妄动，怕激怒那几个生灵，引来天大的祸患。

乌黑的甲胄闪烁着金属光泽，众人隔着很远的距离就感受到了仙金的锋利，那几个人拿的兵器是战戟、天戈等，皆带着一股可吞噬天地的气势。

那几个人身上散发着仙气，拿的兵器却这么恐怖，这让在场的人神情更加凝重了。

“黑暗仙金！”曹雨生嘀咕道。

那几个人的甲胄和兵器都掺杂着黑暗仙金，黑暗仙金在世间可都是以粒来计算的。

青金色的城墙如山岭般将整座仙城围得严严实实，阻挡了众人前进的步伐。

那几个人连脸上都覆盖着甲胄，只有眼睛露在外面。他们眼里发出的光如同闪电一般，让人不敢直视。

那几位躲在暗处的年轻至尊也沉默不语，不敢有所行动。

“嗒！嗒！嗒！”脚步声在回荡，那几个人踩在石板上的声音清晰而响亮。

就在这时，城门口为首的那个人的眉心裂开了，一只竖眼出现，发出一道红色的光芒，光芒逐一扫过众人。

“哎呦！”太阴玉兔惊呼出声。那道光芒第一个就落在了她的身上，她如同被闪电击中了一般，浑身上下抖个不停。

“怎么了？”旁边的人想要上前帮助太阴玉兔，可还没有靠近就被那道光芒弹开了。

“仙古最纯净的血脉可以入城。”为首者说的是仙古的语言，所幸在场的人都学过这种语言。

众人闻言，惊讶不已，心想：难道这个守护城门的人是来检查他们是否有进入仙城的资格的吗？

太阴玉兔听到这个消息，立马两眼发光，就要往城内闯。结果她才靠近城门，

“轰”的一声，就被一片光幕弹开了。

“你不是说我的血脉最纯净吗？为什么不让我入内？”太阴玉兔瞪着大眼，很是不解。

“还有什么生灵的血脉比麒麟幼兽的更纯净呢？”手持黑色大戟的那个人说道。

“哧溜”一声，麒麟幼兽挣脱了太阴玉兔的怀抱，跳到了地上。几年过去，它长大了很多，不过平日还是喜欢被人抱着，身体始终保持在一尺多长。

雪白的麒麟幼兽早就觉得这个地方很熟悉了，它迫不及待地向城里冲去。

“你这家伙真没良心，就这么把我们丢下了！”太阴玉兔气愤地说道。

麒麟幼兽眨巴着一双水灵灵的大眼，与几个守城的人交流，请求他们让众人进去。

那为首者眉心的竖眼再次从所有人身上扫过，最后他点了点头，道：“是仙古遗民的后裔，不是异域的生灵，而且有麒麟血脉带领，可以入内。”

众人愕然，这些人一直守候在此，不让异域的生灵入内，这就是他们活下来的意义吗？

“可以入内！”守城的人仔细扫视一番后，示意众人前进。

石昊等人依次向城里走去，心里想着反正都已经到了这里，也没有退缩的理由，哪怕有危险也要闯。

突然，一杆天戈闪耀着刺目的乌光，释放出可怕的气势，仿佛要吞噬九天十地。

“异域入侵者！”守城的为首者断喝一声。

众人有些疑惑，他们当中还有异域的奸细？此前怎么没有发现？

众人纷纷回头，向后方望去。

“他的确来自异域。”石昊说道。

被拦住的人是莫道，从血脉上来说，他和九天十地的人是一样的，不过他生活在异域。

此时，石昊只能实话实说，他不知道莫道是否忠心耿耿，最后关头是否会背叛他，如果这里藏着机密的话，确实有必要限制莫道入内。

那个穿戴黑色甲胄的人一把抓住了莫道，眉心的竖眼发出灿烂的光芒，紧紧地盯着莫道。

片刻后，莫道被放开了。

“可以进去，但要将他限制在特定的范围内，不可深入。”守城者冷冷地说道。

众人长舒了一口气，石昊心中的石头也落了地，如果此时莫道真的被发现有什么古怪，肯定会当场殒命。

石昊带领的这队人马并不算少，除了魔女、长弓衍、凤舞、甄古、藤一等人，还有天神书院的一群弟子。

随后，那几个一直躲在暗处的年轻至尊也与蓝仙、大须陀、戚顾一起来到了城门前。不过，那几个神秘的年轻至尊仍以神光护体，不愿现出真身。

最后，连紫日天君也来了，仙院长老的金丹让他的身体迅速得到了恢复，他是不愿错过这样的大机缘的。

城中很安静，街道上没有一个人影，仿佛整座仙城就只有那几名神秘的守城者。

“唰！”

人影闪烁，天神书院、仙院以及圣院的活化石级的人物来到了城门口。他们想与那几名穿戴黑色甲胄的守城者交流，然而，回应他们的却是冰冷的大戟。

“城内的机缘几乎耗尽了，你们年纪大了，进去也没有多大的意义。”一名守城者这样说道。

长老们哑口无言，觉得很可惜，难道这样巨大的仙城都没有他们的机缘吗？

“原以为会是仙王留下的后手，太遗憾了。”仙院的一位长老叹道。

“遗憾什么？这座城自然是最重要的底牌之一。”一名守城者冷冷地说道。

“这里有什么？”圣院的一位长老双目发光，盯着守城者，问道。

“两位仙王所留之物，不过那些东西不是留给你们的，而是留给拥有最纯净的仙古血脉者的！”为首的守城者应道。

此时，进入城中的一群人也听到了这些对话，他们大吃了一惊，原来这里真的是仙王的道场，而且有两个仙王！

要知道，从古到今都没有出现过几个仙王，这个纪元连一个仙王都没有，上一个纪元的仙王也能数得过来，而这座仙城居然出现过两个仙王，他们究竟留下了什么？

这里绝对是大好的造化之地，每一个人都充满了期待，只是守城者说过，仙王留下的东西只属于拥有仙古最纯净血脉者。

城内就好像一个小世界，比众人在外面看到的更加广阔。

“那是什么在闪闪发光？”一个人惊呼起来。

此时，街道的尽头出现了灿烂的光芒，白雾弥漫，神秘且富有仙道气息。

众人看见这个场面，纷纷快速向前冲去。石昊殿后，防备那几位神秘的年轻至尊。

仅凭石昊一人，就足以让其他人忌惮。

“天啊！引魂莲，一下子就有三株！”曹雨生怪叫道，仿佛不敢相信自己的眼睛。

只见前方有一个小广场，广场中央有一个水池。水池中，三株引魂莲亭亭玉立，闪耀着璀璨的光芒。

“这可是神药，居然同时出现了这么多！”其他人也纷纷感叹。

神药虽然不是独一无二的，也无法与长生仙药相提并论，但是很稀少，遍寻九天十地也只能找到几株。

这里一下子就出现了三株神药，还都是引魂莲，不得不让人惊叹。引魂莲的神奇之处在于使人的元神变得强大，而且，人只要还残留一点神念，有了引魂莲就可以复活。

“太幸福了，修炼元神的大好机会就在眼前啊！”天神书院的一个弟子激动地说道。

“扑通”一声，曹雨生直接一头扎进了池中。

“好香啊！引魂莲的药性溶在水里，馥郁芬芳，浓得化不开！”曹雨生大口喝着池水，感叹道。

其他人闻言，纷纷跳入池中，汲取浓郁的药性。

“是谁如此猖狂，竟敢喝我的洗澡水？”就在这时，一个稚嫩的声音响起。

众人先是一愣，而后腾空而起，落到岸边，谨慎地戒备起来。

“在哪里？”曹雨生喝问道。他喝了一肚子水，结果被人告知那是洗澡水！

“大胖子，你小心点，差点儿踩到我了！”曹雨生的话音刚落，那个稚嫩的声音又响起了。

曹雨生低头寻找，终于在脚尖看到了一个生灵，他忍不住狂笑起来：“豆丁，就这么一点儿也敢寻我开心，小心被我踩扁了！哈哈哈——”

“竟敢奚落我，我一拳头就能将你砸飞！”地上的小生灵生气地说道。

曹雨生蹲下身来，伸出一根手指头，捅了捅那个不足一寸高的小家伙。

“砰！”

巨大的声音响起，曹雨生感觉自己好像被一座巨山砸中了，整个人横飞了出去，浑身的骨头仿佛都要断裂了。

“我……我被一个豆丁轰飞了，我……”曹雨生破口大骂道。随后，他便不争气地晕过去了。

第1017章 力之极限

众人看着曹雨生化成一个小黑点，越来越远，直至消失不见。

曹雨生在铭纹境与列阵境都取得了极大的成就，实力在一群年轻人中是数一数二的。

然而，眼前发生的这一幕让所有人都惊诧万分，曹雨生居然被一拳打得没影儿了！

“晕过去了。”魔女嘀咕道。

不少人都看到了曹雨生的窘态，他被一拳打晕，不省人事。

“真是丢人啊！”太阴玉兔撇了撇嘴，道。

一群人开始看向地面，试图寻找真凶。然而找到真凶后，他们都不知道说什么好。

一个只有指节大的家伙站在地面上，摆出一副得意扬扬的样子。这个小家伙是一只小蚂蚁，正是它击飞了曹雨生。

“小胖子这下颜面都丢尽了啊！”太阴玉兔捂着脸，替曹雨生感到脸红。

这个时候，曹雨生不知道飞到哪里去了，看那样子，最起码在数十里外了。

一群人都不知道说什么好，这个场面也太滑稽了，让人想笑却又笑不出。

“不服就是这个下场！”小蚂蚁的言语中透露着自大。它金色的躯体很是结实，如同由一粒金沙打磨而成的一般，小小的躯体直立着，跟人似的，一双手臂抱在胸前，昂着头，大眼如金灯，一只脚在前，一只脚在后。

“哈哈——”众人忍不住大笑起来。

就这么一只小蚂蚁，居然把曹雨生打得直接没影儿了，这也太令人难以置信了！

“笑什么笑？不服你们也过来！”金色的小蚂蚁厉声道。它伸出一只手，那手和人的手一模一样，上面也有五根手指头。

这是一只奇异的蚂蚁，躯体虽然不大，但是与人的形体有不少相似之处。它勾了勾手指，像是在向众人发起挑衅。

听着小蚂蚁稚嫩的声音，所有人都生出了一种很荒谬的感觉，这么小一只蚂蚁，居然敢如此张狂。

“你说这个神池是你洗澡用的？”天神书院的一个弟子询问金色的小蚂蚁。

金色的小蚂蚁点点头，道：“正是本王沐浴之地，你们没事喝我的洗澡水干什么？”

众人闻言，心想：这个家伙真是欠揍，如此嚣张。

“还好我没喝。”太阴玉兔吐了吐舌头，凤舞等人也暗自庆幸。

一些人目不转睛地盯着金色的小蚂蚁，石昊见到它后，也一直在认真研究。

“天角蚁！”观察了许久之后，石昊得出了这样的结论。

这三个字一出，众人脸色大变，这个小家伙竟是这种仙蚁，太不可思议了，天角蚁不是早就灭绝了吗？

若论力气，当推天角蚁为第一，连真龙都比不上它。天角蚁一族是名副其实的至高虫族。

当然，仙古纪元的天角蚁和这只天角蚁的后裔是不同的。天角蚁成年后身高最起码超过一丈，有的天角蚁甚至还会化为人形，只不过还是会有蚂蚁的特征，比如四肢比较细长。

天角蚁还未成年时便能轻易撞塌一座巨山，力大无穷，无与伦比。

众人发现小蚂蚁的头部有一个突起的部位，不细看的话，根本难以发现，那是天角蚁的天角。传闻成年天角蚁的天角是世间最强的武器之一，可以撕裂乾坤。

小蚂蚁还幼小，天角还没有完全长出来，不过，它已经形成了一种场域，而且这种场域纯粹是由力量形成的。

天角蚁神力盖世，以力之极限闻名世间。

一群人惊讶不已，同时也很忌惮，没想到会在这里见到一只幼小的天角蚁，难不成还有成年的蚁王？

太古十凶之一难道要出世了吗？

一些人的心情顿时变得沉重起来，如果太古十凶出世，可能会带来一场大灾难，到时候所有人都要遭殃。

只有石昊双眼发光，盯着金色的小蚂蚁，脸上露出了一丝笑意。

对石昊来说，这是绝好的机缘，天角蚁的宝术代表了力量之道的至高神通，他如果掌控了这只小蚂蚁，实力必将突飞猛进。

石昊本就力大无穷，肉身比炼体士还要强大，如果掌握了天角蚁的盖世神通，天下就无人可与他在力量上媲美了。

石昊有一个疑问，当初三千道州的仙古遗地开启时，谪仙进入的天角蚁巢穴不就是天角蚁的栖居地吗？怎么这里也有？而且这里还有天角蚁的后裔。看来，天角蚁的栖居地不止一处，这里应该是相当关键的一处。

石昊一直不敢小觑谪仙，因为谪仙已经修成了力之极限宝术，还掌握了一只天角。

当年，石昊如果不是有万灵图，绝对会被那只神秘的天角轻易击败。

“小蚂蚁，你的父母可在？”天神书院的一个女弟子笑着问道。

“去掉‘小’字，称我为王。本王在此，你们竟敢小觑，当我是孩童！”金色的小蚂蚁大声反驳道。

“你多大年纪？”尽管知道小蚂蚁出身惊人，众人还是对它敬畏不起来，因为它看起来实在太小了。

“本王已经活了一个纪元之久，你说我多大年纪？”小蚂蚁冷冷地说道。

“啊？”一群人顿时惊呆了。

一个纪元是多么漫长的岁月，除非小蚂蚁涅槃重生了，否则怎么会有如此大的年纪？

众人不禁打了个冷战，传说一些老怪物盗取天地之精，夺取人间生气，可以返老还童。

“豆丁呢？”就在这时，曹雨生的声音传了过来。

众人向不远处望去，曹雨生一瘸一拐地走了回来，衣服变得破破烂烂的，像是经过了一番剧烈的打斗，整个人狼狈极了。

“本王在此，大胖子还不过来觐见！”金色的小蚂蚁朗声道。

曹雨生听到这话，气得直瞪眼，额头的青筋都暴起了。他被一只小蚂蚁轻易击飞，这叫他的面子往哪儿搁？

“胖子，不要轻举妄动，这是天角蚁的后裔。你被它击飞，不算丢人。”石昊对曹雨生说道。

“天角蚁？！”曹雨生有些难以置信，紧接着，他那张包子脸浮现出灿烂的笑容。

曹雨生用肩膀碰了碰石昊，悄声道：“力之极限血，这意味着我们以后不缺这种宝血了？”

石昊咳嗽了一声，让曹雨生不要声张。

“哈哈哈——”曹雨生放声大笑起来，之前的愤怒一扫而空。

圣院有一些力之极限血，可是都被金展、小圣人、戚顾等人霸占了。对于炼体士来说，天角蚁的力之极限血是最珍稀的宝血，能够以惊人的速度改变人的体质，让人变得力大无穷。

“胖子，你在嘀咕些什么呢？当心我再一拳将你击飞。”金色的小蚂蚁很不客气地说道。

曹雨生很是不解，眼前这个小家伙明明看起来弱不禁风，怎么会有如此强大的力量？

“嗒！嗒！嗒……”

脚步声传来，几名守城者手持兵器，缓缓地走向众人，如同不苟言笑的战神。

“这里的机缘你们可凭各自的能力获取，不过，真正的大机缘只留给两位仙古血脉最纯净的王者后裔。”一名守城者对众人说道。

众人看向雪白的麒麟幼兽和金色的小蚂蚁，瞬间明白了，最纯净的仙古血脉一定指的是它们。

“请问前辈是仙吗？”后方，大须陀身边的一位年轻至尊出声询问守城者。

众人屏气凝神，等待守城者的回答，没有一个人不想知道答案。

“我等只是几个老兵，当年烽火连天，战火纷飞，所有强者全都战死了。我等凭着残留的意志将自身制成傀儡，活到了今天，为的是守护洞府。”一名守城者淡淡地说道。

众人闻言，无不感慨，恍惚间仿佛看到了仙古纪元末期大战的场面。

老兵们拖着残躯守护此地，只为了保留火种，他们是可敬的。

“我等费尽心力，终于救活了天角蚁大人的后裔，让它从亿万年的沉眠中苏醒了过来。”一名守城者说道。

众人听到这番话，不禁纷纷叹息。

“大人，仙古血脉固然重要，可并不意味着后人不如前人，今后大战的主力还是我等。你们不能心有成见，让我等与最重要的机缘失之交臂。”蓝仙极力争取得到机缘的机会，这般说道。

“好，那就给你们一个机会，谁能搬起那口元母鼎，我便认可谁。”为首的守城者用黑色的大戟指向前方，朗声道。

顺着黑色大戟所指的方向，众人看到了一座石山，仙气从石山周围冒出，显然那是一个极为重要的洞府。

山顶，一口鼎静静地矗立着，散发出神圣的气息。

“元母鼎，我好像听说过……”蓝仙皱着眉头低语道。

“元母鼎是仙古纪元的第一重器，重得无法想象，天角蚁把它当兵器，一般人别说挥动，连搬都搬不起来。”大须陀解释道。

“有人想试试吗？谁能搬动，我们便认可谁。”为首的守城者说道。

“我来！”一位年轻至尊准备尝试一下，率先开了口。

“荒，你也去啊！你力大无穷，肯定有机会成功。”天神书院的弟子这般说道。

第1018章 力拔元母鼎

一个人袅袅娜娜走了出来，身边飘浮着数不清的叶子，充满了生机。与此同时，一些种子在虚空中扎根，长成了神藤、宝树等，将那个人拥簇在中央。

第一个出手的年轻至尊竟然是女子！

这个女子有一头绿发，肤色雪白，一双眼睛灵气十足，瞳孔呈深绿色，整个人如同从原始山林深处走出的精灵。

“是她！”

“这个女子是谁？”

“被称作生命女神的女子！”

众人看到绿发女子上场后，纷纷议论起来。

一些人有些疑惑，年轻至尊中什么时候有这样一个人？可是她刚才的确和大须陀、蓝仙等人走在一起。

“新出关的，很多人都不知道她的存在。仙院的一位长老推测她若在神道纪元，也许可以成就生命主神之位，万古不灭。”

众人惊讶不已，这是何等高的评价，这样一位女至尊到底融合了一枚怎样的种子？

随着许多人的议论，越来越多的消息流传开来。

据说，这个女子来自长生世家，整个家族都是仙古后裔。

任何一个长生世家都声名显赫，无人敢轻视，更少有人敢挑衅。从这样的家族中走出的年轻女至尊自然恐怖，而且她得到了仙院长老的称赞，想不让人忌惮都不行。

“她名叫吕虹。”有人用不大不小的声音说道。

这时，所有人都知道了这个女子的家族——吕家，一个神秘莫测的家族。他们虽不是人族，但拥有人形，没有人知道他们的本体是什么，只知道他们法力无边，神威盖世。

吕虹轻移莲步，向着那座石山走去，她不敢飞行，而是靠双足行走。

传闻此地的虚空中密布着一些法阵，一般人若是在此地太过张扬，可能会引来杀身之祸。

“只要不是异域修士，便可以在这里飞行。”为首的守城者提醒吕虹。

“好！”吕虹应道，快速向那座石山飞去。

众人闻言，全都飞了过去。

这座石山倒也不是高得惊人，但有一种让人敬畏的气势，半山腰有一个古洞，仙气不断从古洞向外冒出。

青石台阶直通山顶，古鼎四周白雾弥漫，鼎内有日月星河的倒影，像是装着一个浩瀚无边的宇宙。

一路上没有任何意外，所有人都顺利到达了山顶。

“起！”吕虹大喝一声，用力抓住鼎耳和鼎足，想要将元母鼎抬起来。

吕虹虽然看起来柔弱，但是力气真的很大，她手指附近的虚空都裂开了，形成了可怕的大裂缝。

可是，最终吕虹还是失败了，尽管她拼尽了全力，也没能让元母鼎动摇分毫。

“冲！”吕虹浑身发光，释放出的力量如浪花般翻涌。

这次吕虹使用了宝术，各种骨文交织在一起形成了强大的神通，想要将这口鼎卷起。她一边用力，一边想，凭家族的绝世宝术难道还搬不动一件器物吗？

“轰隆隆！”

巨大的声音响起，各种雷光四散开来，闪电交织，景象十分恐怖。然而，古鼎还是纹丝不动，如磐石一般坚固稳定，鼎内的日月星辰闪闪发光，熠熠生辉。

“用神通攻击此鼎是没用的，你的神通之力难道能胜过这件闻名世间的法器吗？它可以化解一切的神通，只有用真正的力量才能搬动它。”一名守城者见状，提醒吕虹。

众人恍然大悟，这是天角蚁的兵器，自然要从力量上入手。

吕虹又尝试了数次，结果都失败了，元母鼎一动不动。

“前辈，这不公平！这是一位仙人的兵器，我等虽天资不凡，但毕竟离仙道境界还远，怎么可能搬得起来？”吕虹有点不服气，脸都涨得通红了。

“真正的元母鼎你们根本搬不动，这只是它的投影而已。”为首的守城者解释道。

听到这一番话，许多人都愣住了，原来这并不是真正的元母鼎，可是它看起来就和真的一样，没有任何区别。

守城者直接言明，天角蚁的兵器被完整地保存了下来，是天下最可怕的仙器之一。不说其他的机缘，单是这件兵器就足以轰动世间了。

“这件兵器的投影凝聚成形之后，说重不重，说轻不轻，正好是当年天角蚁大人所能挥动它的重量。”一名守城者这样说道。

众人闻言，心中难以平静，感叹天角蚁不愧是十凶之一，年轻时力量就如此强大。

“我失败了。”吕虹有些沮丧，头渐渐耷拉了下去。

其他几位年轻至尊也都眉头紧皱，觉得自己难以搬动元母鼎。

“我来！”就在这时，紫日天君开口了。他早已平复了心情，没有看石昊一眼，开始举鼎。

“起！”紫日天君大喝一声，用尽了全身力气。他体内的骨骼“嘎吱嘎吱”作响，紫色的光芒迸发出来，璀璨夺目。

然而，元母鼎依旧岿然不动。

“再起！”紫日天君大吼一声，一枚紫色的种子浮现出来。随后，那枚种子化成了一团鸿蒙紫气，缠绕在那口鼎上。

“噗！”

紫气突然散开，紫日天君吐出一口血，显然是被元母鼎的力量攻击了。

现场鸦雀无声，紫日天君使用鸿蒙紫气种举鼎，居然遭到了重创！

“我失败了。”紫日天君缓步向后退去，脸上尽是失望之色。

“还有谁要尝试吗？”一名守城者看向众人，问道。

“我来试试！”蓝仙朗声道。她信心满满，可是用尽了力气，也无法让元母鼎动摇分毫。

随后，曹雨生等人不信邪，一一上前尝试，结果都失败了。

“让我试一试。”就在这时，大须陀开口了。他缓步向前，抓住元母鼎，口诵真经，声音响彻天地。

随后，大须陀身上发出耀眼的金光，整个身体化成了金刚不坏之身。

“咚！”

元母鼎发出了一点颤动的声音。

众人大吃了一惊，大须陀果然厉害，这是要把元母鼎搬起来了吗？

然而，大须陀放下了手臂，并没有进一步尝试。

“太可惜了，怎么不继续？马上就要成功了！”一些人惋惜地说道。

“我失败了。”大须陀摇头道，心里有点遗憾和不甘。

戚顾见状直接上前，准备搬动元母鼎。

“轰！”

元母鼎颤动了几下，发出如同惊雷般的响声。

众人惊诧万分，这个毫不起眼的道士居然也做到了这一步，似乎并不比大须陀弱。

但是，元母鼎还是没有被搬起来。戚顾一叹，走到一旁，承认自己失败了。

之后，又有两位年轻至尊上前，结果无一例外都失败了。

场面有点冷清，所有人都沉默了，难道没有人的力量可与天角蚁年轻时匹敌吗？

这岂不是意味着今世远不如仙古，说不定会灭亡得更快？

“不用沮丧，力量并不能代表一切，更何况力量是天角蚁的强项，这也不能作为战力强弱的衡量标准。如真龙，虽然它年轻时的力气比不上天角蚁，但它的战力在十凶中绝对是数一数二的。”为首的守城者见众人有些沮丧，急忙安慰道。

众人听了这番话，心情好了不少，的确如此，就连真龙都无法与天角蚁比拼力气，他们为何要感到挫败呢？

“这注定是我的兵器，无人可以动用。”金色的小蚂蚁挺着胸膛，骄傲地说道。

“还有人要试吗？”一名守城者问道。

此时，许多人不约而同地将目光投向石昊，也许只有他可以一试了。

“没有与完美种子融合，可是你也很强，这是怎么回事？”一名守城者看向石昊，皱着眉头道。

“我试一试。”石昊说完，便大步向元母鼎走去。

石昊觉得哪怕不容易成功，也要试一试，这样可以推测一下他和天角蚁有多大的差距。

所有人的目光都集中到了石昊的身上。

“奇怪，的确没有与完美的种子融合，为什么还会这么强？”为首的守城者提出了疑问。

“当！”

金属颤动的声音响起，石昊一把抓住了元母鼎，猛然用力。

“起！”石昊大吼一声，动用肉身的全部力量，想要搬起元母鼎。

看到这一幕，众人不由自主地倒退了好多步，纷纷感叹，一个人的肉身怎么会这么强？居然化成了场域，影响了周围的时间与空间！

“轰隆！”

伴着一声巨响，元母鼎离地而起，被石昊搬了起来。

“怎么可能？难道说……这一纪元有人走通了那条路？”为首的守城者大惊失色，这般说道。

“我的兵器怎么被别人搬起来了？！”金色的小蚂蚁被吓了一跳，以为自己眼花了。

第1019章 不灭经

金色的小蚂蚁揉了揉眼睛，确定自己没看错，这个人确实做到了！它未成年，如今还不能搬动元母鼎，可是眼前这个人居然先它一步搬动了。

“你这人怎么回事？抢我的兵器用很好玩吗？”小蚂蚁生气地说道。

众人见此情景，无不大惊失色，几位年轻至尊都失败了，荒竟然直接举起了元母鼎！

这是多么可怕的神力，可以称得上是举世无双了！

众人之前已经觉得荒很厉害了，将他视为这代年轻至尊中的佼佼者，可无论如何也没有想到他会强大到这个程度！

众人认为，仅以肉身而论，荒多半位列前三甲，除了圣院的金展和小圣人，无人可与荒匹敌，就连仙院号称无敌的那几个人也没有荒这么强的肉身。

“他明明散发的是我仙古一脉的气息，修的是仙古法，可是没有融合一枚完美的种子，怎么可能强到这等地步？”一名守城者神情凝重，低语道。

“除非走通那条路，不然不符合常理。”为首的守城者肯定地说道。他之前从石昊身上浮现出的符文认定石昊走的是仙古一脉的路。

如果修仙古法不融合传说中的完美古种的话，肉身之力不可能这么强大，更无法与天角蚁相提并论。

“几位前辈，你们猜对了，我这位兄弟确实走上了你们口中的那条绝路，而且成功了！”曹雨生说得好像是他成功了一样。

接着，曹雨生还告诉守城者，仙院的长老不给石昊古种，硬生生将石昊逼上了绝路。

“你……以身为种，闯过了生死关？”为首的守城者看向石昊，再次确认。

“侥幸成功。”石昊点头道。

一时间，几名守城者都惊讶得说不出话来了。

此时的石昊已是满头大汗，这口鼎真的太重了，压得他双臂都快断了，整座石山都在跟着颤动。

众人也开始觉得脚下有些不稳，似乎在晃动。这可是一座布有仙家法阵的山，竟被一口鼎影响了，可见元母鼎有多重。更可怕的是，这只是投影，并不是真正的元母鼎。

“快放下吧，你很不错，已经达到要求了。”为首的守城者说道。

几名守城者震惊不已，看向石昊，像是发现了稀世宝藏一样。

石昊一放下元母鼎，整座山便剧烈地晃动了一下，他觉得双臂一阵酸麻，有些疼痛。

石昊不得不感叹，天角蚁一族太勇猛了，居然以这种重器当兵器。此物一般人连搬都搬不动，他费了好大的力气也只是能够举起，要做到当成兵器随意地使用，于他而言有些不现实。

石昊本来觉得自己的肉身已经够强大了，遇到天角蚁后，这才深刻明白了“人外有人，天外有天”的道理。

强中更有强中手！

看着石昊一副毫无成就感甚至有点沮丧的样子，众人觉得很奇怪。

几位年轻至尊看到这个场面，皆感受到了强大的压力。在肉身的较量上，他们已经落后了，如果想压制、超越荒，唯有在道行上与他进行比拼。

那名为首的守城者似乎看出了石昊的心思，对他说道：“不用介意，天角蚁一族在力量上是举世第一的。”

石昊点了点头，没有说什么。

为首的守城者补充道：“你也很厉害，不是纯粹的炼体士，力量就达到了这样的境界。如果你走上那条路，绝对可以和天角蚁打个平手，甚至占据上风也说不定。”

一旁的小蚂蚁听到这话，瞬间不开心了，叫嚷道：“他怎么能与我相提并论？等我成年，一定把元母鼎当成玩具！”

“小金，你是独一无二的，将来一定会超越历代先祖，不过这个人也不简单，他不见得会比你弱。”为首的守城者语重心长地对小蚂蚁说道。

听到这一番话，众人惊讶不已，守城者居然给予荒如此高的评价，都将他与十凶中的天角蚁并列了！

“我也学过一些炼体之术。”石昊有点儿不好意思，纠正道。

“哦？你学过什么法？”为首的守城者面露惊讶之色，询问石昊。

“锤骨法。”石昊答道。

锤骨法是大长老传授给石昊的，大长老说这种法源自圣院，后续部分需要去圣院寻找。

“没有听过，可否为我讲解一下？”为首的守城者对石昊说道。

石昊马上就讲解起锤骨法来，只不过是通过暗中传音的方式，旁人不能听到。

“听起来不错，可是还不够，这是从《不灭经》中演变出来的法，远比不上《不灭经》。”为首的守城者听了石昊的讲解后，说了这样一番话。

“什么?!你懂《不灭经》？”石昊还没有开口，旁边就有人已经抢先开口了。说话之人正是戚顾，他平日少言寡语，如同古板的老者，此时却一反常态，呼吸急促，激动不已。

戚顾在圣院时听人提到过《不灭经》，据说它有着不可思议的力量。

“我不懂，在仙古纪元也没有几个人懂，最多不过两三位大人研读过《不灭经》，我们仅知道皮毛而已。”为首的守城者如实说道。

“锤骨法与《不灭经》有多大的差别？”石昊问为首的守城者。

“相对《不灭经》而言，你的这段经文还很浅显，不够精深。”为首的守城者说道。

众人闻言，不禁大惊失色，锤骨法如此超凡，居然只得到这样的评价。

“如果今世没有一部能与《不灭经》媲美的关于炼体之术的经文，那么今世危矣！”为首的守城者叹道。

“我们圣院的一位前辈创造了一部可与《不灭经》相提并论的经文，不过，我们也在积极寻找《不灭经》，想要印证一番。”戚顾说道。

“《不灭经》在仙古纪元是最强经文之一，在炼体上更是宝典，不可超越。”一名守城者解释道。

按照守城者所说，如果成功修炼了完整的《不灭经》，哪怕神识寂灭，肉身也会长存。甚至有传言称，如果将《不灭经》修得圆满，哪怕元神被击散，经过漫长岁月，肉身也可以重新凝聚出一个神魄来。

也就是说，这是真正意义上的不灭。而且由肉身孕出的元神，并不是新个体，依旧拥有从前的记忆。

众人静静听着守城者述说其中的细节，不禁感慨万千。

“这比圣院的那部宝典更厉害啊！”天神书院的一个弟子惊叹道。

“事实上，《不灭经》在上一纪元也可算在前三甲内，只是并无证据表明它真的可以让人不灭。”为首的守城者目光炯炯，盯着石昊，道，“你如果修炼《不灭经》，也许有机会去验证一番，看看取得大圆满后是否真的可以不灭。”

石昊走通了以身为种的路，本就有深厚的功底，若是修炼《不灭经》成功，一定会走得更远。

“《不灭经》在哪里？”听了守城者的一番话，石昊有几分动心了。

其他人也迫切地想知道《不灭经》的具体位置，虽然他们不是炼体士，但是增强体魄对每一个修士来说都是有必要的。

“消失了。”为首的守城者叹了一口气。

众人的心情瞬间跌落到了谷底，刚被勾起点兴趣，结果是这样一个答案。

这时，一名守城者说道：“当年天角蚁大人一开始也只能举起元母鼎而已，修炼了《不灭经》之后，便能够抡动元母鼎了。”

“一定没有消失，我将来还要学呢。”小蚂蚁在一旁叫嚷道。

“我们找遍了此城也没有寻到天角蚁大人修炼过的《不灭经》。”为首的守城者叹道。

众人都很失落，那么重要的一部经书，如果就这么失传了，实在太可惜了！

很多时候空有豪情壮志是不行的，新路都是建立在前人的基础和辉煌之上的，只有多多借鉴，才能创造出更为璀璨的成绩。

“我们认为《不灭经》的去向只有三种可能：一是在此地，天角蚁大人准备留给后裔，等后裔成长到一定年纪就会发现《不灭经》的所在；二是失落在了当年的战场上，天角蚁大人当年战到最后时，已是伤痕累累，奄奄一息，身上的不少东西都不见了；三是可能落在了九天十地中的某一处禁区内。”为首的守城者郑重地说道。

三种可能，难以确定。不过，《不灭经》若是遗留在此地，找一找，兴许还能找到。

第1020章 **造化地**

《不灭经》充满了传奇的色彩，让人心生渴望。

众人盯着这座古老而壮阔的仙城，都希望能有所收获。

“石昊通过了考验，前辈你要给予他什么奖励呢？”曹雨生厚着脸皮问守城者。

“允许他进入天角蚁大人的洞府，如果他寻到《不灭经》，便是他的造化。”为首的守城者这般说道。

这样的许诺让不少人羡慕不已，引起了一片热议，不过大多数人都能理解，因为这是石昊凭借自己的能力得到的机缘。

当然，也不乏一些嫉妒石昊的人，可是他们也无可奈何，毕竟实力是有目共睹的。

“我能带一些人进去吗？”石昊看向守城者，问道。

“不能！”为首的守城者直接拒绝了。

仙家洞府在哪里？是众人脚下的这座仙山吗？

这里共有九座石山，每一座都散发着浓浓的仙气，真不知道里面究竟都藏着些什么。

“请其他人离开这座仙山，不得在此驻足。”一名守城者对众人说道。

“虽然你们不能进入天角蚁大人的洞府，但是其他地方的药草、神石等都可以凭机缘获得。”为首的守城者提醒道。

“嗖！”

伴着一声轻响，石昊化成一道光芒，沿着一条路向刚进城的方向赶去。

不少人立即醒悟，急忙追赶石昊，连蓝仙和吕虹这两个来自长生世家的仙子也不例外。

进城时，众人看到一个水池中有三株神药，那种神药可以滋养人的元神，壮大人的魂魄，是稀世珍宝。

“坏蛋，你要去毁掉我的浴池吗？”小蚂蚁大叫道。

“嗖”的一声，小蚂蚁留下一道金色的残影，也追了上去。

“轰！”石昊挥动背后的鹏翅，同时施展雷帝宝术，速度快如闪电。他第一个赶到，刚看到引魂莲，抬手就准备将它收走。

“哧！”

就在这时，几位年轻至尊一同出手阻止。若是其他神药也就罢了，这可是引魂莲，它的好处实在太多了！

拥有一株引魂莲，就相当于多了一条命！

大须陀大喝一声，惊得众人心都快跳出来了。

“轰！”

石昊周围的虚空直接被击碎，隐约间可以看到，那里有一个由符文凝聚而成的古僧。

石昊面无惧色，撑开唯一洞天后，立于一团神光中，展开全面的防御。与此同时，他将唯一洞天压缩，化成一个极点，而后猛然爆发，威力向四面八方扩散。

“轰！”

随着一声巨响，一片如同星河般的光点炸开，急速冲向大须陀。

大须陀断喝一声，手结法印，身体跟着摆动起来，金色的光芒如同刀子一般在天地间胡乱冲撞，绚烂夺目。

石昊逼退了大须陀，迅速采摘了三株引魂莲，并将其封印在玉器中。

其他年轻至尊见状，很不甘心，想出手抢夺。

一道又一道蓝光格外刺目，这些都是神箭发出的光芒，神箭洞穿虚空，快速射向石昊。

这是神箭，确切地说，是修为在虚道境的强者感悟天地至理之后，创造出来的神箭。

蓝仙看起来灵动飘逸，如同仙子一般，动起手来却凌厉无比，攻击力十分恐怖。

这些神箭都是蓝仙发出的，她一抖手便射出了成片的神箭，神箭最后全部集中到石昊所在的位置。

众人看到这一幕，大惊失色，那种神箭难以抵挡，可以轻易击败修为在虚道境的高手。

“你们困住他，夺下引魂莲！”蓝仙对其他的年轻至尊传音。

一株引魂莲相当于一条命，没有人不想得到引魂莲，哪怕得罪强大的荒也在所不惜！

几位年轻至尊释放出神光，形成恐怖的光幕，光幕铺天盖地地向石昊所在的方向压去，准备将他包围起来。

其他人一时间还没有反应过来，几大年轻至尊居然联手对付荒，事情发生得太突然了！

几名守城者没有出手的意思，只是在一旁静静地观看。

“咔嚓！”

闪电一道接着一道发出，如同真龙乱舞，逐渐将石昊所在的位置淹没了。

石昊体内的仙门全部裂开，发出清光。他撑开唯一洞天，口诵真经，让《原始真解》形成恐怖的骨文。

唯一洞天如同一轮烈日般将石昊笼罩在其中，上面布满了《原始真解》形成的骨文，那些骨文密密麻麻的，犹如坚不可摧的甲胄。

力量源源不断地在补充，石昊以极其强大的手段抵挡了几大年轻至尊的攻击。

“还有什么手段？尽管施展出来！”石昊冷冷地说道。

此时，那些神箭洞穿了长空，全部袭到石昊的近前，无一例外都被阻隔在了唯一洞天之外。

无数神箭在唯一洞天外一寸一寸地断裂、粉碎，景象骇人至极。

唯一洞天，《原始真解》的骨文，体内的仙门中释放出的清光，三者结合在一起，可化解各种攻击，所向披靡！

众人看到眼前的这一幕，目瞪口呆，连几大年轻至尊也感到情况无比棘手，不由得感叹：“这个人太可怕了！”

“嗖！”

一眨眼，石昊就消失不见了。突然，刺目的神光迸发出来，他出其不意地出现在几位年轻至尊的身畔，对他们展开猛烈的攻击。

观战的人纷纷感叹，荒竟敢以一敌众，太霸气了！

所有人都觉得自这一日起，荒之威名必定会响彻九天十地，他若是顺利成长起来，势必会成为年轻至尊中的最强者之一。

数十次交手后，几位年轻至尊自知难以与石昊抗衡，便灰溜溜地撤走了。石昊则准备径直赶往天角蚁的洞府，此刻已经无人敢阻拦他了。

“坏蛋，竟敢破坏我的浴池，吃我一拳！”这时，一个稚嫩的声音响起。

虚空中突然出现了一个小金点，而后一个拳头冷不丁地砸向了石昊。

“砰！”巨大的声音响起，只见一道影子飞向了天际。

“啊——”惨叫声越来越远，小蚂蚁本想一拳击飞石昊，没想到自己却被击飞了。

“哈哈——”曹雨生狂笑不止，大喊道，“小豆丁，被人击飞的滋味如何？正好你可以去天边清醒一下。”

一座石山上，洞口特别多，就像马蜂窝一样，仙气从洞口冒出，白雾袅袅，富有仙道气象。

石昊由守城者带领着来到了这里，其他人也跟着来到了此地，不过他们只能眼睁睁地看着石昊进去，前方就是天角蚁大人的洞府。

“你们平分吧，这神药可以壮大元神。”石昊将两个玉盒递给了长弓衍、曹雨生等人。

石昊自己留下了一株引魂莲，以防意外，不过对他来说，单纯地服用此药意义已经不大了。

石昊转身，向着洞府走去。

“坏蛋，你给我站住！”小蚂蚁急匆匆地赶到此地，冲石昊嚷嚷道，“你这是欺负我还没有成年吗？有本事过几年再对决一场，还有，别踏进我家门！”

石昊微微一笑，道：“不服就跟在我身边，随时和我较量，有胆子就来吧。”

“你……好，我还要向你挑战！”小蚂蚁气哼哼的，跟着石昊一起走进了天角蚁大人的洞府。

众人觉得金色的小蚂蚁虽有凶名，但在荒面前却没有办法展露凶猛的一面，看来它多半是要落入荒手中了！

石山内如同庞大的迷宫一般，错综复杂，数不清的古洞连在一起，极易迷路。

石昊和小蚂蚁在里面转悠了一天一夜，才走遍了每一个角落，然而他们并没有发现《不灭经》。

“你身为天角蚁之子，就没有怀疑过留给你的《不灭经》是否存在吗？它到底藏于何处？”石昊问小蚂蚁。

“我要是知道，早就修炼成功了！”小蚂蚁气愤地说道。

很快，小蚂蚁瞪着一双大眼，似乎有点畏惧和害怕，悄声道：“还有一个地方，你敢与我一起去吗？”

石昊点了点头，心想：反正都进来了，还有什么敢不敢的？

洞府深处，有一条古路通向一面石壁。小蚂蚁到了石壁面前，用头上还未长好的金色小角轻轻触碰石壁，石壁便有了反应，一扇古门出现在他们眼前。

“这是什么地方？”石昊刚走进古门，就汗毛直竖。

地上有血迹、各种鳞片以及羽毛，光是站在这里，石昊的身体就有些不受控制，皮肤似乎快要裂开了。

很快，石昊明白了，这是大人物的血与鳞羽！

石昊和小蚂蚁继续往里走，更多的羽翅、怪角以及各种颜色的血迹等出现在他的眼前。

突然，石昊看到了一颗蚂蚁的头，那颗头颅如同一轮巨大的太阳横陈在此地，金光闪闪。

“天角蚁大人？”石昊失声惊呼。

这是何地？难道是天角蚁大人与众多仇敌同归于尽的战场吗？

第1021章 **天角蚁**

看到这些肢体和血迹，石昊心里怎能不害怕？更可怕的是，他的肌肤已经裂开了，骨头也快被压断了，这个地方有一种可怕的压力。

什么是无上强者？就是他尽管死去了，力量依旧影响深远，一滴血液，一块骨头，甚至一根毛发都能令后世强者感受到极大的压力。

石昊看着那颗巨大的蚂蚁头，整个人都僵住了，甚至连他的肌体都开始渗出鲜血了。

“这真的是天角蚁大人？”石昊自语道。

那颗蚂蚁头上的金色光芒无比刺目，整颗头似是由仙金铸成的，亿万年过去了，仙金依旧在发光。

天角蚁号称一代至高人物，怎么会落得如此悲惨的下场？它比真龙的力量还要大，居然就这样殒命于此！

石昊看着地上的金色血液，又看了看远处的鳞甲、羽毛、长角等，不由得毛骨悚然。

当年那一战未免也太惨烈了！

这里的血液很不凡，蕴含着惊人的灵性和仙气，应该都是高境界的人物留下来的。

“喂，你那是什么表情？我的老爹就那么凄惨吗？”小蚂蚁很是不满，在一旁叫嚷道。

“你这不肖子孙，见到先辈殒身于此，怎么一点都不伤感？”石昊伸出两根手指，一下子便将小蚂蚁夹了起来。

小蚂蚁十分恼怒，小小的躯体剧烈地挣扎着。

如果是其他人，怎能如此轻易将小蚂蚁夹起来？别看它躯体不大，其实它力大无穷，只是现在它被石昊束缚着，动弹不得，十分尴尬。

“放手！如果那是我老爹的尸体，我怎么会不难过？”小蚂蚁大叫道。

石昊一愣，松开了小蚂蚁。

小蚂蚁气愤不已，猛地向石昊挥拳，结果没打着石昊，反倒把虚空撕裂了。这么一丁点儿大就有这种威势，太惊人了！

“这只是我老爹的遗蜕，并不是真身！”小蚂蚁气呼呼地说道。

石昊惊诧不已，蚂蚁也和蛇一样蜕皮？他还真不知道。不过，这毕竟是天角蚁，肯定不同于一般的蚁虫，蜕皮也不是很稀奇吧。

石昊强忍着身上的疼痛，围着那颗蚂蚁头转了一圈，这才发现原来真的只是外壳而已。

“这不是天角蚁的真身，天角蚁大人在哪儿呢？”石昊问小蚂蚁。

“形神俱灭，不复存在。”小蚂蚁低语道。它没有哭泣，也没有悲伤，有的只是失落和沮丧。

按照小蚂蚁所说，天角蚁大人以一敌百，与异域的顶级人物对决，最后寡不敌众，不幸殒身。

在失去战斗力之前，天角蚁大人还拉上了不少仇敌同归于尽。

“天角蚁大人很可敬，可惜战死了。”石昊轻轻地叹了一口气。

从这里的景象可以感受到当年的那场战争有多么激烈，天角蚁大人是当之无愧的战斗英雄！

“他并没有立刻殒身，而是拖着残躯坚持活到了这一纪元的初期。”小蚂蚁小声道。

石昊闻言，大吃了一惊，天角蚁大人居然坚持到了这一纪元？

小蚂蚁还告诉石昊，天角蚁大人殒身的时候十分悲惨，不是直接羽化，而是先殒命，再燃烧成为灰烬。

这可是一位修炼过《不灭经》的强者，最后竟落得这样的下场！

可悲，可叹！

天角蚁力大无穷，最后却连躯体都没有留下。从《不灭经》的传说来看，天角蚁大人应该还没有修到大圆满境界，不然肯定不会殒身。

“其实老爹本可以活得更久一些，而且离世时也不会如此遭罪，都是为了救我。”小蚂蚁一边说，眼泪一边滴答滴答地掉了下来。

虽然小蚂蚁不是嚎啕大哭，但是这种方式更显凄怆，石昊看得出来它很难过。

当年，小蚂蚁的母亲战死，几位兄弟姐妹也全被敌人杀害，而当时还在母亲肚子里的它也遭受了致命一击。

天角蚁显然与一般的蚂蚁有本质的区别，其孕育和成长的方式等都截然不同。

如果不是天角蚁一族拥有强大的肉身，小蚂蚁也不可能活下来，当年就会与家人一起殒身了。

不过即便如此，小蚂蚁也是依靠天角蚁大人的精血才得以出生的。

“你见过你父亲吗？”石昊问小蚂蚁。

“没有。在我真正出世前，老爹就离开了，这一切都是守城者告诉我的。”小蚂蚁抹了抹眼泪，道。

石昊不知该如何安慰小蚂蚁，天角蚁大人为了救活自己的孩子，付出了极大的代价，结果连孩子的面都没有见到，这是多么深沉的父爱啊！

同时，石昊也很疑惑，既然天角蚁大人活到了这一纪元，为何没有留下《不灭经》的线索呢？

石昊马上说出了这个疑问，小蚂蚁歪着头想了想，道：“可能是我还不够强大，因此无法获得真经。”

接着，石昊和小蚂蚁继续在这里寻找线索，《不灭经》的诱惑力实在是太大了！

石昊强忍着肉身的疼痛，此地的压力将他压得近乎崩溃。他不得不叹服，天角蚁大人光是遗蜕都能释发出如此强大的力量，若是真身出现，那会有多恐怖？

小蚂蚁倒是没怎么受压制，它身上有天角蚁的气息，受到了遗蜕的庇护。

“这就是仙道的力量吗？尽管大部分力量早已消散，只有一些残余的力量，还是对我影响这么深。”石昊自言自语道。

石昊和小蚂蚁寻遍了每一个角落，就是没有找到《不灭经》的线索。

石昊很不甘，可也无能为力。最后，他打起了那些角、羽毛的主意，想要将它们收集起来为炼器做准备。

“我劝你就不要想了，这些东西的精华都被守城者提炼出来给我熬炼身体了。我先天体弱多病，得此滋养才变得健壮了一些。”小蚂蚁对石昊说道。

石昊惊愕，这么多天材地宝，难道全都没用了吗？

“剩下的只是煞气，能够提取的东西不多了。喏，这根也许可以用，你可以收起来。”小蚂蚁指了指一根灰色的羽毛，道。

一根羽毛？

石昊有点迟疑，可还是尝试着去接触了那根羽毛，结果发现它是唯一没有煞气的物体，放在手里感觉轻飘飘的，没有一点重量。

石昊轻轻挥动羽毛，四周并没有任何反应，即便催动神力，羽毛也不发光。

“算了，先收着。当年我想炼制五禽扇，后来一直把这件事给耽搁了，等我炼制的时候把这根羽毛加进去试试看。”石昊自语道。

没有找到《不灭经》，石昊觉得很不符合常理，天角蚁大人怎么可能不为后裔留下经文呢？

“或许要等到我成年了，力量足够强大时，才能开启封印，获得真经。”小蚂蚁推测道。

“没有时间了，你出生得太晚，异域的人马上要来了，我们必须尽快强大起来。”石昊皱着眉头说道。

提到异域，小蚂蚁的眼睛当即变得血红，它的父母和兄弟姐妹都是被异域的人害死的，它和异域势不两立！

“你能不能施展什么手段，让自己变强？”石昊问小蚂蚁。

“我尝试过让自己变强，不过那样的力量不是现在的我能控制的。”小蚂蚁面露沮丧之色，道。

“无妨，你再来试一试，我守在此地。”石昊鼓励小蚂蚁再尝试一次。

“不行，你会有危险的，连守城者都承受不住那种威力。”小蚂蚁严肃地说道。

“我将真身退走，只留下一部分元神附着在一块宝物上，问题应该不大。”石昊坚持要留下，这样说道。

一人一蚁经过一番商量之后，石昊将一部分元神附着在了万灵图上，守在此地。

小蚂蚁双眼通红，身体发光，不一会儿躯体便快速膨胀起来。

一声惊天动地的大吼传来，石昊顿时愣住了。

小蚂蚁刹那间便发生了翻天覆地的变化！

小蚂蚁刚才不过蚕豆大，如今如同巨大的山一般，浑身发出金色的光，日月在它面前都变得暗淡无光。

小蚂蚁现在的力量绝对可以与大须陀、戚顾等人匹敌，甚至在他们之上。

要知道，小蚂蚁还没有成年呢，它是在提前消耗自己的力量吗？

“轰！”

伴着一声巨响，天角蚁大人的遗蜕突然抖动起来，释放出恐怖的气息。

与此同时，地上的那些尸骨、血液、羽毛等也全部碎裂了，似乎没有什么可以抵挡这股力量。

石昊目瞪口呆，这是怎样强大的力量？那些可都是仙道遗物！

天角蚁遗蜕散发的气息和光芒对小蚂蚁并没有造成影响，不过其他东西就没有那么幸运了。

万灵图发光，护住了石昊的元神。石昊不得不庆幸，如果不是这块万灵图，他的元神肯定早就被摧毁了。

就在这时，石昊看到了惊人的一幕，天角蚁的遗蜕中竟浮现出了一个中年人的身影！那个中年人高大挺拔，金黄色的头发披散在腰间，一双眼睛射出犀利的光芒。

石昊觉得自己仿佛快要窒息了，虽然他有万灵图守护，但还是有些担忧。

这是何等可怕的人物？

这……应该就是天角蚁大人化成人形的样子！

石昊不得不承认，天角蚁大人太英武了，有一种气吞山河、唯我独尊的魄力，他的一双眸子深邃而有神，像是可以洞悉世间万物的规律一样。

此时的小蚂蚁已经陷入疯狂之中，失去了正常的神志，连最亲近的人在眼前都看不见。

天角蚁大人站在虚空中，身体周围浮现出无数星辰，如同站在一个古老宇宙的最中心。

星河一片接着一片在天角蚁大人背后破灭、重现，这个场面让石昊震惊不已。

这就是天角蚁大人的力量吗？他的头发只要轻轻飘起，就可以毁灭宇宙中的星辰。

石昊不敢相信自己见到的这一切。

“亿万年前，我见到了你……”就在这时，天角蚁大人开口了。

“这怎么可能？！”石昊失声惊呼。

“不然你擅闯此地，怎么可能安然无恙？”天角蚁大人的声音透露着威严。

第1022章 **黑暗未来**

曾经见过？这简直就是天方夜谭，怎么可能？一个在亿万年前，一个在今世，这中间隔着一个纪元，两人怎么会相遇？

可天角蚁大人是曾经最强大的长生者之一，身份尊贵，应该不会说谎。

石昊一时间有些失神，不知道该不该相信天角蚁大人的话，这到底是怎么回事？

"嗷——"

一旁，小蚂蚁长啸一声，虚空都被它的声音震得晃荡起来。可惜它不知道亲生父亲的烙印显化了，因为此时的它处于狂化的状态之中。

天角蚁大人看向小蚂蚁，目光渐渐变得温柔起来。

这是亲情，是父爱，看到自己的孩子在眼前，英武勇猛的天角蚁大人也有了柔情的一面。

"我知道了。"石昊自语道。

石昊想起自己在仙家战场寻找机缘时，一条时光长河横亘，在那里他见到了万古前的英杰。如果不是一个白衣女子突然出现，替他击退了一个神秘男子，那么他多半会当场殒命。

那个女子给石昊留下了深刻的印象，可惜他没能见到她的真容。当时有两个人在时间长河上游，天角蚁大人应该是其中的一个。

"前辈窥破未来，见到了我？"石昊说道。

"你还不算木讷。"天角蚁大人看向石昊，淡淡地说道。

这时，石昊看到天角蚁大人金色的瞳孔里呈现出诸多仙道生灵对决的场面，那是仙古纪元末期这一界崩毁，最后化成九天十地的画面。

一股可怕的气息扑面而来，石昊感觉自己仿佛置身于仙古纪元末期，眼前是星辰破灭、世界塌陷、万物凋零的景象。

"哧！"

一柄青色的剑倏地洞穿宇宙，没入石昊的眉心，他立马感受到了疼痛。

"啊——"石昊大叫了一声，浑身都是汗水，被吓得不轻。

石昊这才知道，他的所见所闻所感都是天角蚁大人的经历。

天角蚁大人在激战时，被人一剑刺穿眉心，血染苍穹。他是在以这种方式向石昊传达讯息——小心那个手持青色长剑的劲敌！

“那个人还活着。”天角蚁大人神情凝重，道。

石昊闻言，心情有些复杂，连天角蚁大人这样的英杰都被那个人一剑刺穿了眉心，他应该如何打败那样强大的对手呢？

就在这时，天角蚁大人的眸子中出现了一道黑色的身影，一只大手遮盖天宇，劈了过来。

石昊感觉自己好像被短暂地定住了一样，不能动弹，这场景似曾相识，好熟悉……

是那个人！是那个在时间长河上游准备除掉他的人！

“嗖！”

一道灿烂的光芒撕裂宇宙，一杆长枪突然浮现出来，金色的枪尖仿佛能刺穿人的神魂。

“噗”的一声，石昊感觉那杆长枪像是刺进了他的胸膛，他全身的骨骼和经脉都受到了创伤。

很明显，这一切都是天角蚁大人的经历与遭遇。

受到这一击后，天角蚁大人怒吼一声，星空中的星辰被震得纷纷坠落。

“原来的世界被分成九天十地，看来与这一战有不小的关联啊！”石昊惊讶地说道。

突然，石昊眼前一黑，昏厥了过去。

因为天角蚁大人遭受重创，离开了战场，所以石昊也从这重现的场景里脱离了出来。

“我斩敌无数，消灭了异域一个又一个所谓的不朽者，可还是有三个生灵活了下来。”天角蚁大人淡淡地说道。

那是异域最可怕的几个生灵，还有没有更厉害的生灵，天角蚁大人不得而知，那一场大战过后，他便无法战斗了。

天角蚁大人本是天纵人物，所向无敌，却毁在了末世一战中。

那一场大战惊天动地，完全可以载入古史之中，是真正的至尊之间的对决！

“我不知道其他人遇到了怎样的对手，没想到我竟值得三大绝世高手一齐出手，哈哈！”天角蚁大人笑了起来，道，“我在你身上看到了我年轻时的影子——

追求极道，超越最强，如果你是天角蚁一族的人才，我会更高兴！”

“前辈，你都看到了什么？”石昊很想知道未来究竟会变成什么样子，便向天角蚁大人提出疑问。

“我本是为了看我的孩子一眼，没想到也看到了你，他和你一起经历血战，战火焚烧了九重天。”天角蚁大人目光炯炯，沉声道。

“结果怎样？”石昊继续问天角蚁大人。

“看不太清楚。”天角蚁大人摇了摇头，道。

“怎么会看不到？”石昊有些不相信。

“大战不会太久远了，这一场大战比我们经历的还要可怕，我真没有想到，最后居然会跳出来那些东西！”天角蚁大人说道。

石昊惊诧不已，未来的大战还有其他的东西？这……九天十地还能继续存在吗？

“有史以来最黑暗的时代就要来了，这一场大战可能比仙古纪元的大战更为恐怖，你准备好了吗？你怕吗？”天角蚁大人问石昊。

“怕什么？都来吧！”石昊大声回应道。

“如果有一天，没有人可以帮你，整片天地只剩下你一个人，你还会坚持抵抗吗？”天角蚁大人问道。

“敢！”石昊回答得很干脆。

“一个人的战场，一个人流血，从血气方刚的青年到白发苍苍的暮年，一直战斗，你愿意吗？”天角蚁大人继续问道。

“你看到的这些，便是我的一生吗？”石昊没有回答，反问天角蚁大人。

“我只是随便一问。”天角蚁大人似乎不愿正面回答石昊的问题。

“其他人呢？为什么只剩下了我？”石昊很是不解。

“我看到了两个结局，这只是其中一个。”天角蚁大人故意避开了重要的问题。

天角蚁大人看着石昊，心情很复杂，他没想到这个年轻人要面对的比他当年所经历的还要可怕。

“结局只能有一个，不可能有两个！”石昊怒吼起来。

“我看到的不清晰，有些东西重合了，模糊了。那是两组画面，有其他人的，也有你的，我只能当成是两个结局。”天角蚁大人如实说道。

“我不相信现在推测到的未来，我坚信我可以用一双拳头打拼出一片未来，创造一个朗朗乾坤！”石昊握紧双拳，语气无比坚定。

不止一次有人向石昊提及未来的不祥，可是他坚信自己的力量，他要扭转乾坤，改写那个“果”！

“未来都会有哪些仇敌？”石昊问天角蚁大人。

“很多，有一些恐怕连仙古纪元的人都想不到，那些人一直存在，到时候都会涌现出来。”天角蚁大人神情凝重，道，“守护者一族体内为什么会有金色的血液，那种神奇的血液到底来自哪里，到时候一切都会真相大白！”

天角蚁大人觉得很遗憾，恨不得再向天借五百年，让他可以和那些人大战一场。他是一个不屈的强者，一个盖世人物，渴望与世间所有的强者对决。

“到时候你就会发现，九天十地其实并不大，真正的战场广阔无边，涉及的范围大到无法想象！”天角蚁大人继续说道。

剩下的话天角蚁大人不想多说了，现在说得越多，只会越让石昊感到悲观。

“我要《不灭经》！”石昊大喊道。

敢向天角蚁大人这样直接地索要经文，石昊还是第一人。

“好，我指点你去取。”天角蚁大人很痛快地答应了。他看到了未来的残酷画面，那种场面太过可怕，他希望这片天地中有一个人可以崛起，带领众人赢得最终的胜利。

“哧！”

随着一声轻响，天角蚁大人用手指画出一道印记，印记直接冲进了石昊的眉心内。

“当年我修炼此功，到最后也没能达成大圆满，很有可能是因为我没有得到完整的经文。我希望你去了那个地方后，能够把《不灭经》完整地带出来，不要留下和我一样的遗憾。”天角蚁大人告诫道。

第1023章 机缘尽

天角蚁大人最大的遗憾就是没有炼成不灭身，若是炼成了，他可能就不会是这个下场。

不过，即便修炼《不灭经》成功，达到大圆满的境界，是否真的有那种功效也很难说。

肉身永世不灭，岂不是比仙金还要坚硬？这已经超越了正常人所能理解的范畴。

让肉身成为起源之地，孕育出曾经的灵识，这是不可思议的修炼，或者可以说是元神之变。

天角蚁大人画的一道印记落入石昊的眉心，给石昊留下了深刻的印象，不可磨灭。

石昊知道天角蚁大人为何不直接诵出《不灭经》，因为天角蚁大人怀疑其中有错误的地方，想让他和小蚂蚁亲自去取。

如果获得完美的《不灭经》，到时候也许可以创造奇迹，真正实现肉身的不灭。

《不灭经》太久远了，久远到连天角蚁大人都不知是何人所著，甚至不知道是否为仙古纪元的人所留。《不灭经》里面的文字很特别，只要对道领悟得够深就能认识，各个纪元都适用。

万法归一，百川汇海。

许多路走到尽头都是相通的，到最后都有共性。

"前辈，要不要让小蚂蚁清醒过来，和你聊一聊？"石昊平静下来，向天角蚁大人建议道。

"不了，我已殒身，何必让它徒增伤感。我希望我的孩子可以顶天立地，将来独自撑起一片天穹。"天角蚁大人拒绝了石昊的提议。

石昊默然，这或许就是高手吧，严苛、冷酷，似乎不近人情，甚至让人有些难以接受。

天角蚁大人看重大是大非，对小蚂蚁要求也很严格，希望它能独立、坚强一些。正是因为如此，天角蚁大人才拥有如此独特的人格魅力。

“这次之后，也许永远不会相见了。”天角蚁大人刚说完，便化成一道金光没入了那颗蚂蚁头之中。

那颗蚂蚁头的光芒变得更加暗淡了，上面出现了很多细小的裂痕，不知道还能留存多久。

石昊心头一震，这位曾经俯视整个宇宙的大人物为什么要留下一道残念？难道还有心愿未了，不甘彻底殒命吗？

石昊目光灼灼，默默思索，而后抬起头来。

“该醒来了！”石昊发出一声断喝，想唤醒小蚂蚁。

此时，小蚂蚁眼睛猩红，庞大的躯体轻轻一动，就会让虚空破灭，黑色的裂缝蔓延得到处都是。

小蚂蚁似乎可以毁灭万物，破坏一切生机。

这就是天角蚁，哪怕还没有成年，也有这般绝世神威。它是真正的十凶后裔，拥有与生俱来的傲人天赋和无限的潜能。

小蚂蚁大吼一声，不仅没有被唤醒，反而发起狂来，开始攻击石昊。

“砰！”

巨大的声音响起，石昊不敢大意，施展出原始真解功法，抬手迎向小蚂蚁的攻击。

“有点麻烦。”石昊自语道。这只是他的一部分元神，难以发挥出真正的实力。

“哧！”

石昊带着万灵图冲出此地，元神快速回归肉身，待小蚂蚁追来。

果然，小蚂蚁马上就追了出来，它释放出天角蚁一族独有的气息，连仙城的几名守城者都被惊动了。

小蚂蚁头上的角发出耀眼的光芒，神秘的仙雾和成片的纹路扩散开来，势不可当！

石昊猛地冲向小蚂蚁，施展鲲鹏法对其进行压制。

过了片刻，小蚂蚁被石昊按在身下，躯体不断缩小，最后恢复了原状。

“我这是怎么了？你发现《不灭经》了吗？”小蚂蚁清醒了过来，问石昊。

“有眉目了，不过不在这里，需要出去找，你愿意跟我走吗？”石昊没有提及小蚂蚁的父亲，不想让它伤心。

“你想欺骗我，让我跟你一起出去？”小蚂蚁瞪着一双炯炯有神的大眼，这般说道。

“去不去随你！”石昊说完，转身就走。

“等等，你不会真的知道《不灭经》的下落了吧？那可是我的家传经书，你不能独吞！”小蚂蚁在石昊身后大声叫嚷起来。

“那就跟我走吧，难道你怕我害你？”石昊笑道。

“让我想一想。”小蚂蚁说道。它细细琢磨了一番，觉得继续留在这里也没有什么必要了，若是现在不出去见识一下，等到大战来临的那一天，多半会吃大亏。

“好，我出去！让我看看这一纪元有何独特之处。”小蚂蚁朗声道。

当石昊和小蚂蚁走出仙家洞府时，许多人都向他们投来羡慕、嫉妒的目光，那眼神像是要把他们给生吞活剥了一样。

“得到那……《不灭经》了吗？”曹雨生小声问石昊。

很快，曹雨生又改口：“肯定没有什么经文，各位速速离去吧，不要在这儿浪费时间了。”

曹雨生怕石昊因为《不灭经》成为众矢之的，毕竟几位年轻至尊都在场，如果他们联手的话，胜负难料。

众人默然，蓝仙、吕虹、大须陀、紫日天君等人看向石昊和小蚂蚁，想从他们那里发现一些什么。

石山外，仙气袅袅，白雾蒸腾。

“没有什么可隐瞒的，我在洞府中并未得到经文。”石昊坦然地说道。

几位年轻至尊听到石昊的话，并不出声，也没有什么表示，依旧盯着石昊和小蚂蚁。

曹雨生、魔女、长弓衍以及天神书院的人围在石昊的身边，和他站在同一战线。

“不用如此。”石昊摇了摇头，看着那些年轻至尊，冷笑道，“我这个人从不说假话，也不喜欢遮遮掩掩。如果你们不信，那就当我已经得到《不灭经》好了，我现在就站在这里，谁敢过来取？”

听到这一番话，天神书院的弟子们血脉偾张，激动不已。荒根本不屑于浪费唇舌，简直太让人崇拜了！

“你这是何意？想挑战我们所有人的威严吗？”仙院的一个弟子冷冷地说道。

“你不服？过来！”石昊厉声道。

“算了，我等相信。”大须陀开口化解了即将爆发的战斗。

“荒兄，何必如此，我们总会有合作的那一天。”蓝仙笑着对石昊说道。

石昊没有说什么，不久前这些人还曾对他出手呢，态度变得真快，不过他也不想撕破脸皮。

“走！”石昊向前走去，天神书院的一群人也跟着离开了。

“扑通！”

水花溅起的声音接连不断地响起，石昊一行人跃入一个湖泊之中，这里水汽弥漫，白茫茫一片。

“这里也是我洗澡的地方，里面有几株神药。”小蚂蚁对石昊说道。

石昊心情很是畅快，有小蚂蚁带路，收获真的太大了！

仙城里只有两座石山是开放的，一座是天角蚁大人的栖居地，也就是刚才石昊和小蚂蚁前往的地方，另一座石山紧邻一个神湖，即小蚂蚁带领众人来到的这片区域。

遗憾的是，这片区域的最深处只允许麒麟幼兽进去，几名守城者说过，麒麟大人在这里给后裔留了一些东西，其他人不能争抢。

至于其余七座石山，有些是空的，有些布有仙道法阵，谁都没有办法硬闯。

“咦？这个泥塘有古怪，似乎能让人脱胎换骨。”天神书院的一个弟子在离湖泊不远的地方发现了一处奇异之地。

“当年那里是一块药田，栽种有长生仙药和各种神药，随着岁月的流逝，无数药草腐烂，改变了土壤的性质。神药虽然成了烂泥，但是依旧有惊人的效果。”一名守城者解释道。

听了这一席话，曹雨生、甄古、藤一等人立马向泥塘冲了过去，开始和泥，往身上涂抹起来。

神奇的事情发生了——许多人身上的皮当场就脱落了，新的肌肤马上生长了出来。

蓝仙、紫日天君、王曦、绿陀、邀月公主等人见状，纷纷行动起来，和泥的队伍越来越大。

石昊也试了试，却发现效果不大，可能是因为他的肉身已经达到了近乎完美的境界。

石昊向几名守城者打过招呼，请他们帮忙照看天神书院的人后，便带着小蚂蚁离开了。

“去哪里？真的能得到《不灭经》吗？”小蚂蚁一连向石昊问了两个问题。它很激动，这是它第一次离开地下的世界。

“一定能！而且是完整的《不灭经》！”石昊笑道。

第1024章 争夺

地上，仙圣两院的人还在静静等待，希望得知地下的消息。

这时，石昊带着小蚂蚁回到了地上，顿时引起了无数人的关注。

“荒出来了！他在地下的仙家洞府中得到了什么？”

“他为何这么早就上来了？其他人呢？”

“下面发生了什么变故吗？剩下的人是不是遇险了？”

一些人纷纷小声地讨论着，三大书院的长老们皆神情凝重，几个活化石级的人物此时都还没有上来。

“嗯？荒带着一个生灵！”仙院的一位长老发现石昊肩头有一个金色的生灵，不细看根本看不到。那个生灵虽然体形很小，但是体内有恐怖的力量，一旦爆发，势必造成惊天动地的影响。

“一只蚂蚁！”天神书院的一位长老惊呼道，瞬间想到了大长老。

前几年，大长老每日坐在这里用神药作为诱饵垂钓，难道想钓的就是这只蚂蚁吗？

“不可思议，原来是一只蚂蚁！”天神书院的长老们纷纷感叹。

众人闻言，无不目瞪口呆，这个消息太惊人了！

大长老常年在此日夜垂钓，这不是什么秘密，不少人都知道地下的仙家洞府中有一个生灵。

刹那间，众人浮想联翩，思绪万千。

“天角蚁！”终于有人说出了这三个字。

“天啊！”其他人闻言，忍不住失声惊呼。

仙古最强种群之一，十凶的后裔，真正的长生血脉者，今日居然出现在了众人的面前！

此时此刻，石昊和他肩头的小蚂蚁成了焦点，每一个人都感叹天角蚁绝对是进入地下仙家洞府得到的最大收获。

众所周知，这只小小的蚂蚁浑身都是宝，其天生的宝术所向披靡，体内的血有力之极限血的称号。修士以力之极限血相辅进行炼体，能够得到意想不到的效果。

仙院的年轻至尊哪一个没有受过宝血的洗礼？圣院就更不用说了，真龙的心头血和天角蚁的力之极限血一直都是他们的招牌。

圣院正是因为有几种宝血，所以才可以让修士脱胎换骨，从而在今世法的道路上越走越远。

现在荒得到了一只真正的天角蚁，它还幼小，如果将它养在身边，岂不是想要多少血就有多少血？

没有一个人不眼红！

就连一些长老都有些觊觎这只小蚂蚁，为了子孙后代和书院的弟子们，他们觉得很有必要把它抢到手。

“这可是天角蚁？”仙院的一位长老询问石昊。

“正是本王！”石昊还没有回应，小蚂蚁已经抢先回答了。它昂着头，背着双手，极力摆出一副成熟的样子。

这时，一位头发很稀疏，额头上长有一只竖眼的仙院长老出面了。他看向天神书院的一位长老，说道：“道友，这只天角蚁是珍稀之物，应该由我们仙院掌管。”

石昊听到这番话，瞬间不高兴了，仙院的这位长老居然打起了小蚂蚁的主意，而且没有询问他的意见，就直接向天神书院的长老索取小蚂蚁，显然是没有把他这个后辈放在心上。

“如果真是天角蚁，那我们无权干涉，你应该问问荒和这只小蚂蚁是否愿意跟你走。”天神书院的二长老淡淡地说道。

“年轻人，你可愿加入我仙院？”三眼长老意识到刚才他太直接了，忽略了当事人的感受，便开口问石昊。

“不愿意！”石昊果断地拒绝了三眼长老。

这个时候，圣院的人也开口了，希望石昊和小蚂蚁能加入圣院。

石昊毫不犹豫地回绝了，这一举动让圣院的人很是不满。

现场有很多人，除了仙圣两院的诸多奇才之外，还有各大长生世家的一些人。此时，他们一言不发，持着旁观的态度分析起来。

荒拒绝得这么果断，仙圣两院的长老闹这么一出，实在有些可笑。

当年，仙圣两院都没能带走荒，一个无法提供完美的种子，另一个言明力之极限血等早已有主。可现在，他们居然理直气壮地向荒提出这种要求，难怪荒会回绝得这么干脆，这也算是给仙圣两院脸色看吧。

“荒，你是一个奇才，应该加入仙院。只有这样，你才能走得更远，我们仙院可以为你打造出一片新天地！”仙院的三眼长老对石昊说道。

“不需要，我的路我自己心里有数。这三年的时间我并没有虚度，事实证明我靠自己也一样可以修炼成功。”石昊摇了摇头，这般说道。

仙院的弟子们看到这番场景，不禁替长老感到脸红，长老虽然是为了书院以后的发展着想，但是脸皮也不能这样厚吧？当初不重视荒，现在看到荒崛起了，便竭力讨好，此番举动实在有损仙院的威严。

“荒，我看你肉身强大，可与金刚不坏之体媲美，非常适合走今世法这条路，你不如加入我们圣院。我们有举世闻名的一部经文——《唯我独尊》，若你加入圣院，经文便任你翻阅。”圣院的长老也极力拉拢石昊。

“多谢长老的好意，目前我自己琢磨的路还没有走完，不能分心。”石昊委婉地拒绝了圣院的长老。

“真烦人，这些人未免太热情了，求着喊着让人上门，没意思。”小蚂蚁忍不住这般嘀咕道。

“呵呵，天角蚁一族的小家伙，你可愿加入圣院？”圣院的长老笑眯眯地问小蚂蚁。

“不行！太阴玉兔已经带着麒麟幼兽入你圣院了，天角蚁必须加入仙院！”仙院的三眼长老厉声道。

“那只麒麟……”圣院的长老欲言又止。他们虽然想研究麒麟幼兽，但是无法探清它的底细，它体内有恐怖的封印，封印一旦被解开，后果不堪设想。

“好了，我们走吧，这些人太无聊了。”小蚂蚁冲着石昊说道。

“不行，天角蚁是十凶的后裔，绝不能出现意外，不能跟着荒去冒险！”就在这时，长生世家的人开口了。

石昊看向说话者，一眼便认出那是王曦家族的人，那个人出面阻止，明显是怕他得到力之极限血和天角蚁一族的盖世神通。

“我也觉得有道理。天角蚁几乎算是灭族了，如今好不容易出现一只，一定要好好保护起来，长生世家或许是不错的选择。”一个中年男子的声音传来。

石昊脸色一沉，是元青！

元青曾经害得石昊差点殒命于太初古矿，是阻拦石昊进入仙圣两院的罪魁祸首。

石昊来到九天上后，第一大对头就是元青，元青不仅想断他道途，而且还想镇压他十年。对于一个年轻修士来说，这是无比严重的迫害。

“有道理，天角蚁的安危的确需要多加注意，天角蚁不能有任何闪失，最好留下来。”就在此时，又一名老者开口了。他同样来自长生世家，是风族的人。

石昊知道他与风族必定要结下仇怨，从某种意义上来说，这个长生世家是他最应该对付的。

石昊怀疑风族和石族的先人可能存在什么仇怨，不然风族没有理由在很早以前就开始针对他。

就在这时，天神书院的二长老冷哼了一声，道：“你们未免管得太多了，荒和天角蚁的安全，我们天神书院完全可以担保！”

“道友，我们也是好意，这毕竟事关重大啊！”

“不错，一定要谨慎才行。”

风族和王家两大长生世家先后表态，他们祖上都出过长生者，在九天十地中的地位举足轻重。长生世家在九天之上拥有极大的话语权，是最为庞大的一股势力。

“滚！居然敢来我天神书院放肆！”这时，一个严肃的声音响起，恐怖的气息铺天盖地地袭来。

“谁？”王家的一个年轻人大声问道。

一道身影从天上降落，笔直得如同一根竹子一般，散发出气吞山河的气势。

“大长老！”天神书院的人无不欢呼雀跃，惊呼出声。

“哈哈，大长老归来了，真是喜事，我赞同天角蚁留在天神书院！”一个头戴皇冠的中年人笑道。

这个中年人来头极大，来自不朽的皇朝，同样是长生世家的一员，也是邀月公主的父亲。

一时间，不少长生世家的人都表示赞同天角蚁留在天神书院。

第1025章 针锋相对

大长老一袭灰衣，面容清癯，长发披散，静静地站在众人面前。

在场的所有人不由得有一种感觉，此人气贯长虹，不可触怒。

一些人只要看着大长老，就会心神不宁。

虽然大长老没有显露出过多的威势，但众人还是在无形之中感受到了这种威慑力。

“原来是前辈。”王家的那个年轻人小声道，姿态也放低了不少。

就在刚才，王家的那个年轻人与族人还在打石昊的主意，想让石昊交出小蚂蚁，现在看到大长老回来了，便不得不把这些想法抛到脑后了。

大长老冷冷地瞥了王家的那个年轻人一眼，没有说话。

“多年不见，道兄的风采更胜往昔啊！”风族的一名老者对大长老说道，看样子应该是一位元老。

大长老点了点头，虽然他对风族刚才的做派有些反感，但是不能冷落同辈人。

“大长老真是教出了一个好弟子，虽年岁不大，但才能出众，可与众多前贤媲美。”邀月公主的父亲徐明轩称赞道。他身穿绣着真龙的金色袍子，头戴皇冠，威严无比。

众所周知，徐明轩在很多万年前就已经成就了至尊之位，实力深不可测，是九天上权势最大的人物之一。长生皇朝退隐的老皇主十分看重他，将大权都交与了他，让他处理各种大事。

如今，一个长生皇朝的统治者都在向大长老示好，这是要结盟吗？

要知道，长生皇朝和王家一直在明争暗斗，不然邀月公主也不会在天神书院与王曦针锋相对。

王家的人看到这个场面，不禁有些担忧，皆面露警惕之色。

“徐皇主驾临，我天神书院应该隆重迎接才对。”大长老此时的态度和面对前两人时截然不同。这种强烈的反差让王家人更不舒服了。

“哈哈，大长老太客气了，您是前辈，这不是折杀晚辈吗？”徐明轩笑道，再次向大长老行礼。

许多人都上前与大长老打招呼，直到此时，不少人才发现九天十地的长生世家几乎都派了人到场，可见天神书院地下的仙家洞府有多么吸引人。

石昊带出的天角蚁也证明了仙家洞府的超凡。众人对天角蚁无比眼红，甚至不惜为它撕破脸皮。

不过，大长老的归来让一些心怀不轨的人收敛了许多，谁都不敢和大长老正面对战。

在这九天上，大长老是最强者之一，谁都不敢轻易得罪这样一个活化石级的人物。

“贤侄你可真有闲心，也来此地凑热闹。”大长老对徐明轩说道。

“我来看看仙家洞府中究竟有什么奇异之物，没办法，这实在太吸引人了！”徐明轩坦然地说道。

而后，徐明轩话锋一转：“其实我这次来也是想挑一个青年才俊，看看可否与小女结成道侣。”

此话一出，顿时引起了不小的骚动，谁都没有想到这位徐皇主竟如此直接。众人心想，徐明轩也太随意了吧，就这样为女儿定终身吗?

长生世家的明珠，不朽皇朝的公主，光是这两个头衔就已经让不少人可望不可即了，如果谁能有幸娶到邀月公主，那么神药、神功宝典等就唾手可得了。

要知道，徐明轩掌管的长生皇朝自古长存，从来没有被颠覆过，皇朝中曾经还出过真仙。

“贤侄，你说笑了，这种事关乎你女儿的一生，怎可随意提及？”大长老说道。

“我也只是随口一说，关键还是看我女儿的想法。我猜想今世的年轻至尊不会错过此次大机缘，应该都会来到此地，便想在他们中间挑个出众的当女婿。”徐明轩不经意地看了石昊一眼，这般说道。

“要挑你当女婿。”小蚂蚁在石昊耳畔低语道。

众人大吃了一惊，刚才徐明轩的眼神太明显了，难道他看上荒了？王家的人更是不由自主地生出了一股寒意，这种事情绝对不能发生！

要知道，当年王家的人将石昊当成奴隶，不仅让他戴上了金刚琢，还送他到太初古矿去挖掘某种生命之石，即使后来他们知道了他实力不凡，也没有改变对他的看法。

也正是因为如此，石昊才与王家反目，双方如今已是势不两立。

如果石昊真的成为徐家的乘龙快婿，那么徐家就会如虎添翼，所向披靡。到了那个时候，外界恐怕会讥讽王家有眼无珠，硬生生逼走一个绝世奇才，让他进了对手的门庭。

“徐家一向礼贤下士，晚辈实在佩服！荒曾为王家挖矿，现在想来确实有点屈才了，还是徐皇主慧眼识珠。”就在这时，王家的年轻奇才王莽龙开口了。他说的话有几分阴阳怪气，似乎意有所指。

石昊目光冷厉，看向王莽龙，道：“你这是什么意思？”

王莽龙也是心高气傲之辈，不然怎么敢在这种场合讽刺石昊，还明目张胆地奚落长生皇朝徐家。他瞬间变了脸色，厉声道：“荒，你太张狂了，真以为自己可以俯视九天十地，为所欲为了吗?!”

“不知天高地厚的东西，你以为在这个场合揶揄我就算英雄了？”石昊怒斥道，当即向王莽龙冲去。

“咚！”

伴着一声巨响，石昊毫不犹豫地一拳挥向了王莽龙。

众人愕然，王家的长辈可是在此，荒居然二话不说直接就出手了！若是其他人，多半会故意逼得王家的人先出手，这样就有了对决的正当理由，不至于理亏。

“你居然敢对我动手！”王莽龙大吼道。

“有何不敢？”石昊冷冷地说道。

石昊一拳撕开了虚空，王莽龙还没准备好迎击，就已经吐了一口血。

“别说是你一个人，就是你们王家排名前十的奇才一起上场，我都可以轻松应对！”石昊目光冷峻，盯着王莽龙说道。

众人闻言，无不目瞪口呆，此地一时间鸦雀无声。

石昊当着王家人的面出言不逊，这是赤裸裸的蔑视，简直就是当众抽王家人的耳光!

“哈哈！痛快，不过这个恶人还是由我来当吧！”徐明轩大笑道。

很多万年前徐明轩就已经是至尊级的人物了，如今实力更是深不可测，他先是瞬间消失，随后挡在石昊身前，一巴掌向王莽龙扇去。

“啪！”

这个耳光非常响亮，硬生生抽在了王莽龙的脸上。

王莽龙大叫一声，接着整个人横飞了出去，元神都差点被打散了。

这还是徐明轩手下留情的结果，不然凭他的实力，只要他轻轻一挥手，王莽龙就会形神俱灭。

“徐明轩，你敢！”王家的一名老者怒斥道。徐明轩也太不给面子了，居然当着这么多人的面羞辱王家的人！

“我有什么不敢？你王家管教不严，让一个后辈在这里说三道四，难道是想借后辈的口挑起你我两家之间的矛盾吗？！”徐明轩呵斥道。

起初，众人觉得徐明轩身为一代皇主这样贸然出手有点不太慎重，可现在听他这样一说，众人才明白这件事的严重性。

“你……”王家的老者虽然满腔怒火，但也只能冷哼一声，不再追究。

第1026章 一路向北

“你很不错！”徐明轩顺势拍了拍石昊的肩，称赞道。

小蚂蚁见状赶紧躲开，徐明轩的手差点拍在它的身上，它怀疑这个行事不羁的皇主是故意的。

徐明轩的面孔如刀削一般，目光炯炯有神。他虽人在中年，但气血旺盛，金色的龙袍闪烁着耀眼的光芒，照亮了虚空。

“前辈英明，神武盖世！”石昊回应道。

“你这小子也懂得奉承了。”徐明轩笑道。

“实话实说而已，您扇的那一巴掌实在是太霸气了，我这是有感而发。”石昊摸了摸自己的后脑勺，不好意思地说道。

一些人听到徐明轩和石昊的对话，皆面露复杂之色，王家人的脸色更是难看到了极点，这简直就是赤裸裸的羞辱！

“王家的人，我希望你们适可而止，有些话最好别乱说。别说我还没确定为女儿选哪个人为道侣呢，就算确定了，也不是你们能随意评价的。”徐明轩严肃地说道。

说完，徐明轩感到有一道目光在扫视自己，仔细寻找，发现原来是石昊肩头的小蚂蚁，于是问道：“你为何这般敌视我？”

“你什么意思？袍子上画条四脚蛇，这是在我面前耀武扬威吗？要画也应该画一只金色的大蚂蚁才对！”小蚂蚁气愤地说道。

天角蚁一族与真龙一族世代为敌，一直在竞逐天下第一。

众人听到这番话，忍不住哈哈大笑起来，徐明轩也不知道说什么好了，心想：这个小家伙有点儿意思。

大长老回来后，便没人敢轻举妄动了，觊觎小蚂蚁的人都自动变得老实起来。

一番寒暄之后，大长老和一些贵客进入神山上的铜殿商议要事，许多奇才为了寻找机缘，都跑到地下去了。

“你来。”大长老暗中对石昊传音。

石昊没有急着离开，之前大长老让他在此处等候。

不久后，大长老走出宏丽的铜殿，带着石昊来到后山的一处僻静之地，这里有一些精舍，精舍四周环绕着古竹。

“大长老，你从那个古洞中挖出来的到底是什么生灵？”石昊一直心有疑惑，这般问道。

那处古地太神秘了，大长老居然从骨灰堆中挖出一个活着的生灵！那个生灵无比古老，存在的岁月久远得难以想象，这么长的时间过去了，那个生灵居然还活着，那是怎样顽强的生命力？

而且，当时那个生灵虽然很虚弱，但是依旧强得超出了石昊的想象。

那个生灵双翅轻展，便释放出了惊天动地的威势，如果身体完全恢复过来，简直不知道会掀起怎样的风波。

“我叫你过来就是为了此事，你一定要把这件事烂在肚子里，不准对任何人提起。”大长老严肃地说道。

“你们在说什么？”小蚂蚁问大长老和石昊。

小蚂蚁很是好奇，只看见两人神情严肃，可他们说的话它一个字也没听到，大长老以神通掩盖了交谈的声音。

随后，大长老送给石昊一枚古朴的指环，指环呈藏青色，没有什么光泽，不知是由何种材质制成的。

“这是什么？”石昊有些不解，看向大长老。

“你只管戴上，有朝一日也许会用到，别的就不要问了。一定要记住，关于那个被挖出来的生灵的事不得透露给任何人。”大长老再次告诫道。

原本石昊踏出了前无古人的路，大长老很是欣喜，可是，从地下挖出了那个生灵之后，大长老就变得愁眉不展，忧心如焚。

石昊向大长老禀明，他准备动身去寻找《不灭经》，异域随时可能会发动大战，一旦异域的大军攻破帝关，这一界危在旦夕。

“去吧，路上小心一点。”大长老叮嘱道。

“走喽！”离开后山，小蚂蚁欢呼着，贪婪地呼吸着新鲜空气。

对小蚂蚁来说，外面的一切都是新鲜的，不像地下世界那么单调。

“我们要去哪里寻找《不灭经》？”小蚂蚁问石昊。

“北海石林！”石昊答道。

北海石林是一个非常重要的地方，从古至今一直长存，是大海中的一片石林。

关于北海石林，有着太多的传说。

这一纪元但凡有些成就的人都喜欢去北海石林留名，在超绝峰上题字，紫日天君、蓝仙等人出关后就在北海石林的神壁上刻下了自己的名字，他们超越了诸多前贤，名字周围的光芒数日都没有散尽。

值得庆幸的是，北海石林就在无量天，不然跨界是个大问题，一般说来寻常的人难以做到。

无量天很大，不仅有众多洪荒大泽，还有诸多神城。城与城之间相隔甚远，通常是以万里来计算，其中一些中心神城更是大得惊人，彼此相距千万里远，因此前人修建了巨大的传送阵以便通行。

石昊和小蚂蚁一路上经过了一个又一个传送阵，每次都被传送出数千万里远。一人一蚁一路向北，渐渐远离了天神书院。

尽管石昊和小蚂蚁几乎没怎么休息，还是耗时足足七日之久才来到了最北部的区域。

这里有各种古兽出没，猛禽翱翔，猿啼虎啸。即便靠近了北海，听到了海浪翻涌的声音，依旧能够看到各种古兽的身影。

石昊不禁感叹，只有跨入虚道境，才能够如此自在地在野外行走，毕竟山川大泽间不少都是虚道境级别的凶兽。

若是以往，石昊断然不敢这样一路直行，现在他的实力增强了不少，因此在外行走也方便了不少。

北海波澜壮阔，一望无际。放眼望去，浩瀚汪洋的上空笼罩着一层迷雾，这里如同一片幽灵海般死寂。

虽然这里有通向北海深处的传送阵，但是好像不太可靠。那些传送阵年久失修，经常出问题，据说有时会将人传送到大海的某个深处，让人迷失在海中。

石昊准备乘坐冥船前往北海石林，冥船听起来有些恐怖，其实没有什么危险。

迷雾中，船影点点，船只在黑色雾霭中来回穿行，船头挂着猩红的灯笼，看着有些瘆人。

这时，几艘冥船进入了石昊的视野，无声无息地在近海漂浮着。

“这就是冥船吧。”石昊自语道。

“真可怕！”小蚂蚁不由自主打了个冷战，感叹道。

“这是仙古遗存下来的船，如今依旧完好无损，还可以在海上航行。”石昊解释道。

“我从来没听说过。”小蚂蚁摇了摇头，道。

其实石昊最初听到需要借助这种船横渡北海时，也觉得相当不可思议，这种船不仅万古不灭，而且还能定向而行，实在太神奇了！

近了，一艘冥船来到了岸边，船身不大，整体呈黑色，看起来和普通的船并无两样。

“走了，我们上船。”石昊对小蚂蚁说道。

据闻，在北海深处有一片较为热闹的区域，那里居住着不少修士。

“嗯？有点眼熟。”登上冥船后，石昊皱着眉头道。

冥船怎么越看越眼熟？石昊突然有些心神不宁。

蓦地，石昊想起他十岁左右曾在下界出海，前往鲲鹏巢争夺盖世宝术，在那里见到了由纸折叠而成的纸船。

冥船与纸船的造型一模一样！

骨船！

这是由骨头打磨而成的船，它不仅不会沉入水中，而且很坚固，一定大有来头。

冥船穿过黑色的雾霭，向着北海的中央驶去。

石昊坐了下来，轻轻敲打此船，仔细观察，心想：这种船难道真的如传闻中所说，是以冥界主宰的骨头炼制而成的吗？

突然，石昊“嗖”的一声站了起来，船壁上竟渗出了黑红色的液体！

血！

这……没听说过！别人乘船出海都没有发生过这种事。

石昊不禁有些毛骨悚然，这是怎么回事？他有了一种大胆的猜想，难道说那个折纸船的女子的真身在这片海中？

那个女子当年给石昊留下了无比深刻的印象，很是神秘，她的实力甚至超越了鲲鹏！

第1027章 幽冥

黑色的迷雾层层叠叠，让人看不清具体的方位。这里寂静得可怕，没有一点声响，甚至连浪花翻涌的声音都没有。

冥船一直在行驶，海就像没有尽头一样。

黑色的骨船上，石昊目不转睛地盯着船壁上的血，神情凝重，他并未详细询问过别人跨越这片海会遇到何种情况，眼前遇到的这种情况算不算正常。

“我身上有什么东西引起它的注意了吗？”石昊自言自语道。

石昊有些不安，冥船行驶的目的地是北海石林吗？万一出现什么意外，在这茫茫大海中他将会很难应付。

“这血到底是什么味道？我闻着既有腥味，也有淡淡的清香。”小蚂蚁说道，而后从石昊的肩头一跃而下。

“要不你尝尝？”石昊没好气地说道。

小蚂蚁眨眼间不知从哪儿拎出一口铜鼎，看得石昊有点蒙。

“炼化一些！”小蚂蚁一弹指，船壁上便溅起几滴血，接着那几滴血落入了铜鼎之中。

“大力仙焰，焚烧万邪！”小蚂蚁张口喷出一道金光，将金光化成火焰，随后开始烤那口铜鼎。

小蚂蚁虽然个子小巧，但是喷出的金光化成的火焰威力不凡，瞬间让这里的温度升高，仿佛连虚空都扭曲了。

渐渐地，铜鼎被烤得通红，到最后竟如同琉璃般晶莹透亮了。

铜鼎内部的纹路密密麻麻地交织在一起，那似乎是仙古大道的符文，繁复而玄奥。

这时，鼎中升起一阵黑烟，腥臭刺鼻的味道散发出来，让人闻了忍不住想要呕吐。

石昊与小蚂蚁见状快速后退，以确保自己的安全。这股黑烟虽然不是很浓，但是有惊人的腐蚀性，其中蕴含着恐怖的能量，在它升起的刹那，周围的虚空都裂开了。

“这是长生级的大人物受到诅咒后留下的血液吗？”小蚂蚁猜测道。

石昊惊讶极了，只是船壁上渗出的几滴血而已，竟有这样强大的力量！

这时，鼎中落下一滴鲜红的血珠，血珠散发出一丝灵性和淡淡的清香。

这是宝血！

毫无疑问，这滴血曾经十分珍贵，只是亿万年过去之后，其中的精华已经流失得差不多了，能留下万分之一已经很不错了。

石昊凝视着这滴血，通过它看到了混沌之气在翻涌，诸多大星在宇宙中相互撞击，这是曾经发生过的事！

小蚂蚁也跟着紧张起来，全神贯注地盯着那滴血中的景象。

“轰！”

一阵剧烈的响声传来，石昊和小蚂蚁听到了一声大吼，吼声充满了绝望。接着，一杆金色的长枪横穿大宇宙，“噗”的一声，一个生灵瞬间被击败了。

刹那间，几滴鲜血洒落在星域中，诸多巨大的星辰竟直接被鲜血携带的力量击碎了。

“天啊！好强大，这个生灵应该不比我老爹弱多少！”小蚂蚁惊呼起来。

石昊出了一身冷汗，仅一个生灵的血液就轻易摧毁了这么多星辰，这是怎样震撼人心的一场大战？

“这滴血不知道被稀释了多少万倍，居然还能留下这些印记，真是不简单！”小蚂蚁感叹道。

石昊示意让小蚂蚁尝一尝血的味道，它摇头拒绝了，道：“有什么血比得上我的力之极限血？真龙的心头血都不见得能和力之极限血媲美！”

“说得也是，不妨让我试试力之极限血到底如何，我还从未见识过呢。”石昊笑道。

“走开，别打我的主意！”小蚂蚁一脸警惕地说道。

石昊和小蚂蚁这样一斗嘴，让原本有些紧张、诡异的气氛变得轻松了不少。随后，石昊将这滴血仔细研究了一番，可惜没有什么新的发现，于是便小心地将血收了起来。

时间很快就过去了三天，海上的雾霭越来越浓，到了最后连天眼都不奏效了。

这是什么鬼地方？

按照传闻，冥船不会经过这样的地点。海面偶尔会出现半圆形的骨骼，石昊仔细凝视，发现原来是某种生灵的颅骨。

“这颅骨未免也太大了吧，这个生灵生前绝对是顶天立地的人物！”小蚂蚁惊讶地说道。

石昊神情凝重，沉默不语，他觉得自己像是在沿着一条死亡之路前进，跨越九天十地，来到了冥界中。

不难想象当年这里的战斗有多激烈，殒命于此的绝对都是绝顶人物，而如今，他们都化作了尸骨。石昊不禁感叹，亿万年后他将身在何处？是否也只是一堆枯骨？

如今种种事迹皆表明，未来会很不祥，异域大军全面入侵，九天十地可能会迎来有史以来最黑暗的一段岁月。

下一纪元开启后，他们这一代人还能剩下几个？他们是否都将成为历史的尘埃？

石昊清晰地记得在仙家战场遗迹中，曾有万古前的绝顶人物跨过时间长河要除掉他，后来一个白衣女子出手替他解了围。

那个白衣女子是未来纪元的人吗？他们将来是否会有见面的机会？最黑暗的动乱时期即将到来，世人的命运将会如何？

突然，一个巨大的声音响起，冥船驶出了这片区域。

刹那间，视野变得开阔了不少，碧蓝的天空，如蓝宝石般晶莹的海水，美得让人心醉。

“我们来到了什么地方？”小蚂蚁问石昊。

这里与传闻中的那个地方不一样，绝不是北海石林，石昊皱着眉头，无心欣赏这样的美景。

冥船无缘无故地渗出血，还将他们带到了神秘之地，石昊百思不得其解，为什么他经历的和别人不一样？

冥船行驶得很快，不足半个时辰就带着石昊和小蚂蚁进入了一处迷蒙之地。

一轮金日贴着水面，闪烁着圣洁的光芒，给人一种祥和之感。高空中有许多大山，不过都是倒插着山顶向下的，树木长在天上，树冠朝下，对着碧蓝的海水。太阳贴着海面，远离天空，草木在天上倒着生长，洪荒凶禽、猛兽同样是脚踩天穹，倒立行走。

海面与大地相对，万物的位置逆转，这是一个前所未见的奇异世界。

小蚂蚁伸长了脖子，四处打量着，面露疑惑之色。

“轰隆隆！”突然，一声巨响传来，雷声震耳欲聋，似乎要劈碎人的神魂。

震撼人心的一幕出现在了石昊和小蚂蚁的面前。

一个旋涡从天上贯通海面，似乎是一口倒着的海眼，不过，它并非将万物吸进海底，而是绞到天穹上去。那是一口雷霆环绕的“海眼”，或许可以称之为“天地眼”。

小蚂蚁抱着头，忍不住大叫了一声，石昊觉得眉心有些疼痛，好像被利剑刺中了一样。

“那是什么？”石昊忍着痛苦，强打精神问小蚂蚁。

“时光碎片，我从来没有见到过这么可怕的时间之力！”小蚂蚁的声音都在颤抖。

力量一旦涉及时光，就会很恐怖，连天角蚁大人都忌惮时间之力。天地间偶尔会出现这种奇异的时间之力，虽然次数有限，但是造成的影响不容小觑。

就在这时，旋涡中涌出一股可怕的力量，那股力量拉扯着石昊和小蚂蚁向旋涡中冲去。

“不要啊！”小蚂蚁大叫道，近乎绝望，“我不想回到史前啊！这见鬼的旋涡是由时光之力形成的，一旦身陷其中，天知道我们将被带往哪里，我不想死啊！”

据天角蚁大人留下的手札记载，如果不小心陷入时间旋涡，修为不够高的人很有可能会在半路上殒身，或者是直接消失，堕入轮回之中。

第1028章 时光通道

“轰隆隆！”

巨大的雷声响起，威力似乎比天劫还要大，闪电如同星河般璀璨夺目，从苍穹最深处出现，茫茫无边。

“这是什么破地方？我们怎么会踏入这里？”小蚂蚁全身发冷，心都凉了半截。

石昊感到头皮一阵发麻，他们尚在外围就已经如此恐怖，要是闯到旋涡的中心，多半会形神俱灭。

“不要！”小蚂蚁一边奋力挣扎，一边施展出绝世神通。

可是，无形中有一股力量瞬间就阻挡了小蚂蚁的神通，即使它释放出再强大的力量也无济于事。

虚空扭曲，光阴流逝，时间的碎片像一朵又一朵花儿一样绽放。

唯一值得庆幸的是，雷光并没有落在石昊和小蚂蚁身上，冥冥之中仿佛有一股力量将雷光引开了。

时光气息如同汪洋般激荡、旋转，一条神秘莫测的通道渐渐浮现出来，不知通向何方。

“快想办法，不然我们都没命了！”小蚂蚁冲着石昊大喊道。它还未成年，又是头一次出门，遇上这等惊险之事自然容易慌神。

“嗖！”

伴着一声轻响，石昊抬起左手，掌心射出数十条金色的秩序神链，秩序神链如同蛛丝般冲向远处，欲缠绕住远处的一座岛礁。

这是柳神法，可惜在这个地方并不管用，整片天宇仿佛都压落了下来，金色的秩序神链逐渐变得暗淡，岛礁也被压碎了。

“给我开啊！”小蚂蚁连续挥动拳头，大吼道。

“噗！”

这时，小蚂蚁吐出一口鲜血，有点撑不住了。

虽然雷光没有劈在冥船上，但是石昊能明显感觉到有一股恐怖的气息在逼近，这股气息可以让乾坤毁灭、宇宙崩塌、万物消失。

“我来破开！”石昊断喝一声，开始施展涉及时间力量的轮回宝术。

可是，石昊刚发力，他和小蚂蚁的飞行速度反倒加快了，一股奇异的力量带着他们和冥船快速冲向那个可怕的旋涡。

“到底是怎么回事？别人乘上冥船直接就去了那个什么北海石林，我们怎么倒霉啊？”小蚂蚁大叫起来。

石昊也在思考，为什么会发生这种事？

“难道因为你是天角蚁的子嗣，触犯了此地的法则，所以我们被束缚了，还被拉入了时光通道？”石昊推测道。

“关我什么事？肯定是某种禁忌之物触动了此地的时光通道！”小蚂蚁反驳道。

石昊眉头紧皱，其实他也想过这种可能，可是单凭一件器物就能造成如此可怕的情况吗？他身上确实有几件禁忌之物，不过他一时间无法确定究竟是哪件物品引起的。

在石昊思考之时，令人意想不到的变故发生了。

数千重大浪将大树连根拔起，那种力量足以拍碎大山、毁灭森林。海水将金色烈日淹没了，水花中泛出缕缕光芒，十分耀眼。

“快点，坚持不住了！”小蚂蚁大喊道。

石昊和小蚂蚁越接近时光通道，受到的压制就越强，那种感觉就像是被一柄时间之剑刺中了元神。

石昊焦急不已，眼看他和小蚂蚁就要进入时光通道了，要是真的坠落进去，天知道会去往哪里！

“轰隆隆！”

巨大的雷声响起，石昊祭出雷帝甲胄，它虽然破烂不堪，锈迹斑斑，但是经过雷光的照耀后就变得完好无缺了。

“你这是什么妖魔甲胄？是不是它导致我们坠入时间旋涡的？”小蚂蚁大声问石昊。

小蚂蚁和石昊现在的处境极其危险，万一把天上的雷光都引了过来，绝对会被烧成焦炭。

这种雷霆之力的境界远超虚道境，连至尊来了多半都要被压制。

然而，雷帝甲胄短暂发光后，又重新归于了平静，显然，它与这条时光通道没有什么关联。

随后，石昊拿出《原始真解》和万灵图，这两件物品虽然很不凡，但是也没有与此地的异象发生反应。

“锵！”

石昊祭出大罗剑胎，起初大罗剑胎暗淡无光，普普通通，经过雷光的照耀后居然发出了璀璨的光芒。

“轰！”

惊天动地的一声巨响过后，大罗剑胎散发出的已经不是单纯的剑气了，还掺杂着浓浓的凶戾之气。

石昊感觉身体一阵发冷，他从未想过大罗剑胎的杀气会这么重，是此地的力量导致的吗？

这时，白色的雾扩散开来，笼罩了此地。与此同时，石昊闻到了一股刺鼻的血腥味，这似乎都是大罗剑胎引起的。

这简直太诡异了！

石昊很想将大罗剑胎扔掉，它发出的光芒依旧灿烂，在它的三尺范围外全都是鲜血的味道。

“这是什么剑？怎么会如此妖邪？”小蚂蚁一脸惊恐地问石昊。它心想：眼前这个家伙身上的东西怎么都有股邪气呢？

大罗剑胎明显在与此地的力量抵抗，不过，最终它也稳定了下来。

“到底是不是我身边的东西？”石昊有些无奈，自言自语道。

随后，石昊又取出一块一尺多长的鳞片，这是他当年从那艘黑色古船里带出来的。

“龙气！”小蚂蚁心头一震，惊呼出声。

经过一番验证，石昊发现时光之力不是此物引起的。片刻间，石昊周围已经堆了诸多器物，身上所有的东西都被他翻了出来。

然而，时间已经来不及了，一股巨大的力量拉扯着石昊和小蚂蚁，以不可阻挡之势向那条时光通道冲去。

还没陷进去，石昊和小蚂蚁就已经生出了一股寒意。

没有人能解释清楚为什么会出现时光通道，自古以来仅有几人进过时光通道，而且那几人都一去不复返，因此时光通道成了一个未解之谜。

而现在，石昊即将亲身经历这无人能解的千古之谜！

“不要啊！我还没有成年，还没有天角蚁一族留下血脉，不要带走我，天角蚁一族不能灭绝啊！”小蚂蚁一边大叫，一边拼命挣扎着。

此时，石昊的心情有些复杂，他想到了很多，这条时光通道究竟是如何形成的？是人为的，还是自然形成的？如果是人为的，那个人的力量该有多强大？世间有几人能有这么大的威势？如果是由天地打造而成的，那么需要什么条件才能形成如此奇异之景？

“啊——”

石昊和小蚂蚁同时发出惨烈的叫声，撞向光幕，即将与时光之力相遇，全面进入通道内。

“砰！”

随着一声巨响，天地剧烈地晃动起来，海上涌起汹涌的波涛，时光通道发出的光芒淹没了一切，时间之力覆盖了万物。

惊人的变化发生了！

时光通道裂开，雷霆排列在两边，石昊和小蚂蚁直接落在了通道内。在这一瞬间，岁月快速流逝，石昊和小蚂蚁仿佛衰老了无数倍，精神状态都变差了。

“我不要变老，既然进来了，就赶紧上路，送我们走！”小蚂蚁吼道。

石昊也在奋力反抗，可是他如同沧海一粟般微不足道，个人的力量实在太渺小了！

“不要啊！”石昊和小蚂蚁一起大喊起来。

“咚！”

伴着一个沉闷的声响，事情似乎有了转机。石昊吃惊地睁大了眸子，看到了几艘写了字的小纸船在时空通道中飘浮着，船上还沾染着血迹。

“只剩下我自己了……”依旧是当年的字，还有同样的纸船。

“咔嚓！”

一道闪电劈落，发出刺目的光。远方浮现出一道身影，衣袂飘飘，风华绝代。

第1029章 **一步一纪元**

渐渐地，那道身影越来越近，居然是一个女子！

女子凌空而至，如同广寒仙子般灵秀飘逸，那种风姿让人过目难忘。

什么是飞仙？在石昊看来，这个女子就是！

女子身穿白色长裙，一头青丝随风飘扬，傲立于万丈红尘之上，给人一种空灵之感。

初看，女子似是空谷中的真仙，未沾染一点人间烟火气。稍微靠近，她又似是从山林中闯出的精灵，双眸炯炯有神，有一种含而不露的锋芒。

小蚂蚁心中悸动，忍不住浑身战栗起来。

“这个女子怎么会这么厉害？她一定手段通天，时光通道该不会就是她制造出来的吧？”小蚂蚁嘀咕道。

这时，石昊和小蚂蚁隐约间听到了祭祀和叩拜的声音，好像是众生在齐诵一位女帝的名字。

这是幻觉吗？

那些声音是在呼唤眼前这个白衣女子吗？她居然是一位女帝！

即便相隔甚远，这个女子所在时空的人依旧在呼唤她，呼唤的声音竟传到这里来了！

据一则没有得到证实的传闻所说，当救下无数生灵的人离世时，身旁会一直有祭祀的声音回响。哪怕隔着无穷无尽的空间和时间，哪怕尸体沉入宇宙深渊，其他人也能通过这种声音感应到那个人的具体位置。

眼前这个女子究竟是谁？难道是她凭借一己之力拯救了世间的众生，故此才有祭祀的声音在此回响吗？

可是，不是逝去的人身边才会有祭祀之音回响吗？她分明还活着！

女帝！

此时，石昊与小蚂蚁明白了，这不是幻觉，是现实！

这是一位女帝，一位曾经风华绝代的女帝！

难道是这个白衣女子一手打造了时光通道？如果真是如此，那么她的力量该是何等惊人?

隔着时间长河在断裂的虚空中对决已经很不可思议了，古往今来有几人可以做到?亲手制造一条时光通道，化古今未来为一途，更是难以想象。

前贤曾经合力推演，证明了以人力制造时光通道根本行不通，除非万物归于尘土，世界走向毁灭。

那么，眼前这个白衣女子是如何做到的?这条时光通道真的是她制造出来的吗?还是说一切都只是机缘巧合，她发现了天地间的一个漏洞，然后硬闯了过来?

“轰!”

突然，巨大的响声传来。一时间，天崩地裂，鬼哭狼嚎。

在白衣女子靠近时，各种天地异象呈现出来，有她击败绝代高手的画面，也有诸天神魔殒身的景象。

“咔嚓!”

一阵轻微的响声传来，时光通道变得不稳固，马上要裂开了。

“不好，我们要完了!”小蚂蚁惊呼起来。一旦时光通道裂开，他们就会灰飞烟灭。

这时，白衣女子轻弹手指，耀眼的光芒迸发出来，似是要定住这条通道。

“是她!”终于，在白衣女子出手的刹那，石昊认出了她。

白衣女子曾经在仙家战场救过他!

在仙家战场遗迹中，一个神秘男子伫立在时间长河的尽头，想要除掉石昊。当时石昊的处境岌岌可危，所幸一个白衣女子出手相助，他才得以脱离险境。

石昊虽然一开始就有些怀疑，但是一直不敢确定，直到白衣女子出手，他才确定白衣女子就是那个于危难之中向他伸出援手的女子。

虚空在塌陷，时光通道还是不稳固，岁月之剑直指石昊和小蚂蚁。

在这危急万分的时刻，几艘由黑色纸张叠成的小纸船来到石昊和小蚂蚁身边，控制了此地的局势。

时间停止，所有的画面都定格在这一瞬间。

白衣女子缓步来到石昊和小蚂蚁近前，石昊这才将她看清楚，她戴着一个青铜面具，面具像是有生命一样，散发出一种无比神秘的气息。

石昊终究还是没能看到白衣女子的真面目，青铜面具上的表情很奇特，笑和泪交织在一起，格外引人注目。

折纸船的女子也是她?

石昊愕然，鲲鹏巢穴畔有一个光门，从光门沿着河流漂出的小纸船难道也是这个白衣女子折的？

石昊的思绪有些乱了，在时间长河中出手相助的也是这个白衣女子，这到底是怎么回事？

“仙古秘史记载着不可思议的历史，据说有人以众生祭祀的声音护住真身或尸体，让元神前去轮回，元神与真身分离。”小蚂蚁说着一些乱七八糟的话语，如同梦呓一般。

石昊很疑惑，不明白为什么会发生这种事。

可是，石昊又觉得自己和这个女子有几分联系，不然她上次为什么会出手相救呢？连续两次相遇，这已经不能用巧合来解释了。

白衣女子默然，一双美丽的眸子显得更加神秘莫测，面部渐渐被仙雾挡住，到最后连冰冷的青铜面具都看不见了。

不知道为什么，石昊竟感受到了她的心情，她好像有些失望。

“你弄错了，对吗？也许你要找的东西在我身上，是我身上的这些器物。”石昊说道。

“为何在错的时间指引我来此？”白衣女子问石昊。

此时，一滴血从石昊身体中浮现出来，他想到了所有东西，唯独遗漏了这滴血！

曾经，有一口不属于过去，也不属于现在的鼎找到了石昊，并在他的身上植入了一滴血，就是这一滴！

小蚂蚁瞬间明白过来，它和石昊之所以会坠入时光通道中，是因为石昊身上的这滴血。

“你在找这滴血？”石昊看向白衣女子，问道。

白衣女子像是立于古老宇宙之中，显得神秘而威严，她的头发如同瀑布一般，其中有星辰闪烁。

“正确的人，正确的地点，却在错误的时间相遇。”白衣女子叹了一口气，道。

石昊听到这句话，震惊不已，这个白衣女子居然在找他，她到底要干什么？

“我就站在这里，有什么话请直说。”石昊对白衣女子说道。

“说了也没用，你还不是你，错误的时间会磨灭一切，你终究会回到原点。”白衣女子淡淡地说道。

“为什么？你我相距不过一步之遥，有什么不能讲的？”石昊感到很不解，询问白衣女子。

“你我看起来相距很近，可是想要站在一起，也许需要跨过一个纪元，你准备好了吗？”白衣女子对石昊说道。

“你在说什么?!”石昊面露震惊之色，难以置信。

“一步一纪元，你能迈过来吗？如今的你做得到吗？”白衣女子看向石昊，问道。

一步一纪元的说法吓坏了小蚂蚁，它越发觉得父亲手札中记载的某些东西还是可信的。

第1030章 遗忘

一步一纪元，这实在太令人震惊了！

石昊和小蚂蚁听到白衣女子的话，一时间有些出神，不知道说什么好。

“不就是一步吗？我跨过去便是。”石昊回过神来，自言自语道。

石昊迈开脚步，向前走去。

然而，在石昊迈步的瞬间，时光之力翻涌而来。如果不是一艘纸船出现，发出光芒并形成了保护光幕，他绝对已经灰飞烟灭了。

石昊惊惧不已，直冒冷汗，才一步的距离而已，怎么会如此可怕？

石昊抬头望去，发现那个白衣女子的身影越来越模糊了。他和她之间隔着一片星空，隔着无尽距离，隔着一个纪元！

这不是说说而已，这一刻，石昊明白了，他和白衣女子之间的距离太过遥远！

白衣女子是怎样来到这里与他相见的？她究竟拥有何等高深的功力？她来此寻他又是为了什么？当初那口鼎也是莫名其妙地找到他，让他去参战。

想到这里，石昊的心剧烈地跳动起来，那是何等惨烈的战斗，竟然连这个白衣女子都要寻求支援？在那片天地中，究竟有怎样的敌人入侵？

石昊又想到了九天十地，号称史上最黑暗的时代就要来临了，他要面对的是前所未有的强大对手，根本没有精力去管其他的事情。

石昊的心情有些沉重，也许战斗会一直持续，白衣女子所在天地的情况同样不乐观。

这是一场波及诸天的战斗，还是持续了一个又一个纪元的战斗？

石昊忍不住战栗起来，他要担负的责任太多了，压力像潮水一样向他涌来。

石昊从来没有哪一刻像现在这样渴望变强，只有变得强大，他才能击败今世和未来的敌人，保护亲人、朋友，捍卫家园。

石昊有一种感觉，将来他也许会面对很多困境，需要不断变得强大以打败敌人。

石昊想到了那个画面——他独立于神道绝巅，眺望广阔的世界，众生皆归于尘土。那是在三千道州预见到的未来，广阔的天地间只剩下他一人，所有的亲朋好友甚至与他有过一面之缘的人都离他而去。

“改变！”石昊大吼一声，突然惊醒过来。

石昊不知道这是一个世界的悲哀，还是他一个人的凄凉，眼下他只有向前走，不断变强。

随后，石昊听到了一些声音，那是白衣女子在和他说话，只是对方离他越来越远。

“怎会如此？！”石昊大喊道。

“可惜，在错误的时间相见，一切痕迹终会被磨灭。”白衣女子叹道。

这时，时光通道似乎要裂开了。

“咔嚓！”

石昊听到了金属碎裂的声音，白衣女子的青铜面具上出现了一道裂痕。

这是怎么了？

与此同时，一道光芒从裂开的面具缝隙迸射而出，石昊的躯体一碰到光芒就颤抖起来。

白衣女子踉跄着后退了几步，脸上的青铜面具裂成了两半，随后整个人消失不见。

“轰”的一声，时光通道剧烈地晃动了一下，石昊和小蚂蚁直接从里面飞了出去。

随着时光通道的消失，一股奇异的力量向石昊涌来，他想挣扎、抵抗、阻止，可最终还是失败了，脑中的记忆就此消失了。

一切了无痕迹！

“啊！我遗忘了什么？！”石昊疯狂地嘶吼起来。最后关头，白衣女子应该对他说了什么重要的事，可是现在正如白衣女子所说，对于刚刚经历的一切，他的脑海中已经空空如也了。

此时此刻，石昊甚至连白衣女子的身影都快忘记了。

海面平静得像一面镜子，泛着晶莹的光泽，四周无比宁静，一望无垠，风景如画。

也不知道过了多久，石昊终于醒了过来。他想记起什么，可是一思考头就会痛，元神似乎都要裂开了。

“我们见到了一个白衣女子，她对我说了什么？”石昊问小蚂蚁。

“对，我们见到了一个可怕的仙人，她的实力多半不会比我父亲弱，她……究竟对你说了什么？”小蚂蚁也很苦恼，感觉像是被人拿走了记忆一样，什么都记不起来了。

石昊陷入沉思，白衣女子在最后关头究竟向他传达了什么信息？

“好像是正确的地点，正确的人，可是相遇在错误的时间。”小蚂蚁想了想，这样说道。

“是，我也记得这些，还有呢？”石昊像是在自言自语，又像是在问小蚂蚁。

石昊想不起来其他重要的信息，只隐约记得一张青铜面具裂成了两半，一道光芒射向了他。他坐在地上苦思冥想，想将脑海中的记忆全部唤醒，可就是什么都记不起来。

“那么重要的对话，我为什么想不起来？！”石昊大喊道。

“总有一天会记起来的，只要自身足够强大，没有什么做不到。”小蚂蚁耐心地劝慰石昊。

石昊眉头紧皱，道：“今日于我而言非同寻常，等到将来我足够强大时，一定要还原今日的场景。青铜面具裂开时射出的光芒肯定对我很重要，也许是一种提示，也许是不灭的印记。”

冥船载着石昊和小蚂蚁离开了这片碧蓝的海域，刚才的经历虽然很短暂，但是石昊觉得可能会影响他的一生。

然而，他们得上路了。

“有一天我一定会弄清楚这一切的！”石昊朗声道。

冥船继续驶向大海深处，碧波浩瀚，无边无际，水中偶尔有巨兽翻腾，一派生机勃勃的景象。

北海石林，到了！

巨大的石块排列在一起，形成了一道无比壮丽的风景线。这些都是不规则的巨石，有的如同柱子般耸立，有的如同利剑般刺向天空，有的如同老牛般横卧在海洋中……

迎着朝霞，石林染上了一层淡金色的光芒，显得神圣而祥和，袅袅薄雾正缓缓散去。

“轰隆隆！”

突然，一阵巨大的响声传来。不远处，一座大山被闪电劈中，各种符文在大山周围闪耀。

那是一座超绝峰，上面有古代前贤的大道印记，登上最高处的人能够得到悟道的机会。

“那就是留有古代至尊大道印记的超绝峰吗？”石昊自言自语道。

在北海石林中，这样的超绝峰有很多，紫日天君、蓝仙等人就是在一些赫赫有名的超绝峰上成功留名，从而名扬四海。

有的山数百万年都没有人登上去过了，还有一些奇异的仙山甚至从来没有人登上去过。

“《不灭经》就在这里吗？”小蚂蚁悄声道。

第1031章 超绝峰

到了北海石林后，小蚂蚁有些心急火燎，只有拿到《不灭经》，它才能修炼成不灭之躯，重现父辈的无敌荣耀。

“我要超越父亲，成为史上最强的天角蚁！”小蚂蚁大喊道。

石昊尝试着向一座超绝峰飞去，那里非常炽热，也不知道多少万年没有人上去了。

“压力好大！”石昊惊讶地说道。起初他还以为是传言过于夸张，现在看来传言不假。

“哧！”

一团火焰直接烧毁了虚空，这种火焰竟然比虚道境的法器还厉害！

石昊避过火焰，皱着眉头继续向上攀登，他想看看这超绝峰究竟有何不凡之处。

漫天都是火光，烈焰焚烧着苍穹，让这片海域的温度也跟着迅速上升，远远望去，一片火红。

“热死我了！”小蚂蚁叫嚷起来。

“起！”石昊断喝一声，顶着压力，双手结法印，将火焰隔绝开来，开辟出一条道路。

一阵大风带着烈焰刮过，虚空瞬间变得扭曲了。

石昊大袖一挥，施展出乾坤神通，这是他创造的空间道法。

“轰”的一声，熊熊烈火被石昊兜进了袍袖之中。他准备炼化此火，没想到火依旧在燃烧，还点燃了他的一角衣袖。

“真是难缠。”石昊嘀咕道。

“灭！”石昊大吼一声，大手用力一抓，将所有火焰都聚集在手中。

这一次，大火终于熄灭了。

然而，石昊的这种行为似乎扰乱了此地的某种秩序。一时间，金色的火焰聚集在一起，猛然冲向石昊。

石昊大吃了一惊，区区一座山就让他觉得棘手，难怪被命名为超绝峰。

石昊一个闪身，快速躲避，火焰分散开来，如同幽幽鬼火般布满了虚空，一齐围堵他。

这种火焰是由至尊级的人物殒命后留下的法则形成的，十分恐怖。

登峰的人不同，承受的攻击力度也会不同，这就是超绝峰的独特之处。每一座超绝峰都有古怪的法阵，无论什么人来到此地，只要开始登峰，就会遇到与其境界相匹配的难关。

火光漫天，火势猛烈，石昊感觉身体被成千上万个小太阳炙烤着。

“给我破！”石昊大吼一声。他被堵在了半山腰，根本来不及躲避，唯有突破才行。

“咚！”伴着一声巨响，石昊舒展手臂，挥动霸气的拳头，直接砸向那些火团。

第一团火被打散了，金色的火焰四处飞舞，绚烂之中带着几分可怕。然而，石昊的这番举动引来了其他火团更为猛烈的攻击。

“轰！”

石昊一拳接一拳地击出，每当有火团炸开，这片天地就会剧烈地颤抖，接着出现更为恐怖的火焰。

很快，火焰肆虐，焚烧苍宇。隔着数百里都能看到这番景象，远方巨城中的人都被惊动了。

“有人在闯超绝峰！天啊！”

“是谁这么霸道？居然敢直接硬闯超绝峰！”

惊呼声响起，一些人向石昊所在的超绝峰赶去，想看看究竟是怎么回事。

半个时辰后，石昊终于停手了。他浑身都是汗水，一口气不知道挥出了多少拳，所有如同小太阳般的火团都被他击碎了。

石昊抬起头后，发现四周有很多人，密密麻麻的，个个都目不转睛地盯着他。

“真麻烦，没想到超绝峰竟如此难闯。”石昊仍在自言自语。

众人闻言，无不觉得惊讶，这是谁？为何明明对超绝峰一无所知还敢这样硬闯？

要知道，除非拥有绝世神通，或者在同代人中稳居前十，否则想都不要想登上超绝峰。

眼前这个年轻人居然如此不知天高地厚，在他看来，似乎只要费些力气就能成功登顶。

“赶紧上去吧，我都快被热坏了，别耽搁时间了。”小蚂蚁催促石昊赶紧登山。

这下，众人更觉得惊奇了，这个小家伙又是什么古怪的生灵？

石昊点了点头，决定继续登山。

“走！”

石昊断喝一声，让双拳发出光芒，与超绝峰的法则进行正面对决。

到了最后，整座超绝峰都在晃动，火焰如同瀑布般从山上垂落。

石昊一边竭力反击，一边逆着火焰瀑布而行，虽然吃了不少苦头，汗如雨下，但还是登上了山顶。

“成功了！有人成功登上了金乌峰！”山下，有人大叫起来。

众人惊诧万分，已经有五万年没有人登上金乌峰了，想不到今日竟有人站在了山顶。

石昊刚登上山顶，所有的火焰便消失了，四周寂静无比。很快，他有了一种感悟，一篇经文在他耳边响起，他当即坐了下来。

登上此峰果然有好处！

火道经文响起，金乌峰弥漫着氤氲灵气，下方的人惊喜不已，皆坐在山下聆听经文。

一个古老而沧桑的声音在石昊心中响起，那是前贤留下的大道印记，他猜想那位前贤肯定是一位绝世至尊。

前贤不讲宝术，也不论具体的神通，只提及各境界的法则，讲的都是强者最深层次的感悟。

半个时辰后，诵读经文的声音消失了，石昊睁开眼睛，发觉道行提升了一大截。

“我无经可讲了，你各个境界都比我强，我只是给你提供了毕生总结的一些经验罢了。”前贤的印记变得模糊，声音也彻底消失了。

虽然前贤这样说，但是石昊还是觉得收获颇丰。

其他人则有些失望，这次讲经对他们而言，效果不是很显著，而且结束得未免也太快了。

“怎么回事？这才半个时辰，怎么提前结束了？”

“传闻，自身在各个境界越是完美的人，在此听经的时间就会越短。这个人太厉害了，才半个时辰就结束了！”

山下的人议论纷纷，心中充满了疑问。

这个少年到底是谁?

“我看着有点眼熟，像是……荒！”

“不对，荒不是没落了吗？他没有得到完美古种，一直闭关，好几年都没有消息了。”

“不要怀疑，这绝对是荒，我亲眼见过！”

一些人认出了石昊，此地瞬间变得嘈杂起来。

随后，北海石林深处有人赶来说他们得到密报，知晓了天神书院发生的一系列事件。

密报被传开后，轰动了北海石林。

“什么？连紫日天君都败在了他手上?!”

“他独自打败了三大年轻至尊?!”

众人议论纷纷，无不震惊。

石昊并没有停下脚步，不断硬闯超绝峰。这一日，他一口气登上了九座超绝峰，轻松打破了纪录。

北海石林在这一日沸腾了。

很多人向石昊所在的位置涌去，聆听超绝峰上的经文吟诵声，以提升修为。

石昊登上第九座超绝峰后，发现经文吟诵声似乎对他没有多大的作用了，感到有些疑惑。

“为什么效果变弱了？”石昊向当地的老者请教。

“你是一个奇才，在一日内登上九座超绝峰，这确实是惊天动地的大事件。不过，超绝峰是分等级的，有些超绝峰数万年没有人登过，有些超绝峰数十万年没有人登过，还有个别超绝峰，足足有上百万年没有人靠近了。”老者耐心地向石昊解释道。

石昊闻言，顿时明白了，《不灭经》的线索一定是在百万年没有人踏足的超绝峰上。

“这里还有一处终极试炼地。”那名老者继续说道。

北海石林在昔日被称作试炼之地，终极试炼地究竟是怎样的一个地方？《不灭经》会不会就在那里?

石昊心头一震，问老者：“终极试炼地在哪里？”

“那里是禁区，你确定要去？”老者瞪大了双眼，道。

“去！”石昊朗声道。

石昊就是冲着《不灭经》去的，如果线索在北海石林，那他肯定是要去终极试炼地的。

石昊要前往终极试炼地的消息像龙卷风一样传遍了这片海域，瞬间掀起了巨大的风波。

第1032章 无人登顶

几日后，石昊来到一座超绝峰前，停留了片刻，便继续向前走了。

一大群人跟在石昊的身后，见他连十万年无人登顶的超绝峰都不理会，无不震惊。

深入这片海域，闯进石林的最深处，石昊看到了几座雄伟的超绝峰，它们足有几万丈高，如同天地的脊梁一般。

八十万年来都无人登顶的超绝峰，这里一共有十几座。

“蓝仙曾在这里登顶。”一名老者指向其中一座超绝峰，说道。

石昊没想到那个如同天仙般的蓝衣女子竟如此勇猛，比他想象的还要厉害几分。

“还不停下吗？”几个如花似玉的少女嘀咕道。

这几个少女当初看过蓝仙不凡的风姿，也见识过紫日天君气吞山河的风采，近日她们听说紫日天君被石昊打败了，无论如何都不肯接受这个事实。她们不相信石昊有这么厉害，还对石昊有一些敌视。

后面的人看到石昊还要向前走，觉得他太傲气了，难道连这样的超绝峰都直接略过吗?

事实上，如果时间充裕，石昊丝毫不介意一座一座地登顶。可是现在时间紧迫，他急着赶往终极试炼地，寻到《不灭经》的线索，以便更迅速地取出那部经书。

石林由小路和索桥连接起来，成为一个不可分割的整体，幽静的石林，荒僻的小径，这片区域平日间几乎没有人来。

上百万年都无人踏足的超绝峰矗立在石林深处，耸入云层中，气势磅礴，压得人透不过气来。

“这个纪元几乎没有人登过这几座超绝峰，有的超绝峰还从未有人踏足过。”一位和善的老妪向石昊解释道。

最矮的那座超绝峰对应百万年，后面的超绝峰对应的年月逐渐增加，这里的超绝峰代表北海石林的最高级别。

“据说，有的超绝峰上放置着空棺，有的超绝峰上盘坐着古代的高手。”一个中年人在石昊身旁低语道。

石昊大惊失色，问中年人：“古代的高手应该早已逝去了吧？”

“大多早已坐化，不过坐落在这几座超绝峰后面的终极试炼地就很难说了，那里可能真的有一位真仙。”中年人说道。

这个中年人法力高深，为人和善，既是北海石林中的城主，也是这片海域出了名的强者。

他虽是前辈，但并未轻视石昊，一是出于对天神书院大长老的敬重，二是知道石昊的前途不可估量。

“终极试炼地可能有真仙？”石昊提出了疑问。

“也许有，也许没有，因为没有人进去过，所以根本不知道是怎么回事。”这位城主解释道。

有人登上超绝峰后，将看到的景象传播开来，引起了后人的诸多猜想。

有人上去后，看到了古人的尸体，奇怪的是，尸体并没有僵硬，还有正常人的体温。

有的超绝峰上放置着空棺，棺里有鳞羽、皮毛，和一些古代玉石书上的记载很像，疑似借尸成仙。

依据这些传闻，人们推测那一直没有人踏足的终极试炼地内，可能有真仙存在。

“这么离谱？”石昊觉得难以置信。

真仙是从古至今都存在的生灵，难道一直在那里等待后来人？石昊不太相信。可惜，天角蚁大人在告知他关于北海石林的事情时说得很隐晦，他对此中的详情并不是很了解。

“他打败了紫日天君？我不信！”这时，人群中的一个少女气鼓鼓地说道，对着石昊直瞪眼。

“他要进入终极试炼地，应该有击败紫日天君的实力。”另一个年轻男子有几分相信石昊的实力，这般说道。

“想进去和进去是两回事，我看他连走进去都做不到！”一个妙龄女子嘲讽道。

“小道友请慎重考虑。”城主对石昊说道。

随后，城主冷冷地扫了那个妙龄女子一眼。

“如何进入终极试炼地？难道要先翻过这几座山吗？”石昊并不理会那些闲言碎语，询问城主。

“有一条小路，在那里！”城主用手指向前方，道。

石昊顺着城主指的方向望去，不远处有一条很窄的小路，那条路蜿蜒在几座超绝峰之间，延伸向最深处。

“那条路不好走，一不小心可能就会直接殒身。”旁边，一名老者善意提醒石昊。

石昊谢过老者和城主，径直朝着那条幽深、危险的小路走去。

“他真的要去终极试炼地！”那个妙龄女子脸色大变，惊讶地说道。

石昊刚靠近那条小路，就被一股无形的力量阻挡了，他突然止步，无法继续前进。

“轰！”

伴着一声巨响，石昊猛地挥出一拳，天崩地裂般的响声随之响起，前路奇迹般地变得畅通了。

可是这个时候，几座超绝峰突然晃动起来，似乎快要崩塌了。

众人不禁骇然失色，过去从来没有发生过这样的事情，怎么荒刚一踏上那条小路，几座坚固无比的超绝峰就开始晃动了？

石昊才走出去几百步，疼痛感就传遍了全身，那股奇怪的力量压得他几乎透不过气来。

“破！”

石昊大吼一声，浑身散发出耀眼的光，开启了体内的仙门，释放出了最强大的力量。

一时间，山摇地动，响声震耳欲聋，几座巍峨的超绝峰不停地晃动着，像是要活过来了一样。

“轰！”

伴着巨大的响声，乱石纷纷滚落，向着石昊砸去。

石昊抬头一看，魂都差点被吓没了。一座超绝峰的断崖上摆放着一口古棺，棺盖缓缓开启，竟落下了一张人皮！

此外，另一座超绝峰上，一个人形生灵盘坐在峭壁旁，双眸瞪得大大的。

那个人形生灵正盯着他！

活着的生灵？还是鬼成仙？

石昊顿时从头到脚都生出了一股寒意，汗水浸湿了衣服。

石昊在心里暗道，这个世间诡异的事还真不少，不是说超绝峰上都是尸体吗？怎么会有疑似活着的生灵？

第1033章 诡异之事

“那是活着的生灵吗？我怎么觉得他在看我？”小蚂蚁嘀咕道。

那个生灵盘坐在峭壁旁，眼中闪烁着光芒，像是还有几分生气和神采。要知道，那可是一百万年甚至四五百万年前的尸骸，怎么可能活过来？

当年他们寿元已尽，在此坐化，按理说不可能死而复生。哪怕是长生者也不可能活过来，其生命精气枯竭了百万年以上，徒留了一副躯壳。

“呜——啊——”

突然，一阵尖锐的声音响起，石昊顿时觉得头皮一阵发麻，浑身的汗毛都竖了起来。

远处的众人也听到了这个声音，皆胆寒心战，有的人甚至吓得双腿发软，直接瘫倒在地上。

“人皮怎么活过来了?！”小蚂蚁惊呼起来。

石昊不禁倒吸了一口凉气，这简直太可怕了！刚才他被那个盘坐在峭壁上的生灵吸引了注意力，竟忽略了这么恐怖的东西。

另一座超绝峰上，一口悬在断崖上的古棺缓缓开启，一张人皮从里面飘落，此时那张人皮居然膨胀起来。

尖锐的叫声正是从人皮口中发出的，一张人皮而已，怎么会发出声音?

“快逃啊！鬼成仙来了！”一个少女尖叫道，转身就逃。

这番话在人群中引起了混乱，许多离得比较近的人都逃跑了。

“这是什么情况？”后方的人对前面的情况不是很清楚，大声问道。

越来越近了，那张人皮最后化成了一个生灵。它眼神空洞，嘴巴张开，露出尖尖的牙齿。

那个生灵张开手臂，向石昊和小蚂蚁俯冲而去。

“管你是什么鬼东西！”石昊大喝一声，右拳发光，闪电交织。这是雷帝宝术，他打出了一记闪电拳。

耀眼的光伴着翻涌的气浪，一下子便撕碎了虚空，迅速冲向那个诡异的生灵。

“呜——啊——”尖叫声从半空中传来。

那个生灵被击中了，剧烈地挣扎着，奇怪的是，它没有一点受伤的痕迹。

为什么会这样？

石昊眉头紧皱，凭他如今的攻击力，用尽全力居然都没有伤及那个生灵半分，这简直太奇怪了！

不过，那个生灵没有继续展开攻击，而是依旧在气浪中翻腾，随后向着高空冲去。

渐渐地，那个生灵变得干瘪了，重新变成一张人皮。

“见鬼了！谁能告诉我这到底是怎么回事？”小蚂蚁大叫道。

其他人也很疑惑不解，那张人皮怎么莫名其妙地就退后了？

石昊静静注视着那张变得干瘪的人皮，它挂在悬崖上，来回飘荡着，看着非常瘆人。

这时，石昊发现了一些异常，当山风吹过时，人皮就会在膨胀与干瘪的状态之间来回切换。

“难道是因为风吹了进去，所以人皮才膨胀起来了，发出尖叫声也是因为如此？”石昊自言自语道。

小蚂蚁听到这话，使劲点头，觉得应该就是这样。

石昊默然，这张人皮如此坚韧，倒也不出他的意料，毕竟是至尊殒命后留下的东西。可是，刚才的诡异事件不是简单几句话就能解释得通的，他总觉得有什么不可思议的力量在背后操控着这一切。

“不对，山上有东西！”山下的一名老者说道。

其他人闻言，纷纷向山上望去，可是大多数人都看不到，只有少数拥有天眼的人才能发现其中的端倪。

“一只手，那是什么东西？”有人惊呼起来。

山崖上出现了一只毛茸茸的手，手上长满了红色毛发，指甲很长，如同铁钩子一般，黑若乌金。

那只手一把托住了干瘪的人皮，小心翼翼的，像是守护一件圣物一样。随后，那只手将人皮放进了悬挂在断崖上的古棺中，并合拢了棺盖。

紧接着，如同厉鬼哭嚎般的声音传来，一些人隐约看见一个生灵对着古棺跪拜。

看到这番场景，一些人不禁毛骨悚然。

超绝峰上怎么会有活物？是出现了厉鬼，还是诞生了鬼仙？

这与古书记载的不一样，这里是试炼之地，理应是神圣的净土，登上山后可以聆听经文，获得刹那的领悟。

片刻后，那座超绝峰恢复了平静。

石昊不知道那张人皮究竟是怎样落下的，也不知道是什么东西守护着它，不过，直觉告诉他这个地方不能久留。

另一座超绝峰上，那个生灵依旧盘坐在峭壁旁，面无表情地俯视着下方。

石昊不确定那个生灵是否还活着，如果是一具尸体，只要眼球不腐烂，眼中有光芒闪烁也是有可能的。

此时，石昊心中悸动，总觉得惶惶不安。

还能往里走吗?

这条小路充满了不可预测的危险，几座超绝峰上疑似都有凶恶的生灵。其他人也觉得这片古地变得更加神秘与恐怖了。

没有人从终极试炼地活着出来过，可想而知那里有多么恐怖。有人猜测这几座超绝峰上出现的诡异之物就是从终极试炼地那里爬过来的!

“还要进去吗？”小蚂蚁有些迟疑和害怕，悄声道，“我怎么觉得有点不对劲？”

“去！”石昊坚定地说道。

众人大为震惊，本以为荒经历了刚才的事会放弃登山，没想到他会选择继续前行。

“年轻人，你要三思啊！”城主对石昊说道。

“多谢前辈的好意，我知道该怎样做。”石昊说完，便头也不回地沿着小路向前走去。

此时，所有人都不得不佩服石昊的勇气，一些少女对他的印象也有所改观。

石昊沿着崎岖的小路向前走着，每走一步都顶着巨大的压力，像是背着一座大山在行走。

如果换作其他人，肯定早就被这股压力压得走不动了。

小蚂蚁虽然疼得龇牙咧嘴，但是也坚持着。

一步，两步……

石昊一口气走了很远，一路上没有任何异常与危险，之前摇晃的巨石也没有再滚落了。

石昊好不容易来到了小路的尽头，还有数十步就要进入终极试炼地了，而这里也正好是一个拐弯处。

马上就要见到真相了，石昊即将知道终极试炼地究竟是一个怎样的地方。

出乎意料的是，一路上很安静，什么事情都没有发生。

第1034章 终极试炼地

刚踏上小路时，石昊看到了各种诡异的景象，可现在快要到达目的地了，怎么如此安静？

还有数十步就要离开小路了，这片区域不能飞行，只能走过去。空中有明显的大道痕迹，如果硬闯，肯定会受到攻击。

“荒要进去了，那里面到底有什么？”

“荒的胆子真大，不愧是打败了三大年轻至尊的高手啊！”

“如果我也能去终极试炼地看一看就好了，说不定里面有什么大机缘呢。”

山下，众人议论纷纷，对石昊进入终极试炼地表现出极大的兴趣，有些人甚至比石昊还紧张，没有人不想知道终极试炼地到底是怎样一番景象。

此时，石昊深吸了一口气，看了一眼肩头的小蚂蚁，问道：“准备好了吗？”

“上路！”小蚂蚁颇为干脆地应道。为了《不灭经》，它豁出去了。

五步之后，星河倒转，天翻地覆，一切都发生了改变。

“轰！”伴着巨大的响声，几座超绝峰发出大道之光，秩序神链猛地向石昊和小蚂蚁劈去。

石昊早就知道不可能一帆风顺地到达目的地，一开始那么艰险，最后几步怎么可能风平浪静地走完？

石昊竭尽所能，奋力反击。他浑身都是符文和闪电，看起来很是吓人。

“当！”

一时间，火星四溅，石昊的拳头与一条秩序神链撞在一起，发出震耳欲聋的声音。

要知道，那可是一条秩序神链，是秩序的化身，居然被石昊以肉身挡住了。

“咔嚓！”

清脆的声音传来，石昊怒吼着，直接斩断了十几条秩序神链。

这时，一条秩序神链突然从虚空中出现，猛地刺向石昊，他的肩膀瞬间渗出了几滴鲜血。

“荒受伤了！”有人惊呼出声。

众人目瞪口呆，荒如此强大，竟然在这里负伤了。

“嗖！”随着一声轻响，又一条秩序神链如同毒蛇般刺向石昊的后脑。

“咔嚓！”

石昊没有回头，反手抓住了秩序神链，猛力一扯，直接将它扯断了。

石昊的指间闪烁着一些符号，那是他的法，他在用大神通抵抗天空中的秩序神链。

小蚂蚁站在石昊的肩头，挥动拳头，全力攻击秩序神链。

“轰！”

成片的光芒洒落，数不尽的秩序神链落下，瞬间淹没了石昊和小蚂蚁。

这时，石昊撑开唯一洞天，形成了一片光幕，以抵御秩序神链的攻击。

“咚！”

巨大的响声传来，石昊体内的仙门受到外界的刺激，释放出了可怕的能量。

天空中，秩序神链纷纷断裂，四处散落。

众人看到这一番景象，无不觉得胆战心惊，那几个少女这下总算相信石昊拥有打败紫日天君的本事了。

天地之间顿时变得安静了，盘坐在峭壁旁的生灵直直地望着下方，古棺旁的手若隐若现，一切都显得十分诡异。

什么东西落下了？

是羽毛！一根又一根羽毛如同锋利的刀一般劈向石昊和小蚂蚁。

这是古棺中的东西，之前就跟着人皮一起掉出来了，只不过挂在了悬崖峭壁上，此时才展现出威力。

除此之外，还有一些坚硬的鳞片，它们闪耀着刺目的光。

石昊使出全力攻击，可是这些都是至尊殒命后留下的东西，根本无法被轻易击碎。

超绝峰在崩塌，巨大的山石不断地砸向石昊，他顶着压力继续攻击这些羽毛和鳞片。

这时，石昊发现山石上都刻着符文，怪不得如此坚硬。

“锵！”关键时刻，石昊抽出大罗剑胎，耀眼的光芒迸发出来，如同星河般璀璨夺目。

石昊实在不想在此浪费时间，如果在这儿耗尽了精力，还如何进去探险？终极试炼地一定更危险。

“当！”羽毛和鳞片不断被击碎，与大罗剑胎碰撞时迸发出刺目的火星，响声震耳欲聋。

超绝峰上，阵阵哭嚎声从古棺旁传出，惨厉无比，让人听了头皮发麻。

众人吓得脸色发白，山上的诡异之物不会下来吧？

就在这时，天空中出现了一个鹰头人，它有着人的躯体，苍鹰的头颅，还有一对红色的鹰翅。

只见鹰头人握着一杆红色的战矛，大喝一声，便向石昊俯冲过去。那杆战矛虽然是残破的，但是威力巨大，还带着仙气。

石昊神色骤变，这是考验吗？对方手里的法器极其恐怖，很有可能是一件残破的仙道法器。

这里发生了变故，不再是简单的试炼之地。

石昊不再多想，猛力将大罗剑胎抛向高空。

“轰！”伴着一声巨响，大罗剑胎冲上了云霄，刹那间发出刺眼的光芒。

凄厉的哀号声响起，那个鹰头人转身逃了回去，大罗剑胎从空中跌落，重新回到石昊的手中。

发生了什么？

石昊面露惊疑之色，大罗剑胎刚才发出的光芒太刺眼了，连他都没有看清楚整个过程。经此一击，他越发觉得大罗剑胎有惊人的来历。

这下，小路终于归于平静了。石昊再次向终极试炼地走去，不一会儿，便从众人的视线中消失了。

“荒进去了！”

“他能成功吗？还会活着出来吗？”

众人议论纷纷，没有一个人离去，都准备在此驻足等待，直到结果出来为止。

事实上，无论结果如何，荒这个名字必定会留在北海石林，这里的人已经深深记住了他。

此刻，石昊和小蚂蚁来到了终极试炼地。刚踏入这片区域，石昊就愣住了，脸上露出惊讶之色。

这里的景象实在是太诡异了！

放眼望去是一片广袤无边的苍凉之地，带状的黑雾在这里缭绕着，营造了一种神秘又可怕的气氛。

地上横七竖八地躺着无数生灵，他们像是刚殒命没多久，全都倒在血泊中，有的生灵身上似乎还有温度。

很多生灵都持有兵器，不过兵器大多都是残破不堪的。

这里是浩大的决战之地！

形如青天鹏的神鸟，如同山岳一般巨大，通体呈青金色，眉心被一支粗大的神箭射中；万丈高的金色巨猿生有鳄尾，被人一棍砸中了头颅，惨不忍睹；如同真龙的生灵生有八颗头颅，庞大的躯体缠绕着一座巨山，断成了数截，它被一柄利剑刺中，那柄剑也被折断了，就插在巨山上。

……

最让石昊震惊的是，这里的战斗仿佛刚刚结束，一些生灵的躯体中流出的血还冒着热气。

怎么会这样？这实在太惊人了！

石昊一步一步地谨慎前行，欲进入终极试炼地的最深处看一看究竟是怎么回事。

第1035章 末世战场

这里的景象太触目惊心了，殒身的都是什么人？他们来自哪里？

这里看着像是刚结束了一场大战，可为何外界的人一点消息都不知道，难道这里连接着一个奇异的世界？

石昊与小蚂蚁不由自主地战栗起来，觉得这里很危险。

虽然这些殒身的生灵和平时见到的各族生灵有一些相似之处，但总的看来还是不太一样。

“怎么回事？如果不是这些血还在冒热气，我还以为来到了仙古纪元，看到了最后一战的末日景象。”小蚂蚁嘀咕道。

石昊点头，对小蚂蚁的说法表示赞同。他真的想象不到今世有哪一股势力可以派出这么多高手，他和小蚂蚁怎么来了这样一个古怪的地方。

“有些不对劲，这么多至尊的气血聚集在一起理应撕碎乾坤才对，可是这里很安静。”石昊皱着眉说道。

“走近一些看看。”小蚂蚁提议道。

石昊蹲下身来，小心翼翼地取了一滴血，经过一番观察研究后，他有了一个惊人的发现——血中的精华和煞气都消失了！

发生了什么？这些生灵明明都很强大，血液怎么可能会没有灵气？

接着，石昊又从一只金猿身上取了血液，血液虽然还在发光，但是污浊不堪，没有留下一丝灵气。

这是怎么回事？

石昊与小蚂蚁决定继续前进，将此事弄清楚。

“太难以置信了！如果不是末世大战，怎么会有这么多高手？”小蚂蚁忍不住感叹道。

石昊吃惊地睁大了眼睛，这种景象只在古书中提到过。

“仙古纪元末期的大战就是如此，到了最后整个世界寂静无声，所有的生灵几乎都战死了。”小蚂蚁越发觉得这是末世才有的景象。

随后，石昊和小蚂蚁化成两道光芒，冲向了地平线尽头。石昊准备看看这片战场究竟有多广阔，以便推测有多少生灵殒命于此。

忽然，石昊和小蚂蚁都感觉到了不对劲，他们的元神竟晃动起来，似乎要裂开了。

怎么会这样？

这种感觉太可怕了，石昊和小蚂蚁不知道这是因何而起，就好像世界末日要来临了一样。

“在前方！”石昊闭目沉思后，肯定地说道。

穿过广阔的战场区域后，石昊和小蚂蚁终于知道为何如此了。

八千里外，烟雾缭绕，红光直冲霄汉。

那是什么？

一道又一道光芒，赤红鲜艳，击穿了天空，随后没入宇宙中。

太恐怖了！

那种气势隔着数千里都让人感到窒息，甚至让人忍不住想对其进行叩拜。

石昊惊诧万分，从未有过这种感觉，浑身上下都忍不住颤抖起来。

“那是什么？”小蚂蚁有点不敢相信自己的眼睛，“难道说……那是一道又一道精血？”

“没错，正是精血！”石昊肯定了小蚂蚁的猜测。

无数精血如同狼烟般冲向高空，每一道精血的形状都不一样。

让石昊和小蚂蚁心神不宁的原来是精血！

还要向前走吗？

经过一番商讨后，石昊与小蚂蚁还是决定顶住压力，继续前行。

片刻后，石昊和小蚂蚁来到了与终极试炼地最深处相隔千里的地方，这里的压力也不小，给人一种近乎窒息的感觉。

那一道又一道精血是从尸骸中冲起的，它们腾入宇宙，将不少星辰都击落了下来。

石昊目瞪口呆，这是怎样的一种场景？若是这些精血没有冲向域外，估计这片战场都要被撕碎，甚至不复存在。

“不能再前进了，这些尸体的精血拥有巨大的威力，我们硬闯的话定会灰飞烟灭。”小蚂蚁神情凝重，对石昊说道。

殒身的这些人到底是什么来头？击败他们的人又是谁？一个又一个问题困扰着石昊。

"呜——"突然，一个奇怪的声音传来，如泣如诉，响彻天地。

石昊和小蚂蚁听到那个声音，顿时头皮发紧，连手指都不能动弹了。

那是什么?

这时，地平线的尽头出现了一阵黑色的飓风，飓风所过之处，精血都被卷走了。过了一会儿，黑色的飓风化成了一件器物，通体漆黑如墨。

那件器物貌似是一个壶，半尺来高，悬在天宇上方。

"那是什么？"石昊问小蚂蚁。

"天啊！传说中的东西竟真的存在！"小蚂蚁失声惊呼。

"你认识它？"石昊面露惊异之色，看向小蚂蚁，问道。

"我不太确定，很像传说中的那件东西，不是说它并不存在吗？可是看它释放的力量，那分明就是它啊！"小蚂蚁一连说了好几句话。

"到底是什么？"石昊追问。

小蚂蚁咽了一口唾沫，看了看地上死去的成片的生灵，又看向那个黑色的壶，道："炼仙壶。"

第1036章 炼仙壶

炼仙壶是什么？

光听名字就知道此物肯定不凡，是用来炼化仙人的吗？

“炼仙壶是异域的器物，据说在仙古纪元的大战中，它一直没有出现，只有辈分高的强者才知晓它的存在。”小蚂蚁解释道。

“什么？！这么厉害！”石昊忍不住惊呼。

炼仙壶究竟有多古老？在仙古纪元竟然都算是传说中的东西，可是，它现在怎么出现了？

炼仙壶属于异域，却在这里出现，难道说这片战场连接着异域？

石昊不由自主地打了个冷战，自言自语道：“别告诉我这里就是边荒。”

如果是这样的话，这里就是石族先祖征战的地方，是他们一直守护的这一界的边缘。

“呜呜——”

炼仙壶突然晃动起来，发出奇怪的声音，让人听了很不舒服。

此时，可怕的事情发生了，炼仙壶开始吞食战场中的精血，一道又一道红光向它飞去。

这些精血合在一起，足以击落成片的星辰，现在却轻易地被炼仙壶吞食了，简直令人难以置信！

石昊终于明白为何沿途见到的尸体都没有灵气了，原来血的精华全都被炼仙壶吞食了！

炼仙壶是一件凶器，而且恐怕是古往今来最强大的凶器之一。

“相传，炼仙壶是异域的一位大人物师尊的宝物，不过上一纪元并没有出现。”小蚂蚁说道。

据小蚂蚁所知，那位大人物的师尊早在仙古纪元初期就殒命了，当时炼仙壶也和那位师尊一起消失了，如今炼仙壶怎么又出现了？

“不对，太异常了，这是今世吗？我怀疑我们来到了仙古纪元的末期。”小蚂蚁推测道。

石昊大体认同小蚂蚁的观点，莫非他们踏入终极试炼地后，便通过时光通道来到了仙古纪元的末日大战之地？

真的太像了，不然的话，这里怎么会有这么多生灵的躯体，而且个个都实力不凡？

只有仙古纪元的末日之战，才会造成如此大规模的惨祸。

炼仙壶仍在高空盘旋，疯狂汲取血液的精华，精血不断地没入壶中，天知道它究竟吸走了多少精血！

石昊和小蚂蚁都惊呆了，这个炼仙壶是专门为炼化真仙准备的吗？

“肯定不是炼仙壶需要这些血液，它只是一件器物，是用来储藏这些精血的。”石昊分析道。

“太可怕了，这是异域大胜之后清理战场的画面吗？”小蚂蚁的声音里满是惊讶。

石昊觉得有些可悲，这一界的无数生灵奋起反抗，结果还是落得了被异域打败的下场。

数不清的高手全部葬送在此，甚至连血液中的精华都被收走了。

最后，黑色的炼仙壶破空而去，消失不见。

石昊与小蚂蚁恢复了过来，望着这片战场，眼里净是失落。当他们向前走去时，身体也不受影响了，精血都被收走了，一切归于了平静。

“我们为什么会见到这些景象？按理说我们不可能会来到仙古纪元啊！”小蚂蚁很是不解。

石昊思索了片刻，道：“想得到《不灭经》，肯定要经历一些与众不同的考验，可能我们身在其中看不清楚真相。”

说完，石昊和小蚂蚁便继续上路了。

飞行片刻后，前方隐约出现了耀眼的金色光芒，神圣无比，好像是一处极乐祥和之地。

“嗷——”伴着一阵惊天动地的嘶吼声，一只恐怖的凶兽出现了。它浑身散发着可怕的气息，让人胆寒。

这是什么生灵？

凶兽足足有百丈高，形似狮子，通体赤红，毛发非常长，身体两侧还有一对火红的翅膀，像是凤凰的翅膀。

“血凰狮！”小蚂蚁惊呼道。

虽然小蚂蚁一直待在地下世界，但是守城者教了它很多东西。

“很厉害吗？”石昊不明白为何小蚂蚁会如此惊讶。

“不会比虚空王兽弱，它们是同等级的恐怖凶兽。”小蚂蚁答道。

石昊惊诧万分，当年他在仙家战场遗迹中与虚空王兽交过手，那种生灵的功力完全不亚于修出三道仙气的年轻至尊。今日在这里，他居然又碰到了异域的另一种凶兽。

据小蚂蚁所说，血凰狮是堕落血凰与古僧一脉的无畏狮子所生的，力大无穷，法力绝世。

“一只活着的血凰狮，它怎么会出现在这里？”石昊盯着血凰狮，自言自语道。

“果然有漏网之鱼，看来清理战场还是有必要的。愚蠢的生灵，见到我还不上前叩拜吗？”血凰狮俯视着石昊，眼中闪烁着逼人的冷光，以神识传音。

“这是哪里？是异域吗？如今是仙古纪元吗？”石昊一连问了好几个问题，想弄清楚究竟是怎么回事。

“是我在与你们说话，你有什么资格向我提问？”血凰狮冷然一笑，瞥见了小蚂蚁，道，“还有一只小天角蚁。哈哈，我曾经吃过一只天角蚁，不得不说，天角蚁的精血实在是太美味了，不过它的个头可比你大多了，我到现在还回味无穷呢。”

听到这一番话，石昊当即沉下脸来。

小蚂蚁气得眼睛发红，忍不住大叫道：“你吃过天角蚁？”

“没错，而且还跟你长得很像，该不会是你的亲人吧？”血凰狮笑道。

小蚂蚁听到这一番话，差点哭出声来，它的哥哥姐姐全部战死，最后连尸体都没被找到。

“找死！”石昊喝道，结法印就要出手。

“让我来对付它！这种级别的凶兽怎么可能击败我的家人？我要亲手了结它！”小蚂蚁怒吼道，双眼赤红，近乎疯狂。

“轰！”

伴着一声巨响，小蚂蚁挥动拳头，迅速向血凰狮砸去。

这时，石昊看到远处的一座大山发出耀眼的光芒，几张金色的兽皮纸在空中翻动，景象十分奇异。

“《不灭经》？”石昊低语道。

如果那些金色的兽皮纸上写的是经文的话，很有可能就是石昊和小蚂蚁要找的东西。

小蚂蚁与血凰狮仍在激烈搏斗，神力像浪涛一样翻涌，差点将虚空都撕开了。

第1037章 血凰狮

“一只小虫子也敢跟我对决，看我怎么收拾你！”血凰狮厉声道，一爪子向小蚂蚁拍去。

“杂种凶兽，敢害我兄长，我跟你没完！”小蚂蚁一拳挥出，喝道。它可不是好惹的！

自从小蚂蚁出生以来，就没有见过任何亲人，它从守城者那里听闻自己是有几个兄长与姐妹的，可惜它们都在末世一战中殒身了。眼前这只血凰狮很有可能就是杀害它的亲人的元凶，它怎么可能不发怒？它恨不得仰天长啸一番，以发泄心中的愤怒。

“轰！”巨大的响声传来。

血凰狮巨大的爪子落下，赤红的毛发随风而动，看起来格外瘆人，长空瞬间就被它的爪子撕裂了。

小蚂蚁也不甘示弱，英勇迎击，它虽然体形不大，但是力量惊人，攻势如同火山喷发般猛烈。

一时间，火星飞溅，神力形成的风暴四处肆虐，长空彻底被毁坏了。

血凰狮和小蚂蚁剧烈地晃动了一下，各自倒退了好几步。

小蚂蚁恼恨不已，眼里闪烁着逼人的冷光，它用了十二成的功力也没能打伤那只巨大的血凰狮，实在是不甘心！

小蚂蚁知道自己还未成年，所以许多手段还施展不出来，在力量上也不能绝对地压制对方。

在血凰狮看来，小蚂蚁就和一颗豆子差不多，如果不仔细看，完全会被忽略。然而，现在它就有如此实力，要是等它成长起来，那还了得！

血凰狮为了不留下后患，决定无论如何也要除掉小蚂蚁。

“小虫子，就你这么一丁点大也配和我交手？当年你兄长比你强了不知道多少倍，照样败在了我的手下。不过，你们这一族的力之极限血确实是世间最好的补药啊！”血凰狮大笑道，故意说出这样一番话让小蚂蚁的情绪失控。

这时，小蚂蚁的身躯微微颤抖起来，它从小孤苦伶仃，渴望有亲人相伴，可惜亲人皆不幸战死沙场，现在血凰狮居然当着它的面羞辱它的兄长，让它怎能不瞋目切齿？

天角蚁是何等高贵的种群，号称仙古最强血脉之一，这样一个受众人景仰的种群，怎能容忍别人羞辱？

“就凭你也敢欺我天角蚁一族，不自量力！”小蚂蚁喝道，再次向血凰狮扑了过去。

小蚂蚁淡金色的身体变得有些殷红，散发的光芒更加耀眼。

幼年的天角蚁一旦陷入狂暴的状态，实力就会剧增，当然，超负荷运转神力也会引发一些后遗症。

血凰狮怒吼一声，眸子瞬间变得猩红：“卑微的虫子，看招！”

小蚂蚁浑身赤红，闪耀着点点金光，恐怖的气息弥散开来。

“咚！”

伴着一声巨响，刹那间天崩地裂，乱石纷飞，散落在地上的生灵躯体横飞起来。

远远望去，画面极为惊悚——小蚂蚁立于空中，四周的尸体如同海浪般汹涌，冲向四面八方。

“噗！”

血凰狮吐出一口血，大为震惊，心中暗道：这只年幼的天角蚁功力并不高深，现在怎么突然可以与我抗衡了？

“你竟敢辱我，看我怎么收拾你！”小蚂蚁大吼道。它的躯体开始膨胀，金光闪耀，力之极限血在体内翻涌。

“区区一只虫子也敢轻视我！血凰与无畏狮子都是至尊，身为它们的后裔，我拥有两种宝血，岂是你能比的？！”血凰狮厉声道。

紧接着，血凰狮的身体缩小了一些，以便更好地对付小蚂蚁。三道仙气在血凰狮的身体周围缭绕着，最终形成了一层护体光幕。

小蚂蚁施展出天角蚁一族最负盛名的蚁拳，霸气十足，速度极快，威力惊人。

“轰！”

巨大的响声传来，小蚂蚁虽然体形不大，但是每一次挥动拳头都会让天地跟着颤抖。

这片区域的虚空早已崩塌，到处都是黑色的裂痕，混沌之气不停地从缝隙中冒出来。

血凰狮咆哮了一声，感受到了巨大的威胁。

“噗！”

血凰狮吐出一口血，爪子出现了裂痕，它赶忙施展出天赋神通狮子吼，猛地向小蚂蚁攻去。

狮子吼是古僧一脉的无畏狮子创造的，威力十分惊人。

“啊——”小蚂蚁大叫一声，嘴角溢出了鲜血。

尽管受到了不小的打击，但小蚂蚁还是坚持战斗，一双拳头释放出来的力量更加可怕了。

血凰狮的吼声响彻云霄，漫天的云朵都被震开了，虽然吼声的杀伤力惊人，但是它也付出了极大的代价。

小蚂蚁一拳砸中了血凰狮的额骨，滴滴鲜血渗了出来。

血凰狮身上的红色毛发本是蓬松的，如今如同钢针般根根竖立，它真的发怒了。

血凰狮自认为血统高贵，又正值黄金年龄，如今被一个比它年纪小一截的生灵打成重伤，面子上有些挂不住。

“小虫子，你居然让我流血了，我要让你为此付出惨重的代价！”血凰狮厉声道。

“凭你的实力，你绝对不是我兄长的对手。我要亲手了结你，洗刷我族的耻辱！”小蚂蚁怒吼起来。

“轰！”随着一声巨响，小蚂蚁金色的拳头上发出耀眼的光，发挥出可怕的实力。

此时的小蚂蚁虽然眼睛和嘴巴都受了伤，但是浑身气血滚滚，如同龙卷风般冲霄而上。

石昊一直没有出手，而是在一旁冷静地看着小蚂蚁，他觉得小蚂蚁的表现非常不俗，是一个值得信任的伙伴和战友。

血凰狮是两种强大的凶兽的后裔，实力不比虚空王兽弱，可以称得上是出类拔萃的年轻至尊。

面对如此厉害的对手，还未成年的小蚂蚁能做到从容不迫，足以说明它潜能无限，说不定有一天会超越它的父辈。

血凰狮大吼一声，准备进行最后的冲击。

这时，石昊开始关注远方那座神圣的山，仔细聆听从那里传来的经文吟诵声。

金色的兽皮纸在山的上空翻动着，发出“沙沙”的响声，各种符号排列在空中，形成复杂的经文。

在那座山的不远处，一道身影兀自站立着，似乎也在聆听经文，感悟不灭的真义。

那是什么人?

石昊心头一震，那个人是何时出现的?之前他怎么没有发现?

第1038章 **命中注定的大敌**

那个人为何会出现在那座神圣的山附近？

石昊心中不由得生出了一种紧迫感，那很有可能是争夺《不灭经》的对手！

这究竟是怎样的一个地方？为何这里有如此多异域的绝顶生灵？

满地的至尊尸骸，恐怖的炼仙壶，不可一世的血凰狮以及山下的神秘身影，这一切到底是怎么回事？

石昊微微绷紧身体，做好战斗的准备，以迎接一场绝世大战。

此时，小蚂蚁还在与血凰狮对战。石昊其实很想出手相助，不过他充分理解小蚂蚁，执念不消，容易影响今后的道途，唯有亲手报仇才能解开心结。

别看小蚂蚁平日里大大咧咧的，一旦涉及亲人，它就会变得格外脆弱敏感。它恨不得能够参与仙古末日一战，与家人并肩作战。

“我要踏平异域，什么不朽者，什么高手，统统除掉！”小蚂蚁哭嚎着，眼泪不断地落下，悲伤难以抑制。

“嗷——”血凰狮怒吼一声，毛发根根竖立起来。它疯狂地挥动着大爪子，张开血盆大口，似乎要将天地都吞噬。

“砰！”

小蚂蚁和血凰狮碰撞在了一起，一时间，响声震耳欲聋，神力滚滚。

血凰狮的一只爪子被小蚂蚁的拳头击裂了，滴滴鲜血从爪子中渗了出来，看着很是瘆人。

“虫子，受死吧！”血凰狮喝道。

血凰狮在异域也算是血统高贵者，现在却被这样一个小家伙打成了重伤，它实在忍无可忍了！

血凰狮的吼声响彻这片战场，它一口吞下了小蚂蚁所在的苍宇，准备将小蚂蚁除掉。

那道神秘的身影也被血凰狮的吼声惊动了，微微侧了一下身子，不过还是没有回过头来。

突然，金光闪耀，小蚂蚁挥出一拳，接着便从血凰狮的嘴巴里冲了出来。

“啊——”血凰狮凄厉地大叫起来，一口獠牙被小蚂蚁的拳头击断了好几颗，很是狼狈。

血凰狮挥动身体两侧的一对红色翅膀，荡起阵阵混沌之气，直接向小蚂蚁冲去。这是它继承的堕落血凰的宝术，据说可以开天劈地，斩妖除魔。

堕落血凰是真凰一族中的叛逆者，实力不容小觑，独家宝术是天下闻名的血凰斩，号称仅凭一对凤凰翅便可打败天下英杰。

血凰狮发出这样一击，是想一举击败小蚂蚁。

“我天角蚁一族以力量闻名天下，就算堕落血凰亲自出手，我也不怕，更别说你了！”小蚂蚁没有丝毫的惧意，大吼道。

“当！”

小蚂蚁以拳头迎向血凰狮翅膀的攻击，响声震天。

红色的羽毛如同雪花般纷纷扬扬地落下，血凰狮被震得飞了出去，一对翅膀受了不轻的伤，无力地垂着。

另一边，小蚂蚁也在不停地颤抖，拳头上出现了几个明显的伤口，渗出了鲜血。

血凰狮那对可怕的翅膀击中了小蚂蚁，有些羽毛甚至插进了小蚂蚁的身体，只差一点儿，它的拳头便被斩断了。

“我天角蚁一族越挫越勇，越战越强，一双拳头就是在战斗中不断变强的，看招！”小蚂蚁疯狂地大吼道。

小蚂蚁的拳头脱落了一层死皮，发出刺目的金光，伤口瞬间痊愈，一双更加完美的拳头出现了！

小蚂蚁全然不顾身上的伤势，再次向血凰狮冲了过去，威势惊人。

血凰狮见状，只好硬着头皮迎战。经过长时间的对决，它已经抬不起翅膀了，只能以守势为主。

血凰狮尽管骄傲自大，但此时也不得不狼狈逃跑，它还是要给自己留一条后路。

“休想逃跑，今天你的父母都救不了你！”小蚂蚁厉声道。

血凰狮气愤不已，火冒三丈，可它确实不是狂化的小蚂蚁的对手，只能拼尽全力逃跑。

“砰！”

小蚂蚁追上血凰狮，直接给了它一拳，响声震天，血凰狮当即吐出一口鲜血。

“说！你是如何害死我兄长的？我兄长是天下无敌的青年强者，你根本就没有那个能力打败它！”小蚂蚁红着眼睛，朗声道。

血凰狮冷然一笑，并不说话。

“快说！”小蚂蚁继续对着血凰狮大吼。

石昊静静地注视着小蚂蚁，一瞬间好像明白了些什么。天角蚁大人指点他和小蚂蚁来此取《不灭经》，也许就是要帮小蚂蚁消除执念，希望通过战斗让小蚂蚁顺利成长。

小蚂蚁见血凰狮这样的态度，便挥拳砸向血凰狮的翅膀。

“嗷——”血凰狮哀号起来。

“你这只小虫子，我就是打败了你的兄长，看你能把我怎么样！”说完，血凰狮开始结印，通体发光，红色的毛发变为金黄色。

“无畏狮子印！”石昊脸色大变，惊呼出声。

无畏狮子印是古僧一脉的绝学，相传，无畏狮子还未归降于古僧一脉之前，凭借无畏狮子印打败了一位又一位仙道至尊。

无畏狮子被古僧一脉的高人收服之后，世代皈依于古僧的门下，直至后来无畏狮子一族中出现了一个叛徒，那个叛徒与堕落的血凰一起投靠了异域。

“嗷——”结成无畏狮子印后，血凰狮疯狂地大吼着，要和小蚂蚁拼命。

小蚂蚁没有一丝惧意，完全是豁出去的姿态，勇敢迎战。

在对决的关键时刻，血凰狮害怕了，才展开一半攻击，就转身逃跑了。

“完整的无畏狮子印也算是至强神通之一，不过要想发挥出它的威力，就必须有无畏的精神。你这个胆小鬼，根本就不配施展这门神通！”小蚂蚁吼声如雷，震动了天地。

小蚂蚁一拳击穿光幕，直接打在了血凰狮身上。

血凰狮忍着疼痛，快速冲向那座神圣的山，向着天穹大声喊道：“救我！”

“哪里逃?!”小蚂蚁紧追血凰狮不放，渐渐靠近了那座神圣的山。

石昊见状赶紧跟了上去，怕小蚂蚁吃大亏，那道神秘的身影给他一种高深莫测的感觉，不知是何方神圣。

这种感觉让石昊有些不安，他居然看不透那道神秘的身影的修为到底如何。

此时，那道神秘的身影变得清晰起来，原来是一个年轻人。他转过身来，不再凝视山上不断翻动的金色兽皮纸，而是看向血凰狮和小蚂蚁。

“主人，救我！”血凰狮冲着那个年轻人喊道。

小蚂蚁闻言，顿时愣住了，血凰狮叫那个年轻人什么？

后方的石昊也大吃了一惊，怀疑自己的耳朵是不是出了问题，血凰狮堪称一代至尊，居然唤一个年轻人为主人！

石昊的心中生出了无端的惧意，他可能遇上了有生以来最可怕的对手！

血凰狮是堕落血凰和无畏狮子的后裔，以它的血统和身份，怎么可能称呼别人为主人，做别人的仆从？这太不可思议了！

“你的先祖连仙道至尊都能打败，你太软弱了，唯有心中无畏才能真正无敌。”年轻人叹了一口气，说道。

“你是什么人？”小蚂蚁心直口快，问那个年轻人。

“你不用追击血凰狮了，斩灭你亲人的是我。”年轻人淡淡地说道。

小蚂蚁悲痛欲绝，忍不住大叫起来。

第1039章 天下无双

这个年轻人该有多么可怕？

要知道，当年小蚂蚁的兄长和姐姐在同辈中卓尔不群，受到各方长老的栽培，被视为天角蚁一族的希望之星。可是，就连那样的年轻至尊，也难逃被人无情除掉的命运。

而这一切都是眼前这个年轻人所为，他是打败了仙古众多奇才的至尊！

小蚂蚁哭得撕心裂肺、肝肠寸断，没想到会在此地见到真正的仇人。

杀害亲人的罪魁祸首就在眼前，小蚂蚁恨不得马上将这个年轻人除掉。它大哭出声，向前扑去，准备与那个年轻人拼个你死我活。

“冷静！”石昊迅速来到小蚂蚁的近前，横身挡住它的去路。

“不要拦着我，我要为我的家人报仇！啊——”小蚂蚁大喊道，泪水像断了线的珠子一样落下来。

“他就在这里，难道还能跑了吗？”石昊不想让小蚂蚁发生任何意外，这般劝道。

小蚂蚁绷紧身子，金光迸发，气血翻涌。它强忍着冲动，没有与那个年轻人拼命。

“小家伙，你应该感谢他，不然的话此刻你已经没命了。”年轻人冷冷地开口了。

“你说什么？”小蚂蚁听到这番话，心中又生出了一股怒火。

眼前这个年轻人的年纪在二十岁左右，他身穿青色的长袍，一头金发十分抢眼，一直垂到小腿处。

这个年轻人英气十足，肌肤如同羊脂玉般细腻，瞳孔和头发一样，也是金色的。更为奇特的是，他的眼睛开合之间，可以射出两道金色的闪电，并伴有风和雷的声音。

“你的兄长和姐姐都已成年，且实力达到了那个年龄段的巅峰状态，远胜于你，依旧败在了我手下。你与我对战会是什么下场，明眼人都清楚，是他救了你。”年轻人继续说道。

那样的战绩足以震惊天地，引得万众瞩目。

可这个年轻人提及旧事时，没有一点炫耀的意思，仿佛说的只是一件再平常不过的事情。这越发显得他深不可测，他连九天十地天角蚁的后裔都能轻易击败，简直难以想象！

“我要与你对决，我宁愿战死，也不要苟且偷生！”小蚂蚁说着，眼角滑下了两行泪。

小蚂蚁身上的金色火焰很是刺目，因为它在挖掘自己的无尽潜能，想和这个年轻人一较高下。

“冷静，报仇不急于一时！”石昊用力按住小蚂蚁的肩，以体内的清光压制其金色火焰。

石昊不能看着小蚂蚁白白去送死，不然天角蚁一族就彻底绝后了，世间将再无天角蚁。不过，他充分理解小蚂蚁的心情，杀害至亲的仇人就站在面前，没有人能控制得住自己的情绪。

“放开我，我要报仇啊！”小蚂蚁一边哭喊着，一边试图挣开石昊的束缚。

“有点意思，很重感情。”年轻人看了看石昊，又看了看小蚂蚁，若有所思，道，“你过来，我暂不取你性命，天角蚁虽然号称最强种群之一，但是还不算无敌。”

年轻人的言下之意很明显，他根本没有把天角蚁一族当成对手，只是想证明一件事，即名动天下的天角蚁一族并不能与他抗衡。

“放开我！”小蚂蚁吼道。

天角蚁一族何其辉煌，从古至今有几人不知？如今竟然被人这样轻视，它实在是忍无可忍！

石昊看了看小蚂蚁，又看向那个年轻人，随后松了手，既然小蚂蚁执念这么深，那就让它出手吧。

小蚂蚁大吼一声，出拳快如闪电，瞬间施展出了绝世拳法——蚁拳！

小蚂蚁的攻击力剧增，每一拳都足以粉碎山河，如果这不是至尊的决战之地，恐怕早就被小蚂蚁的拳头毁灭了。

大山颤抖不止，虚空中出现了无数个恐怖的黑色大裂缝，混沌之气不断从裂缝中冒出。

巨大的力量从小蚂蚁的天灵盖释放出来，随即冲向了那个年轻人。

“主人，除掉它！力之极限血算什么？根本无法与你的力量相提并论！”血凰狮恨不得小蚂蚁立刻殒命，大喊道。

“咚！”

巨大的响声传来，小蚂蚁的拳头直接击穿了虚空，神力如同海浪般汹涌，势不可当！

可是，尽管小蚂蚁接连挥了数百拳，但没有一拳打在对方身上，每次都只是砸中了虚空。

那个年轻人站在数尺范围内，轻易地躲过了小蚂蚁数百拳的攻击。

“速度太慢！”年轻人面不改色，冷冷地说道。

小蚂蚁又惊又怒，痛恨实力不如人，还被仇人这般侮辱。它继续施展蚁拳，三道仙气和它的拳头结合在一起，威力惊人。

这时，小蚂蚁一拳挥出，年轻人没有躲避，一把抓住了它的拳头，轻易地挡住了它的攻击。

“力量太小。”年轻人的声音很平静。

随后，年轻人的手如钳子般抓住了小蚂蚁的拳头，任凭小蚂蚁怎么挣扎都动弹不得。

“你是谁？”小蚂蚁咬牙切齿地问道。

“鹤无双。”年轻人并不隐瞒姓名，直接答道。

“小虫子，收起你的骄傲和自尊吧，在主人面前，你们这一界的年轻人什么都不是！”远处，血凰狮冷笑道。

第1040章 异域领军人

“你这个叛逆之子，还轮不到你对我指手画脚！”小蚂蚁怒吼道。

鹤无双一动不动，甚至连头发都没有动一下，整个人平静得好像没有波澜的湖水。

“给我开！”小蚂蚁使出全力，浑身发出刺目的光芒。

可是，鹤无双连晃都没有晃一下，依旧紧紧地抓着小蚂蚁的拳头。

“我说了，你力气太小。”鹤无双淡淡地说道。

天角蚁号称世间力气最大的生灵，在九天十地中，没有生灵可以在力量上与它抗衡。可是，眼前这个金发年轻人鹤无双只用了肉身之力，就轻易地压制了小蚂蚁。

这是何等可怕的肉身，简直难以想象！

小蚂蚁恨自己还未真正成年，力量远远不及对方，不过，它坚信再过几年自己的力量将会是世间的同龄人中最强大的。

“不服气吗？当年你的兄长已经成年，不是照样被主人打败了吗？你还真的以为天角蚁一族的力量天下无敌吗？你们根本不行，异域还有比你们更强大的生灵！”血凰狮冷冷地说道。

“叛徒！走狗！你给我有多远滚多远！”小蚂蚁被血凰狮的这一番话气坏了，大吼道。

“轰隆隆！”

鹤无双一眨眼睛，两道刺目的光芒从他的眼里射了出来，如同闪电一般，雷霆之音随即响起，响声震耳欲聋。

小蚂蚁接连倒退了好几步，险些跌倒。

石昊脸色大变，急忙赶上前去，他绝不能让任何人伤害小蚂蚁！

同时，石昊也很震惊，这个名为鹤无双的金发年轻人实力深不可测，居然可以如此轻易地制服天角蚁。

鹤无双也许会是他到目前为止遇到的最强大的同辈对手，最恐怖的是，鹤无双如同一个黑色的宇宙深渊，仿佛能吞噬一切对手。

“天下无双，你们永远不会明白这四个字究竟有多么沉重。我的主人是异域年轻一代的领军人物之一，这四个字就是他的荣耀与封号！”血凰狮面露骄傲之色，朗声道。

“是吗？”石昊淡淡地反问了一句，一步一步向前走去。

小蚂蚁死死地盯着鹤无双，想要奋起反抗，可是无能为力。

“不要沮丧，你年纪还小，失败是很正常的。如果你跟他同龄，谁输谁赢很难说。”石昊对小蚂蚁说道。

随后，石昊逼到鹤无双近前，将精气神调整到巅峰状态，随时准备发动凌厉一击。

可是，鹤无双并没有因为石昊的到来而表现出丝毫的紧张，而是十分淡定地说道：“既然我说过暂不取小蚂蚁的性命，就不会出尔反尔，我只是想让它明白差距而已。”

“你们当我主人是什么人？你们太无知了，要是有点眼力见的话，早就应该跪地求饶！”血凰狮根本没有将石昊和小蚂蚁放在眼里，道，“我的主人进入这一界的任务就是打败所有修出三道仙气的年轻至尊，击溃这里所有年轻人的信念！”

石昊心头一震，问血凰狮：“仙古纪元年轻一代最强的一批人，你也与他们对决过？”

“还用问吗？”血凰狮冷然一笑，道，“我的主人号称天下无双，你们这一界的年轻人绝对无人可与他抗衡！”

这时，鹤无双瞳的眼里射出刺目的光芒，让人毛骨悚然。他盯着石昊，道：“你说仙古纪元……你不是这一世的人？”

鹤无双太敏锐了，仅从石昊的一句话里，就知道了石昊和小蚂蚁并不属于仙古纪元。

“有意思，我就说剩下的几只年轻的天角蚁都被我除掉了，怎么还会出现一只？原来不属于这一世。”鹤无双笑道。

“不属于这一世，他们是哪里来的人？”血凰狮问鹤无双。

“总有一些机缘让不同纪元的人产生交集，我的师尊也曾遇到过这样的情况。”鹤无双一边说，一边认真打量着石昊，想知道这个来自不同纪元的人到底有什么独特之处。

“不管你是谁，你今天都跑不掉了，谁让你遇上了天下无双的年轻至尊呢。”血凰狮镇定下来，冷冷地说道。

小蚂蚁怒吼一声，竭尽全力挣扎着。

“主人，除掉这只小虫子吧，以绝后患！”血凰狮目露凶光，向鹤无双提出了建议。

“不，天角蚁潜力巨大，可以利用起来。这可能是天角蚁一族最后的血脉了，我要把它豢养在身边，为己所用。”鹤无双早已打定了主意要留下小蚂蚁，这般说道。

“你做梦！”小蚂蚁怒斥道。

小蚂蚁拼命想挣脱鹤无双的束缚，一双拳头闪闪发光，近乎燃烧，可是无论它怎么挣扎，依旧无济于事。

“轰！”

就在这时，石昊出手了，他一上来就使出了大神通——轮回宝术！

这是石昊的天赋神通，是他至尊骨上铭刻的符文，涉及了时间和轮回。

一时间，光芒照耀了四方，那是时光碎片的光芒。

“我只是将它养在身边而已。”鹤无双说完，松开了手，一甩袍袖，直接将小蚂蚁扔了出去。

随后，鹤无双的青色袍袖逐渐变大，瞬间遮盖了天地，甚至将日月星辰都兜了进去。

袖里乾坤！

鹤无双以这种惊天秘法抵抗轮回宝术，以空间对时间，仅用一只衣袖便收拢了那些时光碎片。

“砰！”

巨大的碰撞声响起，隐约间，石昊看到了袍袖中的那只手被日月星辰围绕着。

除了袖里乾坤，鹤无双的右手中还有一个由宇宙雏形化成的旋涡。那是另一种绝世大神通，即古僧一脉的掌中世界。

“轰隆！”

突然，一阵巨大的响声传来，诸多星辰从域外砸落，声势骇人至极。

过了很久，这里终于恢复了宁静。

鹤无双看向山上那几张金色的兽皮纸，淡淡地说道：“你是来与我争夺《不灭经》的？”

石昊心中一惊，《不灭经》事关重大，若是落在对方手里，那就大事不妙了。

“这就是所谓的天下无双吗？”石昊虽然心中极为震惊，但是表现得很平静，淡淡地说道。

“只用了你界的神通，没有动用我界之法。”鹤无双说完，扫了石昊一眼，眼中透着自信。

第1041章 **绝顶之战**

断崖旁怪石嶙峋，诸多大山高耸入云。

几张兽皮纸发出璀璨的光芒，将山体映照成淡金色，很是显眼。与此同时，经文吟诵声不断响起，不绝于耳。

山外的气氛很紧张，石昊与鹤无双在对峙，两大高手之间产生了无形的力量，引发了狂暴的风。

“砰！”

巨大的碰撞声响起，无数重达数百万斤甚至数千万斤的巨石，此时全都崩裂了。

放眼望去，天地变形，空间塌陷，万物都被毁坏了。

“咔嚓！”

这时，一道惊人的闪电在虚空中炸开，响声震耳欲聋。一瞬间，这里的时空仿佛错乱了，生机被尽数摧毁，一片狼藉。

“我主人自然释放的气息需要你们这一界所谓的年轻至尊全力抵抗，显然你们与我的主人不是一个级别的！”血凰狮在一旁说道。

“啊——”

伴着一阵大叫，小蚂蚁飞回来了。它浑身气血翻涌，陷入了疯狂之境。

此时的小蚂蚁失去了神志，完全进入了狂化的状态。

小蚂蚁如同闪电般向鹤无双冲去，虽然它神志不清，但是有一种力量始终在支撑着它战斗。

“天角蚁一族的确不凡，我在与你的兄长和姐姐对决时，见识了它们的厉害之处。你还未成长起来，就不要白费力气了，所谓的盖世神力对我没用，我不会伤你的。”鹤无双微微侧头，对小蚂蚁说道。

随后，鹤无双一甩袍袖，黑色的旋风当即割裂了虚空，小蚂蚁又一次被丢了出去。

石昊看到这个场面，顿时目瞪口呆，这个人太强了，随手一挥就把小蚂蚁掀翻了！

鹤无双天赋甚高，修为惊人，现在他就已经是异域的领军人物了，日后一定会成为最可怕的不朽者之一。

血凰狮在一旁奚落道："小虫子，你就不要自不量力了，你根本不是主人的对手。你的同伴也要屈服于主人，你们的同龄人中没有一个是主人的对手。所谓天下无双，绝不是说说而已，你们永远无法战胜主人！"

"轰隆隆！"

伴着一声巨响，石昊释放出雷霆之力，一拳便粉碎了虚空。他如同闪电般冲到鹤无双近前，右拳发出耀眼的光芒，直接击向鹤无双的眉心，欲毁灭其元神。

石昊从来没有像此刻这样精神集中过，他眼下一心只想击败对手。

此时，鹤无双的一头金黄色长发被风拂起，金色的光芒顿时迸发出来，璀璨夺目。他一身青袍猎猎，双脚始终不曾移动，整个人如同一棵青松般站立着，临危不惧。

"呼！"

大风呼啸，鹤无双伸展右臂，用右手迎向石昊的拳头。

"当！"

手与拳头碰撞在一起，如同坚硬的仙金兵器碰撞一般，声音响彻天地。

一道道闪电接连迸射而出，石昊的右拳不断向前推进，发出刺目的光芒。他将几种宝术混合起来攻击鹤无双，拳头如同雨点般砸向前方。

鹤无双很冷静，直接用右手挡住石昊的拳头，掌心闪耀着璀璨的神光。神光像是一根又一根钢针，猛地刺向石昊的拳头。

"轰！"

伴着巨大的响声，石昊用左手向前拍去，金色的鲲鹏羽漫天飞射，如同神箭般锋利。

鹤无双挥动左手，姿态如同展翅的神鸟般美丽，虚空当即破裂，接着混沌之气被他引了出来。

石昊直接以混沌之气铸成了一面盾牌，轻松地挡住了鲲鹏羽的攻击。

最后，混沌盾牌变得如同山岳般巨大，径直向石昊压去。

石昊见状，急忙双手结拳印，"砰"的一声，混沌盾牌被击穿了。

"哧！"

石昊和鹤无双迅速出手，拳头与手掌碰撞，让人眼花缭乱。

这时，石昊一跃而起，直接向鹤无双冲去，击向他的天灵盖。

鹤无双将手指并拢，手指如同一柄利剑一般，迸发出刺目的光，刹那间照亮了天地。

石昊脸色大变，这是什么剑术？居然比平乱诀弱不了几分！他马上施展出原始真解功法，各种符号从手上浮现出来，交织在一起，密密麻麻，如同无数只蝌蚪在手上游动。

如今，石昊已经将《原始真解》修炼到了最高深的境界，可以让万灵图上的各种符号集中在一双手上展示。

“咚！”

随着一声巨响，石昊以一双拳头迎向鹤无双用手指化成的利剑。这是力量的碰撞。

两道身影纠缠在一起，谁都不肯退缩。

这是真正的对决，是两界年轻至尊的一次大战，是一场命运之战！

天风呼啸而过，肆虐大地。

两道身影仍在继续纠缠、搏斗。

直到最后，“轰”的一声，石昊和鹤无双才分开。混沌之气散尽，这里恢复了宁静。

石昊不禁感叹，异域真的这么可怕吗？第一次遇上异域的年轻至尊，居然就这么不好对付。

刚才有半数时间石昊和鹤无双都在进行肉身的对决，以石昊现在的情况来说，他的肉身已经称得上天下无双了，而他却只能和鹤无双打个平手。

“有意思，我用你界的最强剑诀之一攻击你，居然失败了。”鹤无双惊讶地说道。

石昊闻言，心头一震，果然和他猜测的一样，鹤无双有无敌剑诀，而且那种剑诀可以与平乱诀匹敌。

“可惜剑诀只有三式，并不完整。”鹤无双摇了摇头，叹道。

石昊冷冷地说道：“出手吧，展现你们那一界的神通。”

“你不是我主人的对手，在你们这一界，只要是这个年龄段的，就无法与他匹敌！”血凰狮眼中尽是自信，猖狂地说道，“你们所谓的融合了种子的高手，仙气凝聚成三朵大道之花的年轻至尊，根本不值一提，全都败在了我主人手里！”

“你闭嘴！”石昊怒吼道。他的心中不由得升起了一股怒火，仙古纪元末期的一群年轻人还没有成长起来便被异域的人除掉了，实在太让人遗憾了。

石昊曾经梦回仙古，与仙古纪元末期的一些年轻人见过面。

鹤无双淡淡地说道："你为了《不灭经》而来，我也是。这不仅是经文之争，而且是两界的道运之争，我不会让它落在你们手中。"

"那就对决吧，胜者得经文，败者殒命，这是仙古大战的延续！"石昊朗声道。

第1042章 先民的遗憾

石昊怒吼一声，全身发出耀眼的光，整个人如同一个熊熊燃烧的火炉子。他释放出所有潜能，准备全力对决。

这既是经文争夺之战，也是命运之战！

“轰！”

天崩地裂，响声震天。

石昊全身缠绕着金色闪电，每走一步，山河都跟着颤动。他代表这一界出征，天地似乎都感受到了他的决心，大道之气源源不断地与他交融。

“任你有千般神通，我照样轻易击败你！”鹤无双冷冷地说道。他气吞山河，身体四周腾起灰雾。

鹤无双主动出手，满头金色长发胡乱地飞舞起来，每一根头发仿佛都能割裂虚空。他如同天地间的主宰，无人可阻，战无不胜！

“砰！”

一声巨响传来，大地沉陷，烟尘漫天，飞沙走石，景象恐怖至极。

石昊和鹤无双碰撞在一起，仙气与灰雾扩散开来。

“咔嚓！”

虚空中划过一道闪电，下起了红色的大雨，雨势迅猛。

小蚂蚁和血凰狮看到这个场面，顿时张口结舌。这不是幻象，而是真实的场景，红色的雨点纷纷洒落。

“两人都是青年高手，注定为敌，此时他们在错乱的时空相遇，可能起到了一些影响。”血凰狮不由得打了个冷战，道。

此时，石昊似乎被一股情绪感染了，心中有几分压抑，甚至觉得有点悲伤，这是为什么？

突然，一张又一张巨大的面孔从天空中浮现出来，默默地注视着石昊。这些面孔有男有女，有老有少，都在流泪。他们是战死的先民，曾经顽强不屈，拼命战斗，最终却不幸殒命于此。

“我们败了，没能保住家园，我们愧对后方的亲人，劫难来临，我们无能……

唯有一死……永不退缩！”隐约间，石昊仿佛听到了这样的话语。

战死的先民在哭泣，他们不甘、内疚、绝望，这些情绪穿越了时空，直抵石昊的内心深处。

石昊明白了，先民的声音之所以会在这破碎的山河间回荡，是因为他们希望后世的人崛起，那是他们唯一的寄托。

“啊——”石昊如同负伤的野兽般嘶吼起来。他的眼角有些湿润，体内的血液沸腾起来。

石昊感受到了先民的痛苦，他们为守护家园付出了如此大的代价，他怎能不拼命？

鹤无双大喝道：“我不管你来自哪里，属于哪一个时代，遇到我，就是你的末日！你界所谓的年轻至尊都要匍匐在我们的脚下，唯有我界才能奏出响彻诸天的战歌！”

石昊听到这一番话，满头黑发狂乱地舞动起来，展现出惊人的气势。成片的山河虚影在他身侧浮现出来，天地似乎都与他连接在了一起，与他共同进退。

“没用的，一切反抗都是徒劳！”鹤无双大吼起来，脸上露出凶狠之色，骇人至极。

与此同时，一道又一道黑影从石昊身后浮现出来，顶天立地，巨大无比，或持战斧，或持长矛，或握利剑。

“砰！”

石昊和鹤无双同时出击，刹那间到处都是光和气浪，很是耀眼。两人像两道电光一样缠绕在一起，仙气和灰雾互相撞击，好不壮观！

这时，古老的战歌响起，凄凉的末世景象再现——无数生灵悲吼着，长啸着，毅然决然地赶往战场，奋力搏斗，最终全部殒命。

“你拿什么跟我争？失败者的后裔，你的先祖都被我们击败了，就凭你能翻得起什么浪花？”鹤无双咆哮道。

鹤无双施展异域的神通，刹那间灰雾弥漫，恐怖的气息散发了出来。

“前人之耻辱，后人洗刷，你以为你算哪根葱？！”石昊大吼道，近乎疯狂地向鹤无双扑过去，迅速施展出六道轮回天功。

“这门天功还不曾断绝？好，那就算一笔账吧，曾经有人欲用此天功除掉我界重要人物，今天就让我来了结你们这一脉！”鹤无双目露凶光，厉声道。

石昊早就知道六道轮回天功与仙古纪元有关，是跨纪元的古天功，没想到鹤无双竟对此表现出如此强烈的敌意。

这时，鹤无双的双眸闪烁着绚烂至极的光芒，“嗖”的一声，可怕的景象出现了。

鹤无双的眸子中掉出了兵器!

那是四柄神剑，锋利无比，仿佛可以斩断乾坤，撕裂虚空。

与此同时，鹤无双眼中的光芒暗淡下去，眼睛变得如同地狱般黑暗、空洞。

一股神秘的力量拉扯着石昊，似乎要将他拉入黑暗之中。他的周围出现了六个黑色的洞，光阴在他身边流转，时光碎片飞舞，光与暗同在。

这是一场生死决战，石昊和鹤无双都使出了禁忌手段，丝毫没有保留，只想分出个高低胜负。

“压制！”鹤无双吼道。

石昊周围的那些身影变得模糊了，战歌也逐渐远去，连山河虚影都消散了。

“看招！”鹤无双大喝一声，四柄神剑猛然刺向石昊。

这时，石昊体内的仙门一扇接着一扇地开启，柔和的清光包裹着他，成功抵挡了异域大道气息的攻击。他继续催动六道轮回天功，手持大罗剑胎，向鹤无双冲去。

鹤无双看到石昊手中的剑，双眼顿时亮了起来，吃惊地说道：“这柄剑怎么会在你手上？”

石昊并不理会鹤无双，直接以大罗剑胎攻击鹤无双。

鹤无双断喝一声，那四柄神剑瞬间化成了金色的“十”字，回到了他的眼中，没有和大罗剑胎正面对决。

“万法成空！”鹤无双喝道。刹那间，虚空碎裂，符文散开，一切的攻击似乎都被瓦解了。

“元神离体！”鹤无双眼中闪烁着金色的光芒，身体四周弥漫着灰色的雾霭，释放出一股特别的力量。

石昊感觉元神要出窍了，对方似乎是用了一种不可思议的秘法，欲收走他的元神。

“哧！”

一道神光突然浮现出来，石昊眉心前出现了一个璀璨的小人儿，那个小人儿瞬间化成了一柄剑，径直向鹤无双刺去。

“平乱诀！”鹤无双惊呼出声。他第一次这般惊慌，迅速后退了好几步。

石昊施展的自然不是真正的平乱诀，不过它可以让对手的情绪产生剧烈的波动，这样一来，石昊就有机会发起攻击了。

“哧！”

随着一声轻响，唯一洞天浮现出来，而后快速收缩，化成一点，在刹那间爆发。

鹤无双大吼一声，双目中仿佛有熊熊火焰在燃烧，猛地冲向石昊。

“砰”的一声，石昊和鹤无双都飞了出去，嘴角溢出鲜血。

“你还活着?!”鹤无双惊讶得睁大了眼睛。他刚才用了万法成空和弑仙术两种法，对方居然还活着!

石昊比鹤无双更加震惊，唯一洞天铭刻着《原始真解》的符文，压缩到极致后爆发出来的力量居然都没能击败鹤无双，实在太不可思议了!

鹤无双眉头紧皱，用凶狠的目光盯着石昊。

石昊的好胜心也被激发出来了，他让诸法一同浮现，宝术重重叠加。成败在此一举!

最后一击，石昊要决生死！成，就除掉此人；败，便自己殒身。

天地间，无数先民看着石昊，红色的雨飘洒下来，呈现出一番凄凉的景象。

那是先民的苦痛，也是仙古纪元的遗憾。

第1043章 光与暗

“啊——”石昊大吼起来，全身发光，满头黑发飘扬，释放出来的气势震动天地。

无数先民的虚影浮现，观看这生死一击。

战歌在回响，声音逐渐变大，响彻天地，战歌中带着先民的不甘，也带着他们最后的一点寄托与希望。

“咔嚓！”

密密麻麻的闪电浮现出来，红色的雨如同瓢泼一般，整片天地都变成了赤红色。

“天下无双！”鹤无双大吼道。他如同一位魔主降世，气息明显更加恐怖了，仿佛要吞噬一切。

一个光芒璀璨，如同天宇中耀眼的太阳。

一个黑暗至极，如同宇宙中可怕的黑洞。

这样两个人，如今碰撞到了一起！

石昊抛开恐惧和迟疑，与鹤无双展开对决，他听不到任何声音，看不见任何事物，一切似乎都离他远去了……

“不！”远处，小蚂蚁大叫道。

“主人！”血凰狮也惊呆了。

战场中心，一切都不复存在了。光与暗的碰撞，天地逆转，仿佛回到了天地刚刚开辟之时。

混沌之气弥散开来，乾坤已经支离破碎了，石昊和鹤无双都不见了，光芒将他们淹没了。

天地间无声无息，只有耀眼的光束腾起，让人不敢直视。

过了一会儿，光芒终于变得暗淡了，混沌之气从虚空中大裂缝内冒出，可怕的声响不断地传来。

战场上一片狼藉！

小蚂蚁看到地面上出现了明显的血迹，石昊的肢体分散在各处，唯一不见了头颅。它大叫一声，悲痛欲绝，难道与它一路走来的同伴就这样殒命了吗?

小蚂蚁知道鹤无双恐怖至极，力量惊人，可是，当惨剧真正发生时，它还是有些难以接受，当年兄长和姐姐就是这样殒身的吗?

“哈哈——”血凰狮大笑着，无比兴奋。

对方殒命，证明主人大获全胜!

“主人有天下无双的封号，岂是失败者的后裔能打败的？你们之前若是跪地求饶，说不定还能留下一条命。”血凰狮故意这样说道。

小蚂蚁欲将石昊的躯体收集起来，不忍让他这般凄惨地离世。

“小虫子，你还想冲动行事吗？主人解决了他，接下来肯定要对付你，我劝你还是老老实实地听从发落吧，不然的话难逃一死！”血凰狮冷冷地说道。

这时，小蚂蚁停下了脚步，目不转睛地盯着虚空大裂缝。

血凰狮心头一震，有些疑惑，这么长时间过去了，主人怎么还没有现身?

液体滴落的声音响起，血凰狮看向虚空大裂缝，几滴银灰色的血渗了出来。

“什么?!主人！”血凰狮惊呼出声。

这一战太惨烈了，两败俱伤，石昊和鹤无双都一动不动，像是殒身了。

血凰狮脸色苍白，说不出话来，鹤无双何其强大，怎么会就此殒身，而且连头颅都消失了?

“不！主人不会殒命！他打败了无数年轻至尊，连天角蚁兄妹都不是他的对手，怎么可能会轻易殒命？”血凰狮的声音都颤抖了。

鹤无双的身份无比尊贵，如果他就这样殒命于此，血凰狮肯定脱不了干系。

“主人你快醒醒啊！这不可能，是幻觉！”血凰狮嘶吼着，扑进了虚空大裂缝中。

小蚂蚁大叫一声，跟着扑了进去。

此时，血凰狮和小蚂蚁都近乎疯狂了，快速寻找着鹤无双和石昊的头颅。

虚空大裂缝一直没有闭合，似乎被一股神秘的力量支撑着。与此同时，一股恐怖的气息从虚空大裂缝的深处传来，小蚂蚁和血凰狮不禁感到浑身发冷，毛发悚然。

那是……

小蚂蚁和血凰狮通过天眼看到了一幅前所未见的惊人画面，不由得愣住了。

一座被混沌之气包裹着的殿堂浮现出来，殿堂气势磅礴，里面似乎有什么东西在对峙。

“这是……混沌殿堂！”血凰狮大叫道，惊得差点转身就逃。

无论是三千道州还是九天上，都有传闻，在虚空中行走时，最怕遇到两个物体，其一是染血的黑色古船，其二是混沌殿堂。

混沌殿堂的恐怖程度比染血的黑色古船有过之而无不及!

第1044章 **活着**

那是混沌殿堂!

血凰狮浑身生出一股寒意，红色毛发也不由得倒竖。

虚空大裂缝的深处，混沌殿堂随着空间乱流而行，四周环绕着光阴碎片，十分奇异。

殿门内，炼仙壶静静地立在一个角落中，展现出无比强大的威势。

小蚂蚁神色严肃，没想到那个可怕的魔壶居然去往混沌殿堂与其他的器物对峙了。

“炼仙壶进去了，在战斗……”血凰狮断断续续地说着，声音有些颤抖。这是它想逃走的原因之一。

小蚂蚁有些心慌意乱，不久前它亲眼看到炼仙壶吸收了满地至尊的精血，那种力量太恐怖了。

相传炼仙壶早已遗失，它在仙古纪元没有现身，在九天十地的末日之战中也没有现身。现在它居然出现在了这里，这其中肯定有什么秘密!

炼仙壶的对面是一柄剑，它们在对峙，整座混沌殿堂弥漫着一种紧张的气氛。那是一柄不是很锋利的剑，如同没有开刃一般，灰暗无光，释放出浓重的戾气。

正是大罗剑胎!

小蚂蚁诧异不已，那柄剑不是荒的吗?它看着不怎么起眼，居然敢与炼仙壶对峙!

“残器，你要与我一争高下吗?”炼仙壶发出神识之音。

大罗剑胎不出声，不知是不理会炼仙壶，还是没有神识。

“我听闻你是由残料制成的，只是那件器物的陪衬而已，看来并非空穴来风。”炼仙壶推测大罗剑胎没有自主意识，仅凭本能在抵抗，造成不了多大的威胁。

“这两件东西倒还有点来头，我怀疑是由某人的骨头做成的。”炼仙壶似乎很看重地上莹白的骨头，这样说道。

那是刻有《原始真解》的骨块和万灵图。

“嗖！”随着一声轻响，大罗剑胎发出璀璨的光芒，仿佛要斩灭一切。剑气流转，星河成片，深渊无尽，宇宙无穷。

仅这一击，就造成了如同开天辟地般的可怕景象，让人胆战心惊。

这时，一缕灰雾从炼仙壶的壶嘴飘了出来，瞬间覆盖了整个空间。灰雾能消灭真仙，吸收神血，恐怖至极！

混沌殿堂突然发出刺目的光，想同时攻击炼仙壶和大罗剑胎。

“咚！”

伴着巨大的响声，虚空破碎了，混沌殿堂一片迷茫，什么都看不见了。

血凰狮和小蚂蚁眼睛都看直了，一时间没回过神来。

兵器居然在自行对决！不过，看样子炼仙壶的实力很是强大，大罗剑胎可能难以与之抗衡。

小蚂蚁只能寄希望于混沌殿堂，希望它能扭转局势。

“炼仙壶是专门为炼制真仙而铸成的，连我家主人见了它都要退让三分，更别说一柄剑了。”血凰狮在一旁说道。

“看招！”小蚂蚁喝道，顺势向血凰狮扑了过去。

血凰狮见状转身就逃，它可不想跟这只小蚂蚁对决，免得白白丧命。

小蚂蚁没有追击血凰狮，当务之急是救荒。血凰狮也在寻找鹤无双的头颅，虽然它觉得鹤无双几乎没有什么希望复活，但还是得继续寻找。

此地到处都是大裂缝，特别是刚刚混沌殿堂剧烈地晃动了一下，让这里显得越发危险了。一些法器碎片、血液以及生灵的躯体等在虚空大裂缝中飘浮着，景象骇人。

“荒，你在哪里？”小蚂蚁大声呼喊道。

“主人，你是无敌的，号称天下无双，一定会没事的。你在哪里？我为你送神药来了。”血凰狮不停地念叨着。

可是，小蚂蚁和血凰狮找了很久，一刻都没有停歇，还是没有见到石昊和鹤无双的头颅。

小蚂蚁伤心欲绝，沮丧不已，荒是它出世后结识的第一个朋友，结果就这样殒命了。

“我会为你报仇的！有朝一日，我将闯入异域，消灭所有的敌人！”小蚂蚁信誓旦旦地说道。

忽然，一阵冷风吹来，一股可怕的气息向小蚂蚁和血凰狮逼近。小蚂蚁蓦地回头，看到虚空大裂缝中探出了一颗头颅……他居然还活着！

“鹤无双！”小蚂蚁气得整个身躯都颤抖起来。

“主人！”血凰狮惊喜交加，赶了过去。

鹤无双还活着！没有比这更好的消息了，这样它回去就不用担责了。

“给我！”鹤无双低吼道。他不复之前的从容，头颅迅速与被血凰狮收集的肢体结合在一起。

紧接着，鹤无双取出了一个玉罐。一时间，光芒四射，浓香扑鼻，玉罐里装着绝世丹药，这种丹药可以让白骨长出新肉，是以世间罕有的多种神药炼成的。

“主人，那个敌人呢？”血凰狮问鹤无双。

鹤无双服下了丹药，肉身快速恢复，整个人宛如新生一般。

“我大意了，没想到那小子还挺厉害的。”鹤无双眉头紧皱，这般说道。

突然，鹤无双似乎察觉到了什么，冲上天际，快速赶往另一个方向。

“轰！”

伴着一声巨响，鹤无双抬手撕碎了那片空间，似乎要毁灭那里的一切。

“你失误了，我在这里。”一个冷冷的声音响起。

石昊的头颅出现在鹤无双的后方，并快速与断裂的躯体合为一体，石昊快速服下药液，整个人瞬间恢复了过来。

鹤无双当即大吃了一惊，那可是长生液！

白龟驮仙！

当年，石昊从一株长生仙药那里得到了两滴汁液，一直小心翼翼地保存着。

石昊服下一滴长生液后即刻就恢复了，他的躯体快速愈合，释放出一股强大的生命气息。

鹤无双脸色大变，立马取出一个紫金葫芦，倒出一块零碎的药渣，直接吞了下去。

“九转仙丹碎掉后的药渣！”小蚂蚁赶了过来，看到这一幕，忍不住惊呼。

小蚂蚁在古书上见到过这种神药，这是先民炼制的一种仙丹，其主要的原料是长生液。

鹤无双吞下药后并没有对付石昊，而是转身冲向了那座巨大的山。他的目标是那几张金色的兽皮纸，他想抢先一步得到《不灭经》。

“哪里走！”石昊喝道，一路追击。

到了山脚，石昊和鹤无双几乎同时跃起，准备登上那座山。

这时，山发出耀眼的光芒，石昊和鹤无双径直冲向山巅，靠近了金色的兽皮纸。

“拿命来！”石昊一手抓向金色兽皮纸，一手攻击鹤无双，大喝道。

“滚开！《不灭经》是属于我的，你想都别想！”鹤无双吼道，英俊的面孔变得狰狞起来。

没有人知道《不灭经》的起源，它究竟是什么年代出现的，就连最古老的强者都不清楚。鹤无双在年幼的时候就听说过《不灭经》，如果将它修炼至真正的大圆满，就能打败世间的一切高手。

第1045章 同归于尽

“砰！”

碰撞的声音响起，鹤无双一只手迎向石昊的攻击，另一只手向金色的兽皮纸抓去。

大风起，长空裂。

“轰！”

伴着一声巨响，石昊张嘴吐出一道闪电，释放出来的威力如同千万座火山同时喷发般强大。

鹤无双的金色头发携着雷电，带着火光，欲缠绕石昊的一条手臂。

与此同时，石昊背后浮现出了诸多金色的柳枝，它们一齐向前扑去，将鹤无双的腰束缚了。

“噗！”

无论是石昊的手臂还是鹤无双的腰，都出现了伤口，如同被刀劈过一般，十分恐怖。

石昊和鹤无双同时收手，不再争抢金色的兽皮纸，而是全力以赴地展开对决。唯有击败对方，《不灭经》才能归自己所有。

石昊的眼眸在开合间发出耀眼的光芒，气势十分强大。经过刚才的生死对决，他对道有了更深的领悟，施展各种功法更加自如了。

此时，漫天飞舞着金色的羽毛，石昊周围出现了一个又一个金色的旋涡，那些旋涡疯狂地吞噬着天地精气。

金璇波纹功！

这在鲲鹏法中不算至强奥义，现在却被石昊发挥出了强大无比的力量。

同一时间，石昊头顶的三朵大道之花绽放后，转而化成三个巨大的光团，诵经声不断从中传出。其中一个光团内，还有一道小小的身影静静地盘坐着。

三个光团分别与过去、现在以及未来对应，那个代表过去的光团中，经文声响彻天地，仿佛要度化整个世界。

鹤无双冷然一笑，厉声道：“让你看一看什么叫一力破万法，你有再多手段都没用！”

“哧！”

一声轻响过后，鹤无双的眉心裂开了。一把战斧浮现出来，寒光闪耀，斧柄足足有一丈来长，斧刃似乎可以劈开天地。

鹤无双毫不费力地挥动着战斧，攻势凌厉，径直劈向石昊。

“嗡！”

碰撞的声音响彻天地，石昊周围的金色旋涡吞噬着战斧的神力，三个光团释放出奇异之力，形成防御光幕。

“轰！”

石昊和鹤无双使出浑身解数，施展一道又一道宝术，发出的光芒如同烟花般绚烂，碰撞声震耳欲聋。

鹤无双有些吃惊，对手的三个由大道之花化成的光团太特别了，他的一力破万法居然施展不了！

“砰！”

清脆的响声传出，三个光团同时破碎，随后化成白雾缠绕在石昊的躯体上，衬托得他如同自带仙气的真仙一般。

石昊轻叹了一口气，心想：我应该修出三道身影才对，可惜现在只有一道身影盘坐于过去，威力无法全面发挥出来。

鹤无双断喝一声，一跃而起，将手中的战斧再次向石昊劈去。

“当！”

巨大的碰撞声响起，石昊抬手迎击战斧，结果长空直接碎裂了。

“就算付出代价也要击败你！”鹤无双怒吼道，似是下定了决心一举击败石昊。

石昊和鹤无双打了八百回合还是没有分出胜负，鹤无双整个人都变得有些模糊了，化成了淡淡的云烟，向石昊扑去。

“轰！”

伴着一声巨响，战场仿佛被定住了。

石昊目瞪口呆，空间静止，时间凝固，一切都停在了这一刻。

与此同时，雾霭中逐渐浮现出一道身影，是鹤无双！他阔步向石昊走来，目露凶光，杀气腾腾。

这是一种可怕至极的功法，施法者以凝固时空的方式限制对手的行动，趁机一举击败对手。

“万法不侵！”石昊大喝一声，想撑开唯一洞天。

然而，石昊惊讶地发现唯一洞天撑到一半竟然就撑不开了，这是从未有过的事情！

最后关头，石昊的身体发生了一些变化，巨大的力量释放了出来。

“锵！”

巨大的响声传来，石昊的肉身化成了一把淡金色的天刀，锋利无比，气势惊人。

这是石昊在遭遇危机之时，不经意间领悟到的真义。

石昊虽然不能全面撑开唯一洞天，但是可以让它贴着肌体，而且《原始真解》的符文印在了唯一洞天上，这使得他的肉身更加坚固，难以被击破。

这时，鹤无双迅速冲向石昊，一把巨斧劈落，虚空碎裂。

“当！”

巨大的碰撞声响起，石昊以肉身化成的天刀挣脱了时空的禁锢，向鹤无双劈去。

“哧！”

伴着一声轻响，刀光一闪，轮回宝术符文、鲲鹏法符文以及雷帝宝术符文一齐施展出来，威力惊人。

鹤无双连连后退，不敢冒险正面对决，他的腹部已经被划出了一道可怕的伤口。

与此同时，石昊以肉身化成的天刀被雾霭侵蚀，差点就破碎了，他不得不现出真身。

“异域的人身上为何带着一些雾霭？”石昊颇为不解，自言自语道。这种神秘的雾霭太具有杀伤力了，在攻击上占据了优势。

“我不想再耽搁时间了！”鹤无双双手结印，发出璀璨的光芒，断喝一声，“君临天下！”

鹤无双似乎在召唤什么，无数神秘的法则从天上落下，与他合为一体，瞬间影响了天地间的大道。

“不好，这是他们那一界的大道气息，他居然可以召唤！”小蚂蚁惊讶地说道。

这时，鹤无双的周围出现了宇宙大裂缝，无数法则紧密地交织着，源源不断地从异域涌来。

仙古纪元的一些高手虽然拥有完美的种子，但还是遭遇了极大的挫折。天地间的气息发生了变化，法则也紊乱了，这些都影响了他们实力的发挥。

不过石昊的力量不会受到影响，他的体内有很多仙门，可以任意地开启。他走的路依靠的是肉身，不需要外物的帮助。

“咚！”

伴着一声巨响，石昊挥出刚猛而霸气的一拳，击向鹤无双的眉心。

“没用的，你们这一界已经残破了，法则不全，你体内的完美种子即便和大道沟通了又如何？还不是要被压制？”鹤无双自信地说道，也挥出一拳，正面迎接石昊的攻击。

鹤无双坚信在这种情况下，他的实力比对方强。

然而，很快鹤无双就感到有些不对劲了，对方的威势依旧很惊人，眼看那一拳即将接近他的眉心，眉心周围已经渗出血来了。

鹤无双发出一声惨叫，迅速将手指并拢，手指如同一把利剑般刺向石昊的眉心。

石昊和鹤无双都想击碎对方的元神！

“噗！”

刹那间，石昊的拳头击碎了鹤无双的额骨，鹤无双的手指刺穿石昊的眉心，石昊的元神碎裂了！

“怎么会这样？难道这一次真的殒命了？”小蚂蚁惊呼道。

“天啊！为什么会发生这种事？”血凰狮也大喊起来。

一切都结束了吗？

两大年轻至尊就这样同归于尽了？

无尽的黑暗，永恒的寂灭，这里变得安静了。

时光匆匆，岁月流逝。

此处的鲜血早已干涸，发光的神圣大山也归于平凡，至尊的躯体都消失不见了。

这里曾经是最残酷的战场，可现在一切都不一样了。

这里曾经耸立着一座雄伟神圣的山，山顶悬浮着金色的兽皮纸，即《不灭经》。

可是，现在《不灭经》不见了，大山也不再发光，变成了一座与其他山并无两样的山。

地上，一只拇指大的蚂蚁在爬动，只见它从泥土中翻出了一个骷髅，那个骷髅的眉心有一个可怕的洞。

第1046章 **第五道印记**

突然，那只拇指大的蚂蚁将骷髅用力一推。

骷髅沿着陡峭的山坡滚落下去，发出“骨碌骨碌”的响声，扰乱了这里的宁静。

最后，“砰”的一声，骷髅滚到山脚下，晃了几下就不动了。

大风刮过，发出“呜呜”的声音，这里没有草木，没有生机，如同死寂之地一般。

时间可以磨灭一切，无论是再厉害的天骄还是霸主，在岁月面前也都无能为力。

这里的气氛很压抑，光是站在这里都让人感到呼吸困难。历史的悲壮，岁月的沧桑，无不让人感慨万千。

一个纪元过去了，什么都变了。

山脚下，一个年轻人静静地伫立着，冷飕飕的风吹起他的衣角，扬起他黑色的头发。

此时，年轻人正在出神，不知道在想什么。

“我在轮回吗？同一地点，不同景象。”年轻人自言自语道。他脸上的表情很复杂，看似平淡，其实有惋惜，有迷惘，还有追忆。在他的肩头，有一只金色的小蚂蚁。

年轻人低头看向地上的骷髅，而后又看向山上那只拇指大的蚂蚁，是它将骷髅推下来的。

“跟你很像呢。”年轻人看向肩头的小蚂蚁，说道。

“那只蚂蚁如果像我，地上的骷髅就像你。”小蚂蚁回应道。

“是吗？亿万年前，我在哪里？说不定真的与我有关呢。”年轻人捡起地上的骷髅，低语道。

经过岁月的摧残，骷髅已经变得残破不堪了，上面出现了不少蜂窝般的洞。

“真能吹牛，还真以为你能轮回？这个世间有没有轮回都不好说。”小蚂蚁这般说道。

不过，小蚂蚁也有些迷惘了，刚才的经历都是真实的吗？它好像看到了一个纪元前的自己。

很长时间，年轻人和金色的小蚂蚁都没有说话，只是静静地站立着，任思绪飞扬。

那种经历太奇异了！

这正是石昊与小蚂蚁。

石昊很困惑，不知道发生的事情是真是假，就在不久前，他和小蚂蚁好像参与了一场可怕的战斗。

“鹤无双，真的有这样一个人吗？”石昊自言自语道。他和小蚂蚁沿着一条小路进入所谓的终极试炼地，然后经历了这一切。

“我分明看到了无数死去的至尊的躯体，炼仙壶横空汲取精血，还有那个恐怖至极的异域领军人物之一鹤无双……”小蚂蚁嘀咕道。

在刚才的经历中，石昊最后一拳击穿了鹤无双的额骨，使其当场殒命，而石昊也被对方刺穿眉心，斩灭元神，殒身于此。

当一切变得模糊不清，天地寂灭之后，石昊又慢慢苏醒了。醒来之后，眼前便只有荒凉的战场，没有先民的躯体，也没有那个强大的鹤无双，仿佛一切从来都没有发生过。

可是，他为何隐隐觉得有些力竭，浑身疼痛呢？

石昊找遍了全身也没找到伤口，可是额骨那里还很痛，像是没有彻底复原一样。

“梦一场？还是轮回一场？如果是梦，未免也太真实了。”石昊叹道。

“我也很不解，这个地方太神奇了。这得需要多大的功力才能制造出那些景象？根本分辨不出真与幻。”小蚂蚁也感慨起来。

小蚂蚁心想，如果不是它还站在这里，荒还活着，它真的会以为所有的经历都是真实的。

“弑仙术、万法成空，那种盖世神通真的存在吗？”石昊问小蚂蚁。

“确实存在。前者是为了击败真仙而创造的秘法，就连异域也没有几人掌握；后者能化解敌人的各种攻击，打破法则秩序，是数一数二的防御神通。”小蚂蚁严肃地说道。

“我提前看到了。”石昊颇有感触。

可是，如果是幻象，怎么会如此真实？

这时，石昊开始全面检查身体和各种器物。

“嗯？”突然，石昊心头一震，愣住了。

长生液呢？

他的白龟驮仙汁液不见了！难道真的在梦中服用了？这太蹊跷了。

随后，石昊抬起手，发现了一道新的模糊的印记。这道印记与其余四道印记并列在一起，形成了神秘的纹路，如同轮回之门。

五道轮回印！

石昊大吃了一惊，瞪大了眼睛，身体忍不住颤抖起来。他服用了黄泉果之后，出现了各种难以理解的现象，如同经历了四世轮回，后来他的手上便出现了四道印记。这一次居然出现了第五道印记！

“重要的不是这些，《不灭经》呢？如果我们经历的是真实的，或者说亦真亦幻，山上的金色兽皮纸现在在哪里？”小蚂蚁开始有些焦急了，连忙对石昊说道。

石昊和小蚂蚁为了《不灭经》而来，那才是最关键的东西，如果经文消失了，他们岂不是白忙活一场？

“如果真的有鹤无双这个人，他也来过这里，我们死里逃生，那他同样也不会殒命。他该不会已经把经文带走了吧？”小蚂蚁推测了一番，心中更加焦躁不安了。

鹤无双是仙古纪元末期的人，比他们早来了一个纪元，要是真像小蚂蚁推测的那样的话，这里还会剩下什么？

想到这里，石昊和小蚂蚁一跃而起，迅速登上那座神圣的山。

在幻象中，石昊就是在这里与鹤无双展开决战，最后双双殒身的。

当时，这里有神圣的光芒普照，金色的兽皮纸悬浮在山顶，不断翻动，沙沙作响，各种经文符号在此跳动。然而，现在什么都没有了，山光秃秃的，毫不起眼。

“没有了，《不灭经》在哪里？”小蚂蚁大叫道。难道到头来竟落了个“竹篮打水一场空”的结局吗？

石昊蹲下身子，捡起地上那只拇指大的蚂蚁，想通过查看它的神识找到一些线索。

这个地方太凄凉了，草木衰败，毫无生机，找到一个生灵实属不易。可惜这只蚂蚁还未开化，灵识不足，只是一只普通的蚂蚁而已。

“《不灭经》在哪里？”石昊自问道，内心也不能平静了。

这一次，石昊和小蚂蚁就是为了《不灭经》而来的，如果一无所获，那就真的太让人失望了。而且，要是那个鹤无双真的存在的话，《不灭经》可能早就被他拿走了。

石昊和小蚂蚁在大山各处寻觅，准备将整座山彻底翻个遍。

“轰！”

随着一声巨响，大山剧烈地晃动起来，奇异的乌光迸发出来，这里似乎被某种可怕的力量控制了。

石昊和小蚂蚁当即被乌光弹开，无法靠近大山。

“呱！”

一只乌鸦从乌光中飞了出来，给人一种说不出的不祥之感。

“一只乌鸦！”小蚂蚁大喊一声，挥拳就向前扑了过去。

乌鸦大叫着，巧妙地躲过了小蚂蚁的攻击。随后，乌鸦在不远处停下，立在那个骷髅上。

“你是由什么东西化成的？”石昊问乌鸦。他不相信这是普通的乌鸦，不然为什么会从乌光中冲出来？

“不用对我出手，让我来为你们解答一些疑问吧。”乌鸦眼中流露出无尽的沧桑和悲凉，像是一个蹉跎了岁月的失意者。

“你到底是什么？”小蚂蚁也提出了疑问。

这时，乌鸦身后浮现出无穷无尽的黑雾，惊天动地的嘶吼声响起，无数人影涌现出来。

通红的火光冲上了高空，乌鸦在黑雾与火光中显得更加神秘莫测了，一张又一张巨大的面孔浮现出来，纷纷看向石昊和小蚂蚁。

“英灵！”石昊惊呼出声。

这是由诸多战死的至尊残留的情绪化成的，是先民英灵的显现。一般的英灵不会有自我意识，不过这个化成乌鸦的英灵很不一般。

“你们是否愿意听我讲述？”乌鸦问石昊和小蚂蚁。

石昊和小蚂蚁不约而同地点了点头，不再说话，静静聆听。

“眼前你们见到的是真正的终极试炼地，也就是昔日的古战场。

“你们之前见到的满地尸骸和鲜血，是这片天地经过终极之战后的样子，你们见到了先祖的尸体和无数至尊的遗容。

“鹤无双这个人的确存在，他是仙古纪元末期异域年轻一代的领军人物之一，专门打击我界的年轻至尊。

“梦中之战是对你们的考验，是一场真实的战斗，如果你不是鹤无双的对手，便与《不灭经》无缘。”

听了这几句话，石昊瞬间明白了事情的来龙去脉，震惊不已。

第1047章 **不灭**

“我真的和鹤无双相遇了？”石昊仍然不敢相信这个事实。

“也对，也不对。”乌鸦顿了顿，解释道，“你遇到的那个人有鹤无双的实力，但并非鹤无双的真身。你和鹤无双毕竟相隔了一个纪元，怎么可能这么容易相见？”

“为何那么真实？这里是什么地方，居然能让我与一个纪元前的鹤无双相见？”石昊心有疑惑，询问乌鸦。

“这是历史的重现，你算是与鹤无双相遇了，也算是看到了另一个人与他战斗的场景。”乌鸦淡淡地说道。

“为什么这样说？”石昊继续问道。

“在仙古纪元末期，这一界大败后，有一个年轻人来此寻找父辈，碰巧遇到了鹤无双。那个年轻人实力强大，是这一界数一数二的高手，被视作众人的希望。”乌鸦停顿了一下，继续说道，“两界开战前，他被送往一个长生世家进行修炼。末日大战过后，他才知道他所有的亲人都战死了，于是赶往战场寻找亲人的尸体……”

“长生世家？”石昊面露诧异之色，问道，“那个时候就能确定哪些长生世家能够长存了吗？”

“是啊！长生世家的古老程度超乎你的想象，不过，你不会知道有些长生世家为什么能长存，所谓的长生世家……哈哈哈！”乌鸦说着说着，竟哈哈大笑起来，笑声很是刺耳。

乌鸦没有说下去，转而继续说那个年轻人的事。

那个年轻人在末日大战结束后，立刻赶往战场，想找到亲人的尸体。

鹤无双用炼仙壶采集了诸多至尊的精血，准备离开之时，意外发现了《不灭经》，还成功解开了封印。因此，鹤无双在战场停留了数日，结果，那个年轻人便碰上了鹤无双。

那个年轻人与鹤无双展开了激烈的对决，大战了一天一夜，最后甚至进入了癫狂的状态。可惜那个年轻人败了，融合了仙古最强种子之一的人就那样殒身了。

石昊经历的有些是鹤无双的印记，有些则是那个年轻人与鹤无双的战斗。

“鹤无双还活着。”乌鸦沉声道。

石昊闻言，眉头紧皱，小蚂蚁听到这话也不禁心头一震。

如今，鹤无双已经达到了何种境界？还有人可以和他抗衡吗？

小蚂蚁问乌鸦：“我们遇到的就像真实发生的一样，鹤无双说的话都是真的吗？他是不是杀害我兄长和姐姐的人？”

“的确是他所为。”乌鸦答道。

石昊心有疑问，道：“我为何觉得那不是印记，是真实的，就好像一场轮回。”

“这……我也不能确定，按照我的理解，你只是与他的印记交手而已。不过，这座山很不一般，名为不灭峰，也许它可以影响时间，让你们穿越到仙古纪元末期，与鹤无双的真身相遇。”乌鸦解释道。

石昊低头看向手上的第五道轮回印，陷入了沉思。看来他只有见到鹤无双本人，才能彻底搞清楚事情的真相了，到了那个时候，他就能解开前四道轮回印的秘密了。

“鹤无双，你还活着对吗？我一定要亲手除掉你！”小蚂蚁怒吼道，身上的金色光芒更加耀眼了。

事实上，小蚂蚁和石昊的心情都很沉重。鹤无双是个很大的麻烦和阻碍，这么多年过去了，他一定变得更厉害了。一旦他再次出现，后果不堪设想，也许九天十地会被他踏平，众多年轻至尊也会丧命于他之手。

时间！

他们需要时间赶上鹤无双！

怎么才能快速崛起？如何才能攀升到神道的巅峰？石昊有些焦灼，他没有那么多时间了，他需要找到独特的门路，在最短的时间内走完别人花费无穷岁月才能走完的路。

“我要得到《不灭经》！”石昊朗声道。他不能再耽搁了，再不强大起来，就只能任人宰割了。

“《不灭经》在哪里？”小蚂蚁出声询问乌鸦。这是它和石昊此行的最大目的。

“被鹤无双带走了。”乌鸦叹道。

“什么?!”小蚂蚁惊呼出声。

石昊不由自主地瞪大了双眼，拳头紧握，这个消息太糟糕了！

小蚂蚁忍不住长啸一声，用力捶打大山，怎么会这样？

“鹤无双带走了《不灭经》，没有比这更坏的消息了。”石昊叹了一口气，而后问乌鸦，“既然经文都被带走了，为什么还要考验我们？”

“《不灭经》确实被鹤无双带走了，但这不代表经文消失了。”乌鸦解释道。

“这是什么意思？”小蚂蚁问乌鸦。

“什么是《不灭经》？它可以让人的肉身不灭，甚至让肉身生出元神。它之所以号称不灭，是因为经文本身就是不灭的。”乌鸦耐心地说道。

石昊与小蚂蚁有点蒙，这到底是怎么回事？

“真正的《不灭经》刻写在这座不灭峰上。”乌鸦指向巨大的山，道。

《不灭经》一直刻写在山上，除非有人真正完全修炼成功，不然它会永远不灭，与世长存。

当年悬浮在大山上方的金色兽皮纸是由《不灭经》的符文凝聚而成的，并非真正的兽皮。

“首先你们需要得到认可，然后寻到‘经钥’才能观阅经文。”乌鸦提醒道。

石昊和小蚂蚁闻言，顿时愣住了，想不到这个地方如此复杂，连观阅经文都这么麻烦。

石昊很疑惑，既然观阅《不灭经》需要满足这么多条件，那鹤无双是如何带走它的？

乌鸦叹了一口气，感叹异域生灵的实力之强大。曾有几大不朽者联袂而至，一同出手，强行夺走了《不灭经》。他们帮鹤无双取到经文后，便用炼仙壶毁坏了这里的一切。

“不过他们毕竟是异域的生灵，不了解《不灭经》的奇异之处。漫长岁月过去，不灭峰又出现了，经文再次浮现了出来。”乌鸦说道。

这就是《不灭经》吗？

经文不灭，长存世间！

小蚂蚁觉得情况很不妙，鹤无双先一步取走了经文，都不知道修炼到什么程度了，他们现在奋起直追还有用吗？

这时，小蚂蚁好像想到了什么重要的线索，对乌鸦说道：“你是说，如果有人真正修炼成功，《不灭经》就会从此地消失？”

既然经文还在，山也重现了，那么这就意味着……鹤无双还没有修炼成功！

“鹤无双永远不可能将《不灭经》修炼成功，他和昔日十凶之一的天角蚁一样，难以彻悟。”乌鸦在一旁说道。

“你什么意思?!”听到这话，小蚂蚁有些不高兴。

“他们得到的经文都是不完整的，这里只有你们看到的四张金色兽皮纸，《不灭经》一共有九张经文。”乌鸦解释道。

“嗯？”

石昊有些吃惊，《不灭经》共有九张，鹤无双只带走四张，确实不能实现大圆满。

难怪作为十凶之一的天角蚁大人终其一生也不能修炼成功，经文是残缺的，再怎么努力修炼也是徒劳。

“剩下的五张经文在哪里？”小蚂蚁问乌鸦。

“据传，剩下的经文在九天十地最可怕的一处禁区内，世间只有两三人知道具体的位置。”乌鸦答道。

石昊和小蚂蚁知道这一界有不少可怕的禁区，一般人不可踏足，连长生世家的人都不例外。

“是哪个禁区？怎么才能得到经文？”小蚂蚁继续问道。

“若是想学后面五张经文，就先把前四张经文学好吧。”乌鸦鼓励小蚂蚁学习前四张经文。

可是，这座不灭峰应该怎么开启呢？所谓的“经钥”又是什么东西？长什么样子？

“你已经通过考验，实力不弱于鹤无双，只要拿出‘经钥’就可以。”乌鸦对石昊说道。

石昊与小蚂蚁有点不知所措，他们连听都没有听过“经钥”，该上哪儿去找？

“指点你们来此地的人，应该知道要用‘经钥’才能得到经文，难道他没有告诉你们吗？”乌鸦看向石昊和小蚂蚁，似乎有些失望。

“‘经钥’到底是什么样子的？”石昊问乌鸦。

“一把白骨钥匙，质地温润如羊脂白玉。”乌鸦应道。

听到这样的答案，石昊灵机一动，从身上取出一把雪白晶莹的白骨钥匙。

“你身上居然有这件东西！”乌鸦忍不住惊呼。

石昊明白了，天角蚁大人肯定是因为这把白骨钥匙，所以才告知他《不灭经》的所在地的。

这把白骨钥匙来自仙家战场遗迹，三年前天神书院的所有弟子一起去那里试炼，石昊在一座地下宫殿中发现了它。

那座地下宫殿里还有一只腐烂的皇蝶，总之，那个地方很神秘，到处都是机缘与秘密。

石昊没有想到当时拿到的白骨钥匙居然这么重要，难怪腐烂的皇蝶会在那里沉眠。

这时，石昊想到了身上蛰伏的皇蝶，几年过去了，它还是没有任何动静。

“有了‘经钥’，便可以得到《不灭经》了。”乌鸦肯定地说道。

第1048章 **经文到手**

马上就能得到《不灭经》了！

没有比这更好的消息了，来到这里后，石昊和小蚂蚁遇到了一系列诡异的事情，心情大起大落。现在，石昊和小蚂蚁终于要得到《不灭经》了，希望并没有落空。

“鹤无双，你以为毁坏了不灭峰，后人就无法得到《不灭经》吗？你失算了，等我修炼成功，一定找你算账！”小蚂蚁大喊道。

石昊也很激动，没想到原来获取《不灭经》的钥匙就在自己手上。

真是“山重水复疑无路，柳暗花明又一村”！

对石昊而言，《不灭经》是至关重要的东西，不知道为何，他总觉得将来肯定要凭借此经渡过各种难关。

兴奋过后，石昊冷静下来，仔细打量着眼前这只乌鸦，它说的话可信吗？并非石昊多疑，而是在这种凶险之地，很多东西都不可轻信，如果不谨慎一些，他和小蚂蚁很有可能会陷于危难之中。

乌鸦见石昊表现出审视的态度，并不气恼，反而赞叹道：“即便内心激动，也没有失去应有的警惕之心，这是英雄本色，不然哪怕天赋再高，也随时可能会殒身。”

乌鸦一开始还担心这一纪元的年轻人没有经历过大战，可能会像温室中的花朵一样弱不禁风，心态不稳，现在看来情况远比它想象的要好。

“你可以尝试了，用这把白骨钥匙开启不灭峰吧。”乌鸦对石昊说道。

第一步是解开最表层的封印。

石昊与小蚂蚁小心翼翼地靠近不灭峰，随后施展神力，解开封印。

“你来此多时，在那场大战中没有败给鹤无双，不灭峰其实早已认可你，开启它应该不会有太大的难度。”乌鸦提醒道。

果然，石昊才开始尝试，整座山便发出耀眼的光芒，瞬间变得生机勃勃。

这是一种很奇妙的变化。

原本光秃秃的山，灰暗且无光泽，没有一丝一毫的生机，现在却长出了嫩草和绿藤，绿得让人眼前一亮。

紧接着，整座山发出淡淡的金色光芒，所有的植物都在变化。这里金光闪闪，光芒直冲云霄。

与此同时，巨大的诵经声在山顶响起，神圣而庄严，好像是从一个不灭的生灵嘴里传出来的。

随后，山顶出现了几张金色的兽皮纸，兽皮纸上写满了经文，蕴含着无穷的奥秘。那些经文密密麻麻，如同诸天星斗闪耀，石昊想要将经文拿过来看个清楚，可是做不到。

四张金色兽皮纸在空中不断翻动，沙沙作响，闪烁着淡淡的金色光芒。

正是《不灭经》！

“开启！”乌鸦提醒石昊不要耽搁时间。

石昊闻言，立马用法力激活白骨钥匙，刹那间成千上万道光芒迸发出来，绚丽无比。

“哧！”

白骨钥匙瞬间化成一道白光，没入不灭峰中，消失不见。

“咔嚓！”

惊天动地的一声巨响过后，这座山开始崩裂，炽热的光芒从山裂开的缝隙中迸发出来，无比耀眼。

神圣的光芒照耀着天穹，日月山河都因此变得暗淡了，只有这座气势磅礴的山才是天地间的主角。

“轰隆！”

巨大的响声传来，大山崩塌，巨大的石块纷纷滚落，大山内部的景象呈现在石昊和小蚂蚁眼前。

“《不灭经》！”小蚂蚁惊呼起来。

四张兽皮纸上密密麻麻的，满是文字和各种神秘的线条，线条对应的是人形生灵的肉身图。

难怪许多生灵修炼到最高境界都会选择化为人形，因为绝大多数经文都是为人形生灵准备的，连《不灭经》也不例外。

“你能修炼吗？”石昊问小蚂蚁。

小蚂蚁昂首而立，自信满满地说道：“我又不是普通的蚂蚁，属于天角蚁一族，本来就是人形的。”

说完，小蚂蚁背着双手，摆出绝世高手的姿态。

远处，乌鸦先是一惊，而后大喜，道："这一次很好，经文修复得比较完整。"

"什么意思？难道九张经文都在这里？"石昊问乌鸦。

"不！"乌鸦摇了摇头，道，"我是说这四张经文没有残缺。"

天角蚁大人和鹤无双都来过此地，也都得到了《不灭经》，不过他们得到的四张经文或多或少都有些残缺。

此时，石昊与小蚂蚁已经无法掩饰心中的激动了，风驰电掣般地向前冲去。他们一路披荆斩棘，就是为了得到《不灭经》，如今终于要成功了。

金色的兽皮纸悬浮在空中，四周环绕着日月星辰，每一张兽皮纸都像是一个承载着无尽星斗的宇宙，仿佛会压塌此地。

当石昊和小蚂蚁触碰到经文时，惊诧万分，连他们搬动经文都感到如此吃力，要是换成其他人，可能搬都搬不动。

"起！"小蚂蚁大吼一声，搬起一张金色的兽皮纸，浑身释放出滚滚的精气。

"这东西怎么这么重？搬四张已经是我们俩的极限了，再多一张都搬不动。"小蚂蚁说道。

乌鸦在一旁看了又看，道："《不灭经》是至高无上的经文，你还真当这是兽皮纸了？用心记下来就行了。"

"好吧。"小蚂蚁叹道。它有些不舍，心想：这种兽皮纸的触感太棒了，如果能够收藏就好了。

石昊和小蚂蚁盘坐下来，开始研究《不灭经》里的文字。

"不是仙古文字，也不是这一世的文字，可是……我认得！"石昊神情凝重，道。

果然是至高无上的经文，连里面的文字都是道的体现，它打破了时代的局限，让任何一个纪元的人都能领悟。

四张金色的兽皮纸上的文字很是密集，石昊和小蚂蚁经过一番观阅和记忆后，将其深深地印在了脑子里。

这个时候，奇怪的事情发生了——四张金色的兽皮纸逐渐变得暗淡，周围的日月星辰也跟着消失了。

很快，四张金色的兽皮纸消失在了空中，没有留下一丝痕迹。

"消失了？"小蚂蚁愕然，一双眼睛睁得大大的。

“不错，因为你们已经记住了经文，它已经扎根在你们的记忆之中。要想看到《不灭经》，估计又要等很多年了。”乌鸦解释道。

石昊和小蚂蚁都觉得很神奇，心想：这经文怎么和庄稼一样，收割一次后，就得等下一个季度了？

不过，《不灭经》的重现一般都是以百万年计算的，意思就是《不灭经》下一次出现，差不多就是下个纪元末期了。

石昊与小蚂蚁沉浸在一种奇异的妙境中，感叹这一路走来的不易。乌鸦咳嗽了一声，一人一蚁才回过神来。

“不是说如果没有人修炼成功的话，《不灭经》就不可能被毁灭吗？这个地方应当有完整的经文啊！”小蚂蚁不明白为何会缺失五张经文，这样说道。

“这是《不灭经》的上篇，原本就只有四张经文。”乌鸦的语气很平淡。

《不灭经》分为上下两篇，下篇在不死之地，那是一个让人闻风丧胆的禁区，前往那里，等于自寻死路。

“如果你们将上下两篇修炼成功，达到大圆满的境界，那么《不灭经》就永远无法重现了。”乌鸦提醒道。

“听说连长生世家的人都对不死之地有所忌惮，不敢轻易前往，我们要怎么才能得到《不灭经》的下篇？”小蚂蚁感到有些沮丧，道。

当年，天角蚁大人不知道《不灭经》有下篇，只猜测到经文是不完整的，不然以他的强大战力，他也许可以去不死之地会一会那里的生灵。

“先学会上篇再说吧，等你修炼成功，应该能达到至尊级别。你父亲虽然只修了上篇，但是也踏入了长生领域。”石昊希望小蚂蚁踏实一些，先筑好根基，便这样说道。

第1049章 败类

《不灭经》到手，石昊与小蚂蚁觉得无比满足，此行的目的终于达到了。

石昊和小蚂蚁没有得到完整的《不灭经》，不过以目前的境界，他们还不急着得到经文的下篇，只要努力修炼上篇就够了。

“你们该离开了，这个地方煞气很重，时间长了有损身体健康。”乌鸦提醒道。

“多谢前辈！”石昊向乌鸦行大礼表示感谢。

“希望你能将《不灭经》修炼成功，达到圆满之境。”乌鸦看着石昊，认真地说道。

“我会成功的！”石昊重重地点了点头，眼神中满是坚定。虽然这是一项艰难的任务，但是他有信心完成。

“不灭峰崩塌了，就这样不管了吗？”小蚂蚁提出了疑问。它从这里得到了《不灭经》，看着不灭峰倒塌，忍不住叹息一声。

“不用理会，若是有朝一日异域的人再来，看到这一幕，还以为是他们当年造成的呢。”乌鸦说完，便化成一股黑烟飘走了。

“前辈，再见！”石昊大喊道。

可是，还能见到吗?

不远处，黑烟重聚，化成乌鸦，“轰”的一声炸开了，一张张巨大的面孔浮现出来。

这些巨大的面孔逐渐模糊，化成一缕又一缕煞气，没入了地下。他们是战死的先民，是一群可敬的英雄。

异域的人毁掉了这里的净土，杀害了无数战士，拆散了数不清的家庭。这是千古大恨，哪怕已经过去多年，那种仇恨的情绪依旧在此地飘荡。

这时，石昊和小蚂蚁耳边传来了一首古老的战歌，歌声虽然不大，但是流露出的那种悲壮和凄凉让人忍不住落泪。

恍惚间，石昊看到了一片苍茫的大地，各族男子踊跃参战，最终战争大败，生灵涂炭。

繁荣昌盛的仙古纪元就这样被异域的生灵毁了！

“我不允许这样的事再次发生！”石昊握紧了拳头，自言自语道。

“母亲，哥哥，姐姐，我想你们……”小蚂蚁双眼通红，差点掉出泪来，当年它的亲人就是在这里战死的吗？

想到这里，小蚂蚁更加难过，大喊道：“我要变强！我要一直战斗下去，哪怕只剩最后一口气，也要像父亲一样，不放过任何一个除掉敌人的机会！”

石昊和小蚂蚁在离开的途中没有发生意外，也没有看到什么特别的画面。

石昊现在才明白，之前他和小蚂蚁看到的是真实发生过的事，那就是先民最后的结局。

惨烈，壮烈，悲烈！

可惜，可悲，可叹！

石昊和小蚂蚁动身离开终极试炼地，沿着小路走了出去。

“天啊！我没有看错吧，那是……荒，他竟然活着出来了！”一个惊讶的声音响起。

不少人一直在外面等待消息，此时看到石昊和小蚂蚁安然无恙地从终极试炼地走了出来，皆震惊不已。

从未有人活着从终极试炼地走出来过，今天竟有人打破了不可能，开创了一条不可思议的道路。

这绝对是轰动北海的大新闻！

这里瞬间沸腾了，消息向四面八方传播，先是传到各座巨大的城市，而后又向北海深处传去。

“居然能活着回来，荒不愧为天纵奇才！”有人忍不住赞叹道。

别说是众人，就连石昊自己都感叹不已，他遇上鹤无双那样厉害的人物，没想到居然与之打成了平手。

石昊和小蚂蚁继续走着，没有什么异常，一路上都很平静。

终于离开了危险之地，石昊长叹了一口气。

就在这时，一阵大风吹来，突然下起了倾盆大雨，几座超绝峰外围的地面都被雨水淹没了。

“不好了，是那几座几百万年没有人登顶过的超绝峰发生了诡异之事，鬼成仙出现了！”有人大喊道。

众人听到这番话，纷纷逃跑。

此时，雨如同瓢泼一般，气氛无比压抑。

石昊知道这绝非鬼成仙，而是其他的生灵要出现了。突然，一阵狂风刮过，石昊还没反应过来，便被风裹着带走了。

“是你们！”石昊的脸色有些难看。

眼前是一老一少，老者头发稀疏，满脸都是褶子，至于年轻人，他不久前还和石昊在天神书院交过手，名为王莽龙。他们是长生世家王家的人，也是王曦的族人。

“你们这是何意？”石昊问王家的老者和王莽龙。

“我想你应该清楚！”王莽龙盯着石昊，冷冷地说道。

石昊感到身体一阵发冷，难道王家要在这里除掉他吗？

“我被你们送往太初古矿，九死一生，你们一直打压我、针对我，现在是要将我赶尽杀绝吗？！”石昊厉声道。

“呵呵，你天赋过人，让人佩服。不过也正是因为如此，你成了一个很大的威胁，若是任你成长下去，恐怕我王家上下都会惹上大祸。”老者声如洪钟，震耳欲聋。

“你们这样对付我，不觉得太卑鄙了吗？如果让天神书院的大长老知道这件事，你们的下场绝对好不到哪里去！”石昊冷冷地说道。

“谁会知道是我们所为？分明是那几座超绝峰发生了诡异之事，你才不幸殒命的。”王家的老者似乎并没有将石昊的话放在心上。

“你们不要自以为手段通天，就可以瞒天过海，以大长老的修为，他必定会洞悉一切！”石昊厉声道。

“为了族人，为了根除祸胎，就算被那个老家伙知道了又如何？等到那时人都没了，难道他还会为了你与我王家开战吗？”王莽龙冷然一笑，说道。

“你以为我死了，你的命还留得住吗？”石昊看向王莽龙，冷冷地说道。

“我早有觉悟，之前在天神书院我故意挑衅你，那是一个铺垫，一切都是为了除掉你！”王莽龙面色苍白，眼里满是怨恨，道，“天神书院那老家伙真要问罪，也只能查到是我因为个人的怨恨而除掉了你。为了顾全大局，他不会与王家彻底翻脸，最多就是除掉我！”

“还有老朽，反正时日也不多了。”王家的老者脸上带着一种神秘的微笑，目光炯炯地盯着石昊。

石昊的目光越发冷厉了，他问道：“你们就这么恨我吗？不惜葬送自己的性命也要除掉我？”

“你成长得太快了，再这样下去，早晚有一天会对我王家造成威胁，还是先下手为强为好。”老者带着笑意说道。

“异域的人快要入侵九天十地了，我算得上是一个种子级的人物，如果我在的话，一定能发挥巨大的作用。”石昊说道。

“笑话！我们就是怕你崛起才要除掉你，难道还会眼睁睁地看着你变强吗？”老者大笑起来。

“你……”石昊神情严肃，问老者，“你就不考虑异域的敌人吗？”

“管他天塌地陷、波浪滔天、生灵涂炭，只要我王家好好的就行了，异域的人入侵，与我们何干？”老者冷冷地说道。

“你在说什么?!”石昊呵斥道。

“年轻人你太天真了，难道你以为九天十地的所有人都会与异域的人决一死战吗？长生世家之所以能够长存，自然是有独特的手段的！”老者朗声道。

石昊闻言，又惊又怒，心想：长生世家未免也太奸诈了!

“既然你已经毫发无损地从终极试炼地出来了，想必你想要的东西已经到手了吧。”老者冷然一笑，道，“拿出来吧，我们两人也许会和你一起殒命，不过不是现在，先将你手里的宝物送回王家再说。”

“老匹夫，你们王家的人真是败类！”石昊咬牙道。

第1050章 引蛇出洞

石昊感到身体一阵发热，血液迅速流动，心头的怒火已经压不住了。王家人心思太歹毒了，不对付异域的人也就罢了，还很有可能在暗地里与异域勾连，这简直就是叛徒的行为！

难怪终极试炼地的那只乌鸦提到长生世家时发出的笑声那么刺耳，原来这里面有着不为人知的肮脏秘密。

“不要激动，冷静一些。”老者笑呵呵的，脸上没有一点怒色，道，“年轻人，你太单纯了，这个世界不是非黑即白的，介于黑白之间的灰暗才是世界最真实的色彩。”

“覆巢之下焉有完卵？你们自以为可以长存，可是异域的人会放心吗？早晚有一天你们会被除掉！”石昊对老者怒目而视，斥道。

“这个世界远比你想象的复杂，九天十地可不止我们一个长生世家，这其中的关系之复杂已经超出了你的想象。”老者淡淡地说道。

“说那么多干什么？早点解决他，没必要让他当一个明白鬼！”王莽龙面带怒色，似乎等不及要出手了。

王莽龙知道石昊殒命的消息短时间内或许不会被外界知晓，但是迟早会被至尊们洞悉，到了那个时候，他肯定逃脱不了被除掉的命运。

这是一个要付出生命代价的苦差，王莽龙恨透了石昊，将这一切都怪在了石昊的头上。

“还是那么冲动，没有长进。”老者瞥了王莽龙一眼，道。

“拿出来！”老者不再客气，直接逼迫石昊拿出宝物。

“世上居然有如此无耻之人，你们的丑陋嘴脸简直令人作呕！”小蚂蚁也忍不住怒斥道。

“呵呵，差一点忘记你了，你这一开口倒还提醒了我。”老者盯着石昊肩头的小蚂蚁，道，“多么珍稀的种群啊！号称最强血脉之一，拥有无数人向往的力之极限血。得到你胜过得到一切，日后你可以为我王家提供宝血，如此一来王家的后辈中便会涌现出诸多超级人物了，哈哈。”

听到这一番话，小蚂蚁气得浑身发抖，心想：这个人太贪婪了，简直是痴心妄想！

“你做梦！我怀疑仙古纪元末期一战惨败就是因为你们这群人在背后捣鬼！”小蚂蚁愤愤地说道。

“你还太小了，这个话题不适合你。”老者将目光投向石昊，道，“你是第一个从天神书院的仙家洞府出来的，之所以匆匆赶到北海，是因为这里有更重要的东西，交出来吧。”

“滚！”石昊怒吼一声，手上的青筋都暴起了。他没想到长生世家的人居然如此无耻，简直枉为此界生灵，更不配拥有尊贵的地位！

“我真是无法理解，大长老等至尊为何不联合起来灭掉像你们这样的长生世家！”石昊厉声道。

“我说了，这并不是一个非黑即白的世界，如果做人太死板，就无法为世间所容。”老者神色冷峻，以教训的口吻说道，“其实你多想了，我王家并没有与异域勾结，当年只是谈妥了一些条件而已。”

石昊听说过，当年有些长生世家保持中立，与异域签订了契约，王家也许就是其中的一员。

“够了，我不想再听你说的话！”石昊冷冷地说道。

“小崽子，不要敬酒不吃吃罚酒！把你得到的东西交出来，否则我让你求生不得，求死不能！”老者彻底对石昊失去了耐心，喝道。

“早该如此了，对他这么客气干什么？我真想看一看他苦苦求饶的样子！”王莽龙恶狠狠地说道。

老者气势汹汹地向前逼去，同时动作又有些小心翼翼，唯恐毁坏石昊身上的宝物。

如果是至高无上的经文的话，很有可能会随着石昊的殒命而彻底消失，那样就得不偿失了。

“呵呵，年轻人，只要你把东西交出来，我保证不折磨你。”老者继续劝道，仿佛一切尽在他的掌握之中。

“你知道我得到的是什么吗？《不灭经》！”石昊毫不掩饰得到了什么宝物，这般说道。

“轰隆！”

虚空中划过一道雷电，王家的老者和王莽龙当即愣住了，而后一阵战栗，眼中流露出贪婪之色。

“交出来！”王莽龙吼道。

“诸位，你们再不出来，《不灭经》多半就要成为王家的绝学了！”石昊冲着远处喊道。

“嗯？”王家的老者心中一惊，可是仔细感应，并未发现有其他人。

“还不出来的话，经文就不保了。”石昊继续喊道。其实他并没察觉到有人在此，只是猜测既然王家的人来到了此地，说不定其他长生世家的人也跟着来了。

“小崽子少咋呼，速速交出经文，不然你的下场会很惨！”王家的老者厉声道。

“不知天高地厚的东西，还想诈我们，你太天真了，这个时候谁都不会来救你！”王莽龙冷冷地说道。

这时，虚空一阵颤动，有人强行闯进了王家的老者所禁锢的虚空。

一个浑身闪耀着银色光芒的银袍人出现了，他整张脸都被银色盔甲覆盖着，连眼睛都没有露出来。

“为了《不灭经》，本座也坐不住了。”另一个方向有人开口了，一个浑身被黑雾笼罩的生灵也走了过来。

接着，一团朦胧的绿光浮现，其中包裹着一个强大的生灵。

不过短短几分钟，先后出现了三大高手，他们都是听到《不灭经》才现身的。

王家的老者的脸色有些难看，他没想到暗中居然还有三个如此可怕的人物，实在太大意了。

“我只要经文，不要人。”银袍人淡淡地说道。

“同样！”

“我也如此！”

另外两人附和道，他们都是为了经文而来。

“三位道友，这件事好商量，我们可以将经文抄录四份，一人一份，人由我来解决。”王家的老者不想惹麻烦，这样说道。

三大高手都没有说话，似乎是同意了这一提议。

王家的老者哈哈大笑起来，道：“就这么说定了！”

而后，王家的老者转身看向石昊，道：“小崽子，你给我招来了麻烦，我绝不会让你痛快地离开！”

“玄祖，将他擒下，让我来对付他！”王莽龙朗声道，一副跃跃欲试的样子。

石昊没有理会王家的一老一少，而是对三大高手说道：“元青也来了吗？一定来了对吧，不来的话就太令人失望了。”

三大高手、王莽龙以及王家的老者都愣住了，觉得不太对劲，荒怎么会如此镇定，还摆出这样一副有恃无恐的样子？

糟糕！

这件事并没有那么简单！

第1051章 **不可逾越的一条线**

一个年轻人身陷绝境，居然一点都不慌乱，还丝毫不将对手放在眼里，这太奇怪了！

“你被吓傻了吗？不要以为装疯卖傻就可以蒙混过关，没用！”王莽龙厉声道。

此时，无论是刚来的三大高手还是王家的老者，皆一言不发，仔细地感应周围的情况。

“年轻人，装神弄鬼很有意思吗？”王家的老者冷冷地说道。

“你怕了？”石昊反问王家的老者。

小蚂蚁紧张得直冒汗，觉得荒这样唱空城计根本就不能解决问题，到最后可能会落得更惨的下场。

王家的老者断喝一声，声音迅速朝四面八方传去。这是类似于蝙蝠一脉的神通，可以探知周围是否有潜藏的敌人。

片刻后，王家的老者横眉怒目，道：“你这小崽子，居然敢讹诈我们，是一心想找死吗？！”

王家的老者怒不可遏，竟被一个小辈耍了，害得他还专门使出了大神通！

三大高手微微松了一口气，这里被禁锢了，难道荒还能引来什么高手不成？

“小子，我给过你机会了，是你自己不知道把握，居然敢诓骗我们，拿命来吧！”王家的老者怒斥道。

接着，王家的老者伸出手，向石昊的脖子抓去，这是要像拎小鸡一样将石昊拎起！

“欺人太甚！”小蚂蚁喝道。它还是第一次见到这么不公的事和如此丑恶的人。

“什么奇才、天骄，老夫今日要只手遮天，让你空留千古恨！”王家的老者厉声道。

此时，王家的老者的脸色无比阴冷，反正他的真面目早已被看穿了。

“哈哈——”一旁，王莽龙大笑着，无比快意。

石昊轻轻一叹，道：“你们这是在逼我。”

“虚张声势！”三大高手中有人忍不住开口了。

“咔嚓！”

清脆的声音响起，石昊捏碎了一块古玉，缕缕光芒迸发出来，似乎带着灵魂的力量。

“养仙玉！”王家的老者脸色骤变，惊呼出声。

养仙玉是传说中的瑰宝级材料，可以养魂、守护元神，连一些强大的至尊都很难得到它。

三大高手看到这一场景不禁目瞪口呆，其中一个人甚至想立刻逃走，远离这个是非之地。

“既然来了，就别急着走。”一个平和的声音响起。

这时，从养仙玉里发出的光芒汇聚在一起，化成了一道人影。那个人仙风道骨、慈眉善目，正是天神书院的大长老孟天正！

王家的老者吓得冷汗直流，伸出的那只大手本已经到了石昊的颈项前，此时却硬是停住了，他无论如何也没有想到会在这里见到孟天正这位盖世人物！

一旁的王莽龙也傻眼了，忍不住颤抖起来，心想：怎么会这样？这个在九天十地颇具威严的孟天正怎么会跟在荒的身边？

“砰！”

伴着一声巨响，大长老抬手便将王家的老者伸出的那只大手拍碎了。紧接着，大长老将王家的老者一把抓了过来，如同拎小鸡般拎起。

“你们王家的手伸得也太长了吧！”大长老冷冷地说道。

三大高手被大长老的声音吓得瑟瑟发抖，腿都软了，一时间也不敢逃跑。

谁都没有想到大长老会突然出现，他将灵身藏在养仙玉中守护石昊，足以说明他对石昊有多重视。

王家的老者不久前还很淡定，仿佛一切尽在他的掌握之中，可是现在他面色煞白，连话都说不出来了。

石昊来北海石林之前就向大长老表示了他的担忧，大长老听了之后，便给了石昊一块养仙玉。养仙玉不仅可以藏匿灵身，让外界无法感知，而且关键时刻还能护佑携带养仙玉之人的魂体。

“哧！”

大长老手指一弹，三大高手便被揭开了甲胄和面具，彻底露出了真面目。他们白发苍苍，都是至尊人物。

“可惜啊！真的没有元青。”石昊自语道。

石昊之前一直防备着元青，没有想到元青却没有来，王家的人反而成了攻击他的主力，至于这三个人，他一个都不认识。

“你们这三个家族也派了人来，真是让我失望。”大长老面露复杂之色，叹道。

“请前辈宽恕，我等并不是想对付荒，只是想看一看他匆匆赶到北海做什么。”其中一个人急忙解释道。

大长老扫视了三大高手几眼，道：“你们自行了结吧，这样我便当什么都没有发生。”

“什么?!”三大高手的脸上露出不可置信的表情。他们三人的身份都非同一般，孟天正居然这样逼迫他们!

“有些底线是不能越过的，我不想与你们的家族翻脸，不过你们也要付出应有的代价。”大长老的语气中有着不可抗拒的威严。

三大高手彻底绝望了，知道难逃此劫，孟天正这明显是要杀鸡儆猴啊!

“不想自己动手吗?”大长老问三大高手。

三大高手默不作声，一时间不知如何是好。

大长老见状，立马从嘴里吐出一片星河，星河化成一柄神剑，猛地刺向三大高手。

“你……”王家的老者脸色发白，满脸的褶子都在微微颤抖。

“砰！”

随着巨大的撞击声响起，大长老先是将王家的老者打伤，然后击碎了其元神。

“啊——”王莽龙吓得惨叫起来。

石昊上前，一拳挥向王莽龙，瞬间罡风大作。王莽龙虽知无法与石昊匹敌，但也不想坐以待毙，于是奋力抵抗。

然而，还没过两分钟，王莽龙便被石昊一拳击中了头部，当场殒命。

“走，去王家！”大长老说完，一甩袍袖，雾气氤氲，裹住了王家的两具尸体。

“大长老！”石昊心头一震，大长老为他做了太多，现在还要带他去王家讨说法!

“不用多说，我要让有些人明白，有些底线是不可以越过的，有些人不是他们能动的！”大长老果断地说道。

一阵大风刮过，大长老撕开虚空，带着石昊和小蚂蚁飞跃乾坤，径直赶往那个古老而强大的长生世家王家。

石昊既激动又感动，大长老为了他居然不惜针对一个长生世家！

第1052章 **大长老的威势**

大风呼啸，卷动九天风云。

大长老如同大鹏般扶摇而去，抬腿迈步就是几万里。石昊震惊不已，终于明白为什么说大长老是九天十地中的绝顶高手了。

这种速度干扰了时间，时光碎片飞舞，日月星河不停转动，景象惊人，气势磅礴。

大长老带着石昊和小蚂蚁马不停蹄地赶往王家。

“轰！”

伴着一声巨响，大长老大袖一甩，瞬间震碎了虚空。

到了！

实在太快了！才启程不久，石昊、小蚂蚁以及大长老就来到了无量天的另一边。

石昊不禁咋舌，如果他独自走这条路的话，不仅需要借助成百上千个巨大的空间传送阵，而且需要更多的时间。

前方，无数天地脊梁似的山脉蜿蜒盘旋，缭绕着仙家白雾，如同龙蛇一般。大岳如麒麟匐卧，紫气腾腾，云雾氤氲，山上长满了芝草，一番祥和神圣的景象。

崖壁陡峭，有的崖壁上还有洞穴，彩色的光芒从洞穴中迸发出来，璀璨而夺目。

这就是无量天最负盛名的三大洞府之一——王家府邸，号称长生王府。这里出过长生者，王家在仙古纪元达到巅峰，到如今依旧辉煌灿烂，受世人敬仰。

漫长岁月中，几乎没有人敢来此地撒野，哪怕是其他长生世家也不敢轻易招惹王家。

这里古木参天，遍地都是神禽猛兽，天空中更是有诸多展翅翱翔的神鸟。

“什么人？”

大长老、石昊以及小蚂蚁刚靠近，前方就传来了呵斥声。一只高达近百丈的紫金暴猿手持一杆战矛，挡住了他们的去路。

紫金暴猿全身长着紫色的毛发，身体如同由金属铸成的一般，看起来极其凶猛。毫无疑问，这是一个实力强大的洪荒遗种。

“闪开！”大长老喝道。

“大胆！居然敢硬闯王家府邸，活得不耐烦了吧！”紫金暴猿吼道。

“好大的口气！距离王家还有八百里，这就想阻拦我了不成？”大长老冷冷地说道。

大长老之所以在此地降落，是因为看出了有人在前方布下了绝世法阵，那样的法阵连至尊都很难突破。

“哈哈——”紫金暴猿怪笑起来，瞪大双眼，道，“谁不知道距离王家三千里就要徒步而行以示尊重，你们竟敢如此张狂！”

“无知猴儿！”大长老怒斥道。他大袖一甩，只听见一声哀号，紫金暴猿便飞了出去，直接消失在天际。

紫金暴猿早已达到虚道境的巅峰，马上就要突破了，现在居然如同一团棉花般被弹飞了。

八百里法阵！

大长老踏入法阵后，眉头紧皱，目光深沉。

这是绝杀法阵，一般人若是乱闯，必会殒命；至尊若是进入，也要小心谨慎。

大长老站在法阵中仔细揣摩了一番，迈开脚步，径直向前冲去，速度极快。数百上千斤的巨石到处乱飞，许多参天古木被连根拔起，一条道路就这样被大长老开辟了出来。

唯有看透法阵后强力破除，才能继续前行。

大长老没有一丝一毫的犹豫，勇往直前，所过之处形成了成片的符号，那些符号玄秘深奥，神秘莫测。

“轰隆！”

万丈雷霆直接攻击天穹，响声震耳欲聋，裂缝不时显露出来，云朵四处散落，如同世界末日般恐怖。

大长老身后的地表直接崩开了，地下的岩浆如同数千丈高的红色浪涛冲向天空，将天空都染成了赤红色。

各种猛兽咆哮，凶禽长鸣，场面骇人至极。

八百里对于一般人来说很远，而大长老不一会儿就走完了。

闯阵成功！

“好大的胆子，竟敢擅闯王家府邸！”天空中传来呵斥。

金光闪耀，大风刮来，山体晃动起来，上万斤的巨石四处乱飞。一只神禽出现在天空中，巨大无比，通体呈金黄色，双翅展开足有数千里长。

这是一只可怕的神禽，眸子射出的光芒让人见了心惊胆战。

“金翅大鹏！”石昊惊呼出声。

这不是一般的金翅大鹏，不仅血脉纯净，而且境界高得可怕。

“这个年岁就有了半步至尊的修为，不简单。”大长老称赞道。

金翅大鹏俯冲而来，在地上投下大片的阴影，山川跟着它一起晃动起来，可见其威势之大。

“我不管你是谁，擅闯王家重地就是重罪！二选一吧，是你自缚手脚去请罪，还是我带你前去领罪？”金翅大鹏喝道。

“这八百里山川何时成了王家的私土？”大长老淡淡地扫了金翅大鹏一眼，道，“念在你修行不易，速速退下，不要自讨苦吃！”

金翅大鹏性格刚烈，见来人如此轻视它，当即便伸出巨爪，向大长老和石昊扑去。

“轰！”

伴着一声巨响，无数石头在一股力量的挤压下崩裂，碎石块纷纷散落。

石昊大惊失色，这只金翅大鹏的力量多半可以直接击落日月星辰，实在太恐怖了！

大长老仍站在原地，伸出右手迎向这只金翅大鹏的攻击。

金光漫天，金翅大鹏神威绝世，力量惊人，将虚空都震裂了。

刹那间，匪夷所思的事情发生了，金翅大鹏居然在变小！它冲入大长老的手中，不断缩小，最后变得和巴掌一样大了。

金翅大鹏不断拍打着翅膀，努力挣扎着，可就是飞不起来。它这才明白遇到的是一位大人物，此等人物可能在九天十地中都寻不出几个。

“你的先祖鲲鹏何其勇猛，可惜子孙却落到为人看家护院的地步，唉！”大长老轻轻用衣袖一拂，金翅大鹏便晕了过去。

“何人闯我王家？”一个冷冷的声音从远处传来。

数十里外矗立着一座宏伟的建筑物，一个中年人盘坐在那座建筑物前。

“轰！”

大长老将王莽龙和王家的老者的尸首一起抛了过去，尸首撞在一座牌楼上，响声震天。

牌楼倒塌，巨石翻滚，烟尘漫天。

盘坐在建筑物前的中年人站了起来，目光冷厉，盯着大长老一行人。

这么多年以来，从未有人敢在此地如此放肆！

第1053章 绝世强者

这里是什么地方？王家，一个名扬四海的长生世家。今日居然有人将王家人的尸首扔在王家的牌楼前，这是赤裸裸的挑衅！

“你的确很强，不过我王家可不是好招惹的！”中年人厉声道。

“终于来了一个人，不是什么凶禽猛兽了。”大长老并不回应中年人的话，只淡淡地说道。

随后，大长老带着石昊和小蚂蚁一起来到了牌楼倒塌的地方。

放眼望去，前方龙气万道，每一座山仿佛都有神灵守护，灵气十足。成千上万座山都弥漫着仙雾，朦胧中透着一种壮丽，令人叹为观止。

这种奇景一眼望不到头，银色的瀑布笔直落下，岛屿悬浮在空中，各种瑞禽与野兽出没。

如今，在外界想要打造这样的仙家净土，只能开凿先民留下的洞府。

“哧！”

随着一声轻响，那个中年人出手了。他一上来就使出了破天式，剑光璀璨夺目，狠狠地刺向大长老。

大长老一挥手，所有的剑光便暗淡了，如同风中残烛般迅速熄灭。接着，大长老一把抓住了那个中年人，稍稍一用力，那个中年人便惨叫起来。

王家的年轻人看到这一幕，皆脸色发白，这是何等恐怖的老怪物，居然如此轻易就打败了族中的中年高手！

“敌袭！”有人大喊道。

远处响起号角的声音，低沉而悠长，警示众人。

牌楼不过是一处瞭望之地，用以警戒，前方才算是正门，那里有一座雄伟的殿堂。殿堂是以某种金属铸成的，四周闪烁着银白色的光芒，如同天上的星辰般耀眼。

星辰殿！

星辰殿是王家的一处重地，一直有绝顶人物在此坐镇。

“老祖，不好了！”一个年轻人哭丧着脸跑进了星辰殿，大喊道。

几个人抬着王莽龙和王家的老者的尸首进入了银色的星辰殿中，刚才那个中年人也被抬了回来。

“慌什么?!”老祖面不改色，问道，“这是我族之人?”

“是!”那个年轻人答道。

“唰”的一声，老祖站了起来，直接走出了星辰殿，望向从远处走来的大长老和石昊。

“你们是谁?居然敢杀害我王家人，今天你们无论如何都要付出代价!”老祖喝道。

“九世祖，那个年轻人是……荒!”有人认出了石昊，悄声道。

石昊曾被王家视为仆从，派到太初古矿采掘生命之石，闹出了诸多风波，王家底下的人没有几个不知道他的。

“他就是荒，那个张狂自大的年轻人?”九世祖脸色一沉，问道。

“没错，荒屡屡与我王家作对，不知天高地厚，请九世祖拿下他!”一个年轻人说道。

这个九世祖年岁很大，且带着一股戾气。他早就听说石昊与王家有嫌隙，不过当时他不屑于与无名之辈一般见识，现在正好遇到了石昊，他决定抓住这个大好机会。

“小小年纪便如此心狠手辣，竟敢对我王家的人下毒手，你也别想活了!”九世祖对石昊厉声道。

“你怎么不问我为何对他下毒手?”石昊对九世祖说道。

“我不用问，也不想问。哪怕你说得再有理有据，就算你只动了我王家人一根手指，甚至只是一根汗毛，我也容不得你!”九世祖大吼道。

“这就是长生世家王家吗?真是好霸气!”石昊讽刺道。他心头的怒火快要压不住了。

“好一个王家!”大长老变了脸色。

王家的这个九世祖也太猖狂了，对人不对事，丝毫不讲道理。

“怎么?你们不服吗?不服也没用，敢触怒我王家，绝不会有好下场!”九世祖眼中闪烁着逼人的冷光，厉声道。

话音刚落，九世祖便将手指化为一把刀，迅速向石昊斩去，刀光四射，闪耀得让人睁不开眼。

强烈的刀气释放出来，可以称得上是至尊刀气，这个九世祖很快就要成为真正的至尊了!

“嗖！”伴着一声轻响，大长老用一根手指迅速向那把刀击去，至尊刀气瞬间散开，石昊脱离了险境。

“你……”王家九世祖又惊又怒，气得脸都黑了。他知道大长老是一个高手，可是他无论如何也没有想到对方竟强大到了这个层次，只好迅速后退。

然而，大长老既然出手了，怎会轻易罢休？他的手指如同一根大柱子般落下，砸在了九世祖身上。

王家的九世祖先是喷出一口血，接着发出一阵凄厉的叫声，让人听了胆战心惊。

“莫说你还不是至尊，就算你是至尊，也没资格在我面前张狂！”大长老冷冷地说道。

在场的人大吃了一惊，王家的九世祖就这么败了？才一个照面而已，速度也太快了吧。

“你……到底是谁？”王家的九世祖的脸色很不好看。

王家的九世祖知道麻烦大了，这次来了一个盖世人物，但他依旧想保住王家的面子，便接着说道：“无论你是谁，这里是王家，我长生世家的威严不容亵渎。”

“长生世家的威严……不容亵渎？”大长老重复着王家的九世祖的话，想到九世祖不久前说过的狂妄之语，脸色变得更难看了。

“王家一直屹立在高峰，霸道惯了，今日之事就当我给你们的一个教训。”大长老刚说完，便将手指化成一把刀，径直向前劈去。

“不！”王家的九世祖大叫道，眼中充满了惊恐。

“噗！”

这一刀让九世祖的肉身和元神都遭到了重创，紧接着，大长老将九世祖径直砸向银色的星辰殿。

“轰！”

刹那间，银色的星辰殿便坍塌了，化成了无数银色的金属碎片。

这一举动引起了各方的注意，不仅王家的入口受到了影响，而且连王家内部都被惊动了。

无数道身影冲上高天，向星辰殿所在的方向眺望。

银色的星辰殿是王家的门户，也是进入净土的唯一通道，现在居然被人毁坏了。要知道，自仙古纪元逝去，这个纪元开启以来，这种事仅发生过两次而已。

“你……究竟是谁？”一个年轻人问道。

王家的大部分人都很少出门，一直在净土中修行，自然不曾见过大长老，而且大长老常年在天神书院修炼，一般人就算是在外行走也无缘得见。

“叫王长生来出来见我！”大长老的声音震耳欲聋，惊动了整片净土。

听到这样的话，王家的人无不头皮发麻，一阵胆寒，这个人到底是谁？居然敢如此称呼他们的祖宗！

王长生是谁？是当年王家成仙的那个人的亲孙儿，也是如今王家的祖宗。他一直在闭关，已经很多万年没有消息了，连王家的人都不知道他是否还活着。

“我当是谁，原来是你！”此时，一个爽朗的声音传来。

仙气弥漫，强大的威势铺天盖地而来。

一个人头戴紫金冠，身穿月白道袍，踏着不紧不慢的步子，径直走了出来。他浑身散发出恐怖的气息，如同一位仙人降世。

随后，另一个方向走来了一个人，那个人白发如雪，仙气绕体，气吞山河。

接着，第三道身影出现，他身穿金色的道袍，一步一步走来，脚下浮现出日月星辰。

……

“情况不对啊！”小蚂蚁嘀咕道。

小蚂蚁缩了缩脖子，有些害怕，大长老明明只喊了一句王长生，怎么一下子出现了这么多绝世强者？

这三个人仿佛都已踏足了长生领域，有一种不可匹敌之势。

第1054章 九条龙

这三个人虽然都是白发苍苍，但是皮肤如同婴儿的皮肤一般滑嫩。这很神奇，从他们沧桑的眼眸可以看出其年岁绝对大得吓人，可是他们的肉身又蕴含着蓬勃的生命之气。

这时，清风徐来，后方又浮现出一道身影。他身材修长，眉心发光，大道印记显现了出来。

四大高手踩着洁白的雾气，如同长生不老的真仙避过千劫万险，从蒙昧时代一步一步走来。

四大高手释放出的气息让小蚂蚁都忍不住瑟瑟发抖，实在太恐怖了！

“孟天正！”第一个出现的人断喝一声。他一身月白道袍猎猎作响，一双眸子如同亘古的星辰般神秘莫测，声音有一种魔性，好像要震碎人的魂魄一样，十分可怕。

大长老的肌体微微发光，形成一片光幕，抵挡了声音中的力量。

石昊与小蚂蚁不禁大惊失色，片刻间，大长老就已经和对方过了一招。

“孟天正，我知道你很强，不过来我王家撒野，你还没有那个资格！”身穿金色道袍的那个人厉声道。

刹那间，恐怖的气息扩散开来，无形的压力让人忍不住想对身穿金色道袍的那个人顶礼膜拜。他的金色道袍上绣着日月星辰，在他迈步的同时，那些星辰也在转动，发出惊天动地的轰鸣声。

“王大、王二，你们真是长能耐了，居然敢对我吼。”大长老看向前方的那两个人，淡淡地说道。

王大、王二是谁？石昊有些不解，难道是王家的第一人与第二人？

“孟天正，你的确很厉害，在很长一段岁月里都是数一数二的高手，不过江山代有才人出，各领风骚十万年，属于你的时代已经过去了。你这样来我王家挑衅，这件事我跟你没完！”王大说道。

王大一身月白道袍随风飘动，在他的气势的影响下，天地隆隆轰鸣，连山河都在颤抖。

“我兄弟几人都已经达到巅峰境界，哪怕一对一，也不见得会比你弱。你现在还想在我王家要威风吗？今日，你走不了！”王二冷冷地说道。他金色道袍上的星辰发出耀眼的光芒，刹那间星光冲霄，好不壮观。

“你们是不是觉得如今修炼有成，就可以睥睨九天十地，想对付谁就对付谁了？”大长老对王大、王二说道。

“不管怎么说，你今天既然来了，想走可就没那么容易了！”王二厉声道。无数星辰浮现在他周围，闪闪发光。

“修为圆满后，你们脾气比过去大多了，从前在我面前可不是这个样子的。”大长老淡淡地说道。

王大冷哼一声，道：“我们知道你是为了这个少年而来，想为他出一口气，警告我们不要动他是吗？那我告诉你，这个少年我们是一定会除掉的，即便暂时不除掉他，也要将他囚禁在我王家，看他还怎么兴风作浪！”

“孟天正你来得正好！”后方，另外两个人也开口了。

“王三、王四，昔日你们两个都很低调，看来最近神功练得不错啊，对我都敢这般嚣张了。”大长老瞥了王三和王四一眼，这般说道。

王家的人听到这番话，瞬间就愣住了。当听到王大、王二时，他们还有些不解，可是当听到王三、王四后，马上就明白了眼前这四个人的身份。

这是王家的几位祖宗，很多万年都没有他们的消息了，没想到今日一下子就出现了四位！

他们是王长生的亲子，皆天赋过人，功力盖世。王长生是真仙的亲孙子，王家能有今天的地位，几乎都归功于他。

而另外一件值得一提的事就是王长生共有九个儿子，号称“九条龙”，一个比一个厉害。

王长生的九个儿子没有一个是平庸之辈，这是九天十地中的一大奇闻，其他长生世家都对此感到震惊不已。

而这也是王家傲视一切的原因所在，“九条龙”成长起来后，成了王家的守护者，据说只要九人一齐上阵，就没有解决不了的问题。

王长生的九个儿子早就成了顶级高手，甚至比修炼年岁更久的一批人都要厉害，因此难免有些自负。

“真的是四位祖宗，他们竟然现身了！”

“管他敌人是谁，只要有几位祖宗在场，一定可以获胜！”

在场的人七嘴八舌地议论着，很是兴奋。

石昊和小蚂蚁从旁人的议论中得知了眼前这四个人的身份，忍不住打了个冷战，浑身汗毛都竖立了起来。

这四个人太可怕了，王家的力量强大得惊人。

“孟天正，别人怕你，我王家可不怕你！既然你登门了，那就付出代价吧！”王四喝道。

“我是来讨说法的，不是来和你们对决的。”大长老淡淡地说道。

“让我来看看，这么多年过去了，你是否还有当年的威势，我早就想跟你交手了！”王大说完，月白道袍一闪，便出手了。

光芒普照，雾霭迷蒙，王大如同一道闪电般径直向大长老冲去。

“天啊！苍穹被打破了！”王家的人惊呼起来。

一道光从两人交手处迸发而出，笔直冲了出去。

“轰隆！”

一声巨响过后，数不清的星辰落下，场面颇为壮观，这是被大长老和王大的神通击落的。

这时，王大伸出一只手，将星辰炼化成为一颗球，猛地向着大长老砸去。

霸气十足，威力盖世！

大长老面无惧色，大袖一挥，直接将那颗球击碎，用袖子卷走了所有的能量光芒。

大长老和王大接连出手，碰撞不断。

突然，一阵清脆的响声传来。

所有人心中一惊，这下肯定有结果了，只是不知道谁输谁赢。没有一个人不好奇结果。

洁白的仙雾散开，王大眼中满是愤怒，像是熊熊火焰在燃烧一样，随时都会喷发出来。

众人看到王大脸上有一个清晰的巴掌印，他的皮肤原本很白皙，现在却一片通红，十分明显。

毫无疑问，这是大长老干的！

现场鸦雀无声，王二等人目瞪口呆，想不到这么多年过去了，他们认为自己已经成为世间最厉害的人物了，结果还是无法与孟天正匹敌。

“孟天正，你……好，好，好，今日的事没完！”王大怒斥道，满头白发都竖了起来。

“本来这事就没完，我是来讨说法的，你们不道歉就算了，居然还对我动手！”大长老厉声道。

“孟天正，你的确很厉害，不过我兄弟九人一齐上阵的话，你恐怕就不能如此嚣张了！”一旁的王二开口了。

“好啊！那就让我看一看，所谓的‘九条龙’齐出，究竟能不能横扫九天十地！”大长老冷冷地说道。

“老匹夫，你太自大了！我兄弟九人若是联手，连天都可以掀翻，更别说打败你了！”王三大吼道。

“呵呵——”大长老笑了，而后正色道，“来吧，让我见识一下号称天下无敌的‘九条龙’，一起出来吧！”

“老家伙，你这是在挑事！”王四厉声道。

这时，几股恐怖的气息如同狼烟般冲向高天，惊动了此地，那种威势让人毛骨悚然。

“不得乱来！”突然，一声断喝传来，那几股气息为之一颤，接着便迅速消失了。

“孟兄来此，你们岂能如此放肆？”一个苍老的声音传了出来。

紧接着，一道银白色的光芒冲向域外，化成了几朵大道之花，开始采集域外的星辰精华，吸收天地之精粹，而后迅速来到了此地。

“王长生，你果然还活着。”大长老第一次感受到了压力。

石昊与小蚂蚁早已愣住了，让大道之花在域外绽放，采集星辰精华为己所用，这是何等的修为？

这太不可思议了，这种力量深不可测！

“父亲，为何不让我等出手？”王四面露不解之色，出声询问王长生。

“将贵客请进来。”王长生的声音再次响起。

王大、王二等人不敢违逆，阴沉着脸对大长老说了一声：“请！”

“我们……真要进去？”小蚂蚁悄声道。这里比龙潭虎穴还要恐怖，它不太愿意闯。

“我们就是来此讨说法的，自然要进去。”大长老淡淡地说道，表情并没有多大的变化。

大长老、石昊以及小蚂蚁不仅要面对王长生，还要面对王家的“九条龙”。

石昊知道进去的话多半会有性命之忧，而大长老之所以执意要讨个说法，是因为想替他消除日后的祸患。

如果今日在王家成功讨到了说法，那么一定会震动九天十地，掀起轩然大波。

第1055章 王家底蕴

王长生是一个许多人都不愿提起的名字，也是真正可以傲视九天十地的大人物。

过去，各方势力都对王长生感到很头疼，诸多同纪元的奇才与他相比，就如同萤火与皓月争辉一般。

传说，王长生是仙胎，即以仙家手段封印的生灵。

众所周知，王家出现过一位真仙。

逝去的故老曾谈及王长生可能不是这一纪元的人，而是那位真仙亲手封印起来的后裔。等到局势平稳后王长生才出世，故此他能横扫天下，还为王家赢得了至高的荣耀。

得到真仙真传，被灌输了仙气的人，那得有多可怕？如果不是因为这片天地的环境大变，王长生可能早就成仙了。

只要王长生还活着，就是对九天十地各大高手的一种威慑。气吞山河，叱咤风云，所向披靡，这就是王长生！

正是这样一个人，现在让王大等人住手，请大长老进去。

一个号称古今不败的人物，以这样友善的态度对待大长老，不由得让人有些疑惑。

进去还是不进去？虽然大长老做出了肯定的回应，但是在石昊看来，这依旧是一个非常严重的问题。

不进去的话，显得大长老没有自信；进去的话，又危险重重。王家的净土走出过真仙，天知道里面都有些什么法阵？说不定连长生者都会被困住。

此时，大长老开始迈步了，一步一个脚印，一步一朵大道之花，向着王家的净土走去。

龙气腾腾，神兽咆哮，进入王家的净土后，所见之景都很惊人。

在外界看来，这里是净土，是一处府邸，走进来才发现，其实这里是一片广阔无垠的天地，有无数的山川大泽。

上万座灵山静静地耸立着，发出柔和的光芒，如梦似幻，如同真仙的故乡一般。

每一座灵山上都有建筑，或是楼台，或是铜殿，或是由神金铸成的巨碑，建筑上雕刻着繁复的纹路，神秘而古老。

石昊看到建筑上的纹路，不禁皱眉，那是什么？仙古的文字？

无尽岁月逝去，这里的景物依旧保留着，只是不复往日的光彩。置身其中，能够感受到岁月的更迭，让人忍不住感慨万千。

这是不灭的建筑物，雕刻在上面的是神秘的纹路，力量无比强大。

这是法阵！

建在灵山上的铜殿、楼台以及金属巨碑等都是带有法力的阵旗，它们守护着此地，确保此地的庄严和宁静。

“嗷——”一阵震耳欲聋的咆哮声响起。紧接着，一只黑犼从山脉中冲了出来，追赶着一群五色神鹿。

石昊心头一震，这只黑犼血脉高贵，是太古凶兽的一种，实力绝对强大得惊人。

这样罕见的生灵居然被当作寻常的战兽养在这里，为王家看家护院，王家真是好大的派头！

那群五色神鹿也不是寻常之物！

让石昊吃惊的是，这还只是冰山一角，随着脚步的不断深入，各种各样的凶物涌现了出来，有些古兽存在的岁月久远得无法想象。

就连大长老看到一只白色老猿在一株青松下的磐石上打坐时都不禁大惊失色，因为他认出了那只白色老猿。

“当年的太古巨凶之一居然都被降服了，在这里守着。”大长老感叹道。

那只白色老猿微微抬头，品了一口香茗，向大长老点头示意，没有说话。

在灵山之间穿行时，石昊一直保持着沉默，他第一次感受到了何为长生世家，这一切实在太不可思议了！

若是一个长生世家出兵作战，绝对能在九天十地中掀起一场巨大的风波，让世间大乱。

当石昊和大长老路过一条赤红的山脉时，发现那里金光成片，密密麻麻，居然饲养了一大群金乌！

石昊看出金乌的存活岁月极其悠长，如果将这等凶禽放出去，肯定会造成不可想象的灾难。

“当年那只金乌也被王家降服了，这……是故意给我看的吗？”大长老自言自语道。

一只金乌站在一座大山上，身上的羽毛都快掉光了，一双眸子浑浊不堪，释放出可怕的气息。

这只太古猛禽虽然看着很衰弱，但是一旦发威，说不定会形成一场末日浩劫。

“大长老，这些山上的古碑、铜殿等都是阵旗，您不担心吗？”石昊小声提醒道。

“既来之则安之。”大长老淡淡地说道。

与其说这里是净土，不如说是一个自仙古遗留下来的原始世界。

到了！

前方混沌之气弥散，化成一条又一条大龙，每一条大龙都与天齐高，气势磅礴，填满了苍穹。

这是天地异象，是由混沌之气形成的。

数千条大龙聚集在一起，守护着一座古老的殿宇。这座殿宇以石质材料建造而成，遍布斑痕，饱经风雨。

王大、王二等人立在这座古老的殿宇前，用冷厉的目光紧盯着大长老。

“这就是王家赫赫有名的祖殿吗？”大长老叹道。

灰色的石料，褐色的瓦片，虽然看起来朴实无华，但是被数千条由混沌之气化成的大龙缠绕着，显得神秘莫测。

这是当年王家的鼻祖，也就是那个成仙的人物亲手筑成的殿宇。有人说这里是他成仙前的闭关地，很少有人能够有幸造访此地，光是这一座殿宇，便胜却了世间的诸般至宝。

这时，五个人从殿宇中走了出来，皆带有惊人的仙家气象，如头顶或有仙鹤盘旋，或有大道花瓣飘落，或有美丽的仙女起舞……

这些景象不是真实的，无论是起舞的仙女还是盘旋的仙鹤等，皆是他们头顶绽放的大道之花所致。

这五个人皆为中年人，气息恐怖，超越了王大、王二他们四人。

石昊知道了，这一定就是所谓的“九条龙”中的另外五人！

这五个人中，尤以最后一人最为可怕，他满头灰发，没有一根白发，看起来不过三十几岁的样子，一双眸子蕴藏着无尽天机。

王九！

一定是这个人！

石昊从王家人的议论得知，王家九子一个比一个强，后面出生的几人都实力强大，无与伦比。

尤其是最后一子，堪称上天的宠儿，独步天下，行走世间十万年都没有碰到过一个对手。

这是石昊第一次见到站在一起的“九条龙”，据说王家九子合体，天下无敌，所向披靡。

这是王家高高在上的原因之一。

“孟前辈，你的确让人敬畏。当年你修炼仙道失败后，居然活了下来，不愧是人间霸主！不过人终有老去的一天，如今已经不是过去那个时代了，新的高手不断出现，属于你的辉煌早已不复存在了。”王六说道，一针见血地戳中了大长老的痛处。

“六哥，你不是孟前辈的对手，让我来吧。”就在这时，王七开口了。他是王家九子中第三厉害的人，仅次于最后两人。

这是下马威，王长生都说了请大长老进去了，但王家九子还是坚持要挑战大长老。

“王长生，你到底什么时候才出来？”大长老冷冷地说道。

“呵呵，孟兄既然来了，我自然要现身，不过你的确有点小觑我王家，仅是一道灵身而已，我的孩儿应该都有资格挑战。”

此言一出，王家九子中的前几人当即脸色大变，他们并没有发现这是孟天正的灵身。

只有王家第八子和第九子很淡定，特别是第九子，他的脸色始终没变，仿佛一切都在他的掌握之中。

王九的眼眸中浮现出宇宙演化的场景，此外还有柔和的光芒从眼底深处迸发出来，让人完全看不出其深浅。

“嗖！”

一道身影出现，是大长老的真身。

“唰”的一声，灵身归位，与大长老的肉身融合归一。

“故人出现，荣幸之至，深感欢喜。”就在这时，王长生的声音在众人耳畔响起。

随后，一个少年从古老的殿宇中走了出来，眉清目秀，唇红齿白，看起来不过十五六岁。

那些话出自他的口中吗？

这就是王长生？

石昊目瞪口呆，心中久久不能平静，这跟他想象中的高手的样子完全不同！

第1056章 王长生

王长生号称所向披靡的高手，俯视九天十地，而石昊见到的是一个洋溢着青春气息的少年。

石昊不敢相信自己的眼睛，这一定是在做梦！

石昊以天眼仔细看，确定这并非通过神通制造的假象，出现在他眼前的就是一个朝气蓬勃的年轻人！

无论是骨骼还是血肉，都表明眼前这个人是一个十五六岁的少年，而绝非一个老怪物。

小蚂蚁也惊讶不已，这简直就是一个老妖怪啊！

经过一番思索后，石昊和小蚂蚁心中不由得生出了一股深深的寒意，很是不安。

王长生的样貌如此年轻，只有一个可能，那就是他返老还童，活出了第二世！

天地大变后，这一界便没有不灭一说了，但凡修士，必有一死。哪怕是有天大的神通的修士，只要一日不成仙，也会殒命。

修为强大者可以活百万年以上，不过寿元终究是有尽头的。

王长生活了多少岁？应该早已超过了百万岁。他本应是老态龙钟，可现在给人的感觉是他才刚刚崛起。

王长生一身筋骨、血脉等都充满了生命的力量，他就是一个翩翩少年！

活出第二世的人极为罕见，从古至今没有几人做到，历来都只是传说而已，而王长生似乎做到了！

“你真是越活越年轻，再过一百万年，你该不会变成一个孩童吧？”大长老感慨道。这不是讽刺，而是发自内心的感叹。

到了大长老他们这样的年纪，最渴望的就是再活一世，返老还童。

不过，返老还童是需要机缘的，并非实力强大就能做到，有些人虽修为不深，但可能会更容易成功。活出第二世与修士的实力没有直接的关系。

“心态好，自然就会年轻。”王长生笑道。他一头乌黑的长发披散到腰间，一双眼睛清澈得如同深山中的山泉一般，不含一丝杂质，笑容如同朝霞般灿烂。

石昊和小蚂蚁顿时目瞪口呆，“九条龙”和这个少年，到底谁是谁的长辈？

“孟兄，这些年你太劳心劳力了。”王长生笑道。他的笑容真的太晃眼了，脸上还泛着一种富有生机的光芒。

石昊和小蚂蚁在一旁看到这一幕，忍不住打了个冷战，鸡皮疙瘩掉了一地。这可是一个活了上百万年的人物，居然还如此年轻，实在太诡异了！

别看王长生一副笑眯眯的样子，实际上他释放出来的气息很是恐怖，给人一种无形的压力。

“还是差了一点，不够完美，声音有些苍老。”大长老说道。

王长生闻言，收起了笑容，叹道：“我的神胎有瑕疵，体内有些东西无法掩饰，不过我也不想掩饰。”

即便这样，王长生也很了不得了，他极大地延长了寿元，也许能多活上半世。

“也许是因为这片天地过于太平，所以我缺少紧迫感，没有逼出最后的潜能。”王长生摇了摇头，道。

“你已经推算到了一些东西，很厉害。”大长老称赞道。

在石昊看来，王长生和大长老两人不像是对手，反而像是两个老朋友在交流，气氛很是和谐。

“是啊，你与我都可以推算到，如果没有意外，这一界会更加糟糕，真正步入末法时代。”王长生叹了一口气，道。

“那未尝不是一种磨砺，也许会培养出一批更为坚韧的修士。天地生机不绝，总会给他们留下可供修行的精气。”大长老说道。

王长生神情凝重，道：“我预感到真到了那一天的话，不灭物质将全面消失，大环境也会恶化到极点，最强大的修士一世活一万多年就算是极限了。”

按照王长生的理解，后果比这还要严重一些，很有可能只要出现一个盖世高手，就会耗掉数万年的机缘，从而导致其他人要花很长的时间才能达到盖世高手的境界。

这也就是说，一人得道，数万年内的天纵奇才都要绝望，注定会被天地压制，无法再走到那一步。

“越是残酷艰难，越能磨砺人心。我要是生在那个年代，相信肯定会活出真正的第二世，而不是像现在这样。”王长生面露遗憾之色，道。

如今不灭物质虽然稀少，但依旧存在，可以让修士活得足够久。等到修士想活第二世进行蜕变时，那种物质早已与肉身融合了。

也正是因为如此，大多数人无法果断地做出决定，从而踏上返老还童的路。

“孟兄，你这样来我王家搅闹，实在让我为难啊！为了一个少年，你便要跟我翻脸吗？”这时，王长生转移了话题。

“举世皆知，荒是我的关门弟子，也相当于我的后人。如果有人明知王家九子是你的后人，还要暗中加害他们，你会怎么做？”大长老盯着王长生，严肃地说道。

石昊鼻子一酸，泪水开始在眼眶里打转。大长老的一番话让他很是感动，但他如今无以为报，唯有日后崛起，打败异域的敌人，尽心尽力守护九天十地。

“父亲，我想与孟天正对决！”突然，王家老八开口了。他是一个十分可怕的强者，实力仅次于王九。

王长生没有回应王家老八，而是笑着对大长老说道：“孟兄是否愿意指点他们？老八或者老九，你随便挑一个。”

“王九实力深厚，有得天独厚的修炼优势，将来也许比你还强。”大长老不吝夸赞，接着话峰一转，“现在他们跟我较量可能还差些火候，若真的对决，我是不会手下留情的。”

“你在说什么?!”王家九子中有人不满，在他们听来，这是一种威胁和恫吓。

“实话实说。”大长老淡淡地说道。

“既然如此，那就让我的九个儿子一起上如何？”王长生笑道。

大长老脸色一变，世间都知道王家九子联手所向无敌，他虽然是真正的绝世高手，但是也没有十足的把握打败齐心协力的“九条龙”，此次对决注定无比艰险。

“你执意如此吗？到时候如果我不小心伤了你一两个孩儿，你会心痛吗？”大长老问王长生。

“唰！”

王家九子中有几人出动了，瞬间包围了大长老。

“你想除掉我，能做到吗？”大长老看向王长生，厉声道。

“我的九个儿子一齐出手，也算是无敌了，再加上有我助阵，就算你拼死突围，恐怕也是在劫难逃。”王长生笑道，目光中藏着杀意。

“我是为什么而来？是为了讨个说法！”大长老丝毫不惧怕，朗声道。

“哦？你自信可以打败我们？”王长生问大长老。

在王长生看来，大长老是他一生的对手，孰弱孰强难说，不过加上他的九个儿子和王家的地形、法阵，他们这一方绝对可以获胜。

“你如果跟我一对一，我可以奉陪到底，你我用实力说话！”大长老神色严肃，朗声道，“如果你们想联手除掉我，那恐怕就要让你失望了。哪怕这里是仙家净土，我也要打他个天翻地覆！”

“哗！”

随着一声轻响，画卷飘动，顿时引得天地都颤动起来。

与此同时，包围大长老的几个人全都飞了出去，有一个人还吐了一口血。

一股恐怖的气息弥漫开来，一个世界被开辟了出来，似乎要吞噬原有的乾坤。

“十界图！”王长生惊呼出声。

哪怕这里是仙家净土，有绝世法阵守护，王长生也不得不严阵以待。

十界图是什么？它和乾坤袋一样，号称世间至宝。在仙古纪元的大战中，它震动了天地，让异域的无数生灵殒命。

第1057章 对立

虽然这里是王家净土，王长生有大量的仙兵和绝世法阵，但是也不能掉以轻心。

王家净土是王家的根基所在，如果真的大战一场，受损的只会是王家。

尽管王长生是一位绝世高手，现在也不得不有所忌惮，对方手中的十界图太可怕了，上面山河壮丽，大星转动，像是真实存在的世界一样。

“铮！”

一声轻响过后，一柄战戟从王长生的眉心飞出，瞬间发出夺目的光芒，让人毛骨悚然。

这是王长生自身携带的兵器显现了！

那柄战戟仅露出三寸，四周缭绕着仙气，闪烁着柔和的光芒。同时，它还散发出一股恐怖的气息，似乎可以毁灭一切。

当王长生仰头望天时，战戟发出的光芒竟刺穿了苍宇，击穿了域外的星辰。紧接着，被击穿的星辰如同烟花般绽开，璀璨至极。

“这是……”小蚂蚁喃喃道。

一柄战戟就轻易击穿了域外的星辰，可想而知它的威力有多大。

“你要和我对决一场吗？我不介意！”大长老笑道。

说完，大长老将手中的十界图抖动起来，“哗哗”的声音响起，刹那间周围的虚空便崩塌了。

与此同时，王家的祖殿发出耀眼的光芒，响起震耳欲聋的祭祀之音，挡住了十界图恐怖的威势。

“孟天正你敢！”王长生喝道。

这座祖殿是王家成仙者当年的闭关地，也是王家的精神象征，绝不能受到任何破坏。它记载了王家的荣耀，只要它屹立在此，就会让王家子弟的自信心长存。

王家的祖先是仙！

“有何不敢？只许你们欺负我弟子，就不容我来上门算账？”大长老厉声道。

王长生目光冷峻，盯着大长老，之前的灿烂笑容早已消失不见。

刚开始大长老和王长生都笑呵呵的，看着如同老友一般，其实都是制造出来的假象，现在两人才显露出真实面目。

“轰！”

伴着一声巨响，成片的光芒亮起，整片王家净土都在发光。整整一万座大岳同时摇动，构成了一个繁复的法阵，遮天蔽日。

这是仙家法阵，尽管不是很完整，但是依旧足以震惊世人。王家的祖殿被各种纹路包裹着，形成了强大的保护光幕。

“你既然逼我出手，那我就如你所愿！”王长生厉声道。

此时，王长生整个人的气势完全不同了，虽然目光依旧清澈，但是多了一种可怕的感觉。

之前王长生是阳光的，显露出来的是仙道气息，现在的他依旧被仙气缭绕着，但是气势凌厉无比，让人不由得心生敬畏。

“是吗？看来你要舍弃你的一些子孙了。那好，我也活动一下老胳膊老腿，和你们斗一斗！”大长老说完，一股冷幽幽的气息以他为中心向着四面八方扩散开来。

方圆数十万里的生灵都感受到了这股可怕的气息，皆胆战心惊，诸多凶禽猛兽都不由自主地朝着大长老所在的方向跪拜。

抬手摘星捉月不是神话，大长老便可以做到，他绝对有如此惊人的实力。

此时，王大、王二等人的神色有些复杂，他们看到这个场面，觉得他们目前还不是大长老的对手。

就连十分自负的王家老八也眉头紧皱，他一直很想挑战大长老，这下也有些怯场了。

只有王九依旧是一副从容不迫的样子，他看向王长生，道：“父亲，战戟借我一用，我要与他对决。”

王九的声音虽然不高，但是有着让人敬畏的威严，他必定会成为一代霸主，在九天十地中所向无敌。

“不行，今日不容有失。你们九个一起上，我也出手，一举拿下他，有法阵和仙兵在此，他逃脱不了！”王长生拒绝了王九的请求。他知道大长老十分可怕，稍有疏忽，可能就会留下祸患。

外界一直认为王长生是从上一纪元留存下来的仙胎，而他却没有自信打败大长老，可见大长老实力之强大。

王长生与大长老交过两次手，两次都是以平局收场。

“好，我们一起上！这个老匹夫居然敢欺负到我们头上来，今天就要让他知道我们王家的威严是不容冒犯的！”王二大吼道，一身金色道袍猎猎作响，整个人被混沌之气包裹着，一副跃跃欲试的样子。

“不错，这是千载难逢的机会，既然他登门了，那就今日除掉他！”王大也这样说道。

“轰！”

巨大的声音响起，一道又一道纹路在虚空中交织，遮盖了天地。这是王家先祖布下的仙道法阵在彰显威势，密密麻麻的线条如同金色的利剑一般，迅速向着大长老围拢。

石昊心头一沉，感觉好像快要窒息了，如果不是大长老用光幕笼罩着他，他绝对会瞬间殒身。

“孟天正，你太自信了，竟敢逼我！”王长生冷冷地说道。

随后，一柄微小的战戟从王长生的眉心一寸一寸地伸出，化成了无敌仙兵，与十界图针锋相对。

王家拥有最强剑诀之一平乱诀，其祖传兵器却是一柄战戟，这很奇怪，想必当中一定有什么隐情。

“是你太自信了。”大长老说完，马上拿出一块染血的破布，挥动起来。

这是什么？

别说是石昊，就连王大、王二等人也都心头一震，大感不解。那块染血的破布看着像是裹尸之物，怎么会有如此可怕的威力？

王家法阵的威力受阻了，冲向大长老的光芒全部被破布化解了。

“徐家的阵旗在你身上？”王长生十分惊讶，道。

“当年的战阵旗？仙王裹尸布！”王大失声惊呼。

“徐家怎么会将这东西借给你？这可是他们的命根子啊！”王长生感叹道。这件事太严重了，已经超出了他的预料。

所谓的徐家，便是长生皇朝徐家。邀月公主便出自该家族，徐家的皇主是她的父亲——徐明轩。

石昊感觉到一股铺天盖地的可怕气息穿过万古而来，同时还听到了震耳欲聋的响声，好像是战场上的声音。

石昊知道这块破布不仅有天大的来头，而且背后还有一桩血泪往事。

徐家的至宝让王长生的神情凝重起来，王大、王二等人也都大惊失色。

石昊感到头皮一阵发麻，听到了无数嘶吼的声音，那些声音似乎都是从染血的破布中传出来的。

第1058章 仙古战旗

大长老身上披着的布看起来很破旧，不仅皱巴巴的，还有一些洞。大致可以看出那是一面旗子，上面有各种污血痕迹，岁月在上面留下了太多的印记，一看就是古物。

“这是仙古纪元末期的大战中的一面铁血战旗，当年真仙举着它，带领各族迎战异域的千军万马……”王长生喃喃道。

“不错，正是这面战旗！”大长老说道。

这面战旗在当时也许只是一个标志，可后来意义完全不同了，仙王战死后，便是用它包裹尸身而归的。

由此可见，那最后一场大战有多么惨烈，连这一界的仙王都殒身了。

这面战旗是由瑰宝级的丝线编织而成的，再加上浸染了仙王本源的精血，就越发不一般了。

几经辗转之后，这面战旗落在了徐家手中。经过精心的祭炼后，它成了一件刻着仙道法阵的至宝，介于法阵与兵器之间。

不少王家子弟一直在观望，听到王长生道出这些事情后，脸色大变。

石昊也听得心怦怦直跳，这可是仙古大战中的铁血旗帜啊！它太不一般了，不管力量如何，仅凭蕴含的精神就足以令世间的所有人震惊。

这面战旗源自战场，浸染过无数高手的鲜血，蕴含的真义始终不灭。若是有朝一日，这一界与异域对战，这面战旗毫无疑问要重新飘扬起来，让曾经的战魂与如今的战士共同作战！

如果战旗真的能够再次扬起，那么九天十地的众人一定会更加努力地战斗。

“徐家，他们还真舍得。”王长生酸溜溜地说道。

徐家和王家是宿敌，从邀月公主与王曦在天神书院处处针锋相对就可以看得出来，两家之间的不和可以追溯到仙古纪元。

“不就是一面旗子吗？破破烂烂的，有什么了不起的！”王家的一个高手低语道，有几分嘲讽的意思。

大长老冷哼一声，大手一挥，那个高手当场便殒命了。

“你……”王家九子中有几人顿时脸色大变，觉得大长老太肆无忌惮了，竟敢当着他们的面出手。

“孟天正，你太张狂了！”王二喝道。

“王家过去就对仙古末世大战根本不在意，如今竟然连仙王裹尸的圣物铁血战旗都不放在眼里！”大长老神色冷峻，厉声道。

这一次，王长生没有开口说话，只是王家九子中仍有几人不服。

王长生知道这面战旗的意义太重大了，对于大长老这样的人来说，它是圣物，甚至比十界图还重要。

这面破烂的旗帜是被先民的鲜血染红的，在某些人看来，它相当于一种精神、一种灵魂。

因此，王长生没有说话，不想在这个问题上与大长老争辩。

“有些麻烦了。”王九对几位兄长传音。

“我不信，难不成他凭这面战旗就能硬闯我王家？”王大厉声道。

“的确很麻烦，这面旗帜介于法阵与兵器之间，铺展开来后，我王家的仙道法阵不能与之匹敌。我没有料到徐家会如此慷慨，居然把这件东西都借给了孟天正。”王长生暗中对九个儿子说道。

“这……难道还奈何不了他？”王二很不服气。

“仙王裹尸布在法阵中畅行无阻，再加上十界图，孟天正将会对我王家的净土造成巨大的破坏。”王长生对几个儿子说道。他觉得即便留下孟天正或者让孟天正殒命于此，王家也要付出难以承受的代价。

“这个老匹夫，我恨不得立刻将他碎尸万段，难道我们就任他闯进我王家的净土，还眼睁睁地看着他离开？”王大愤愤地说道。

王长生有些犹豫，过了一会儿才像是有所决断，看向大长老，道：“今日之事，到此为止，我不再追究。我敬重这面战旗，不想大动干戈。”

大长老闻言，哈哈大笑，道：“你会敬重这面战旗？你王家对仙古纪元末世大战是否认同都另说，你会觉得此面战旗是圣物？”

大长老从王家弟子的反应就看出了一切，所以刚才直接除掉了王家的一个高手。

大长老的目光变得冷厉起来，他朗声道：“你说不追究，言下之意是放我们一马，可是，你要知道，今日是我要追究！”

“你……孟天正，你不要太过分，居然跑到我王家来撒泼，你当这里是什么地方?!”王二喝道。

“讨说法的地方。”大长老冷冷地说道。

“你想怎么样?”王长生看向大长老,问道。

“很简单,我要你立誓,你和你的族人不再针对荒。”大长老直接说明了来意。

“你……逼我父亲立誓?”王大顿时火冒三丈,道,“为了一个无名小辈,你这般兴师动众,还要我父亲做出承诺,凭什么?!”

大长老缓缓开了口:“你是不是觉得你很了不起?可在我看来,你只是稍微出色一些而已。再过一段岁月,荒肯定会比你强得多!”

随后,大长老补充道:“荒是我的弟子,正如你们是王长生的子嗣。我在这里放话,若是日后王家再敢加害他,我便从你们几兄弟开始动手,见一个打一个!”

大长老的声音响彻整片净土,方圆数万里内的生灵都听到了,一时间引起了巨大的波澜。

这是谁?居然敢威胁王家?

“孟兄,你过分了。”王长生沉声道。

“这一次,我孟天正一口唾沫一颗钉,你王家若是再逾越这条线,我绝不会手下留情!”大长老的话如同惊雷一般在每一个生灵的耳畔炸开。

“为了这些,你便强闯我王家,为何不以书信告知?”王长生问大长老。

“父亲!”王大怒不可遏。

“我的真身来了,你们都还想压制我呢,一封信有什么用?”大长老冷冷地说道。

“不如你我过个三四招,我若失利,一切就依你所说的办,如何?”王长生提议与大长老对决。

“行,不过你们还是得付出一定的代价,这次加害我的弟子,不能就这么一笔带过!”大长老说道。

“你还想怎样?”王长生问大长老。

王长生有些按捺不住了,如果不是忌惮仙王裹尸布和十界图,顾及子嗣的安危,他早就出手了。

“你想要什么?”大长老看向石昊,问道。

此时,石昊心潮澎湃,激动不已,愈加敬佩大长老了。

“我……想看一看平乱诀。”石昊悄声道。

听到这句话，王家的不少人都怒了，王长生微微撇了撇嘴角。

王大、王二等人更是快压不住心中的怒火了，一个普通的少年而已，居然敢索要他们王家的镇族经文，简直是痴心妄想！

平乱诀至高无上，攻击力举世无双，号称从古至今的最强剑诀之一。在仙古纪元早期，有人依靠平乱诀击退了异域的众多人马，维持了一段岁月的和平，“平乱”二字正是由此而来。

“这是不可能的事。”王长生直接拒绝了石昊的要求。

听到这个回答，石昊有些失落，虽然知道这很难办到，但还是有些遗憾。

大长老知道平乱诀对于王家来说十分重要，如果硬要索取的话，估计王长生会当场翻脸。

“你再换一个条件。”大长老怕石昊又提出什么不切实际的条件，便道，“算了，还是我替你做主吧。”

大长老与王长生进行了一番交谈后，便准备对决。两人商量好不动用十界图、战戟等法器，而是凭真正的实力对决。

“我近来功力又提升了不少，你要小心了！”王长生厉声道。

众人闻言，都有些害怕被王长生的强大法力伤到，同时又很好奇他究竟会展现出怎样的手段。

然而，所有人都失望了。

王长生出手时既没有神力震动，也没有法则交织，他将右手化成鹤嘴形，径直向大长老攻去。

这是什么？

根本不是传说中的大神通！

大长老的反应也出乎了所有人的意料，他目光冷峻，盯着王长生，而后缓慢抬起右腿，如同猛虎甩尾般踢向王长生的右手。

“这……”

众人一时无言，心想：这两人真的是在进行巅峰对决吗？为何招式如此普通？

这时，王长生如同灵猿般伸展手臂，一拳挥出，大长老则好像怀中抱月一样，以力牵引。

“父亲在做什么？为何不直接用平乱诀对付他？”王大低语道。

王九面露严肃之色，盯着王长生和大长老，悄声道：“他们化繁为简，化诸天万道为一式，比拼的是无上法。”

“你……老九你在说什么？”王大大惊失色，不敢相信王九说的话。

“两人的对决看着普通，实际上第一式中父亲就糅合了十凶中的几种招式，你说凶险不凶险？”王九沉声道。

“我并未觉得这种攻击的方式有什么威力。”王大嘀咕道。

“咚！”

伴着一声巨响，王大身后的一座灵山突然崩塌，而后碎裂。他顿时脸色大变，差点被吓蒙了。

王家的其他人震惊不已，灵山怎么会四分五裂?

要知道，王家净土共有一万座灵山，每一座灵山都有仙家符文，可现在……其中一座灵山竟然崩塌了！

这下所有人都明白了，王长生与大长老的比试看着很普通，其实威势不可想象。

第1059章 绝代高手

王长生如同雄鹰展翅般挥动双臂，携带着呼啸的风，向大长老扑去。

没有光芒，也没有大道符号，只有简单的一招一式，王长生和大长老的对决根本不像是绝代高手之间的对决。

大长老巧妙地避开了攻击，右臂如蛇般卷曲，向王长生发起攻击。

“咚！”

大长老和王长生的身体撞在一起，发出沉闷的响声。

一旁的石昊睁开天眼仔细地盯着大长老和王长生，可是到现在为止都没能发现其中的玄奥。

这时，石昊终于捕捉到了一些细节。在大长老和王长生的身体周围，虚空崩裂了又很快复原，光芒不断浮现出来，而后迅速消失。

这……无法想象!

石昊觉得大长老和王长生若是放开手脚对决，日月星辰都会被他们直接击碎，大宇宙甚至都会被他们撕开。

石昊看不出大长老和王长生对决的玄奥并不足为奇，毕竟连王大和王二都不理解，要知道，王大和王二的道行可是高深到了无法想象的地步。

王家九子修炼了无穷岁月，一路从太古走到今天，任何一个人都可以打败各路高手，实力深不可测。而现在，只有老八和老九这两人能看透王长生和大长老的对决。

“糅合真仙法则，化繁为简，将诸天奥义浓缩到数式之内，这种道行，我等难以企及啊！”王家老八轻叹道。

王大眉头紧皱，刚要说话，第二座刻有仙道符文的大山“轰”的一声倒塌了，瞬间化成了无数碎石块。

“天啊！这座山是我王家的仙道遗产，是法阵的一部分，怎么会崩塌？”王家的一个年轻人惊呼起来。

王家乱作一团，众人惊慌不已，不知所措。

这是从未有过的事!

王家的众人一直认为仙家遗地无论发生什么，都不至于被破坏，可今天的事情颠覆了他们的认知。

“这个老匹夫竟如此厉害，真想立刻除掉他，不然始终是一个绊脚石。”王大目露凶光，盯着大长老道。

这时，大长老化被动为主动，向王长生发起攻击。虽然这一招和刚才一样，看似平淡无奇，但众人感受到了其中的威势。

王长生大吼一声，化出一只混沌虎，混沌虎张牙舞爪地向大长老扑了过去。

与此同时，大长老身前也出现了一只巨禽，这只巨禽同样是由混沌之气所化，与混沌虎展开了正面对决。

“坏了，他们有些收不住了，这是最后一击。”王九自语道。他亲自主持法阵，此时此刻王家所有灵山都在颤抖。

王长生和大长老的气势震慑了天地，连太阳都变得暗淡了，漫天星辰浮现，不断滚动，似乎马上要掉落了。

王长生和大长老一齐大吼，冲霄而上，与此同时，一虎一禽发生了碰撞，迸发出大量的混沌光。

“轰！”

惊天动地的一声巨响过后，域外出现了无数裂缝，每一道大裂缝都蔓延了数万里，景象骇人至极。

王长生和大长老刹那间去到了域外，站在星空中，展开巅峰对决。

王长生一把抓起一片璀璨的星辰，将其炼成一件威力十足的兵器，向大长老砸去。

“砰！”

巨大的响声传来，星光四溅，大长老直接用大袖击碎了王长生的兵器，而后催动拳印，攻向王长生的胸口。

“啊！”

王长生长啸一声，击碎了周围的一些星辰。紧接着，他的眉心发出刺目的光，一柄黑色的古剑浮现出来，笔直地刺向大长老。

平乱诀，元神剑胎！

平乱诀是无敌的剑诀，从古至今关于它的传说实在太多了，让人不得不忌惮。

大长老神情凝重，不断地叠加拳印，拳印如同千重骇浪般汇聚在一起。与此同时，他挥动双臂，集中力量攻击元神剑胎。

“嗖！”王长生和大长老纵身一跃，刹那间进入了大宇宙的深处。

“砰！”

巨大的响声传来，无数符文在星域中被引爆，王长生的元神剑胎与大长老的九转拳印发生了大碰撞。

恍惚间，仙古末世打战中至尊的气血又出现了，这样的激战今世难得一见。

这时，星辰开始燃烧，宇宙龟裂，而后裂痕快速蔓延。最后，星光一闪，火光彻底消失了。

发生在大宇宙深处的战斗超乎了一般高手的想象，仙古末世大战就是因为高手太多，力量太集中，所以最终才让这一界彻底分裂，变成了九天十地。

这时，众人的心情都紧张到了极点。

王长生和大长老之间的战斗影响太深远了，如果有一人殒命的话，其后裔与传承等就会不保。

“先把他拿下，一切都是因他而起！”王大看向石昊，目光狠毒，大吼道。

王大决定先对石昊出手，因为不管王长生是赢还是输，擒下石昊都对王家有百利而无一害。

王九摇了摇头，示意王大看向石昊。

石昊身上裹着一块破布，那块布十分陈旧，正是仙王裹尸布，也就是当年的仙古战旗。

此时此刻，石昊感觉自己仿佛置身于一个浩瀚的战场，四周嘶吼声不断，一个又一个强大的生灵从天空坠落。

这是一幅悲壮的画面，先民之血浸染了大地，战旗见证了一切，凝聚着英灵的不甘和伤感情绪。

“那个老东西对决前给他披上了仙王裹尸布，不过我想这应该没什么用，区区一块破布也能拦住我们？”王大冷然一笑，道。

王大直接伸手向前抓去，心想：如果能夺下战旗，擒住荒，那就大功告成了！

然而，惊人的事情发生了。

王大刚一接近石昊，仙王裹尸布就飘舞起来，发出惊天动地的怒吼声。王大当即被横飞了出去，嘴角溢出鲜血。

“那个老东西留下了一股精气神！”王大横眉怒目，对石昊喝道，“小子，你以为身后有一个孟天正就可以高枕无忧了吗？我王家要对付的人从来就没有一个能活下去的，你不如现在乖乖就范，不然到时候孟天正大败，你的下场会更惨。”

“嗖！”这时，一道光芒从天而降，落在石昊的身边，正是大长老。紧接着，王长生也回来了。

大长老和王长生的脸色都很复杂。战斗结束了，之前两人说只对决三四式，其实已经超过了。

“平局收手吧。”王长生看向大长老，道。

“可以，不过条件不变，必须依照我所说的办。”大长老这般说道。

“父亲！”王大等人心里很是不甘。

“自今日起，不得再针对荒。”王长生冷冷地说道。

“口说无凭，请写下法旨，另外我刚才讨要的产自王家净土的神草一株都不能少。”大长老淡淡地说道。

“你欺人太甚！”王大怒吼道。

“只允许你们欺侮我的弟子，还不允许我来拜访一下吗？”大长老目光冷厉，盯着王大道。

“你们退下！”王长生说完，便下令让如今的家主写下法旨，告诫族人不得无故寻衅大长老一脉。

王家的众人听到这番话，不禁目瞪口呆，王长生竟然答应了对方的要求！

若是这件事传出去，整个九天十地肯定会掀起轩然大波。

第1060章 大风波

王家的当代家主有些迟疑，不敢相信自己听到的话。他居然要写这样的法旨，这代表了整个王家的妥协，更难堪的是，他还要向世人公开这道法旨。

书写这道法旨的意义在于告知世间的所有人，王家不会再找荒的麻烦，彼此间的恩怨到此为止。

可是，一旦将法旨公之于众，这当中的隐情很快就会传开。到了那个时候，王家的面子肯定会有些挂不住。

这是大长老打上门来的结果，是他逼迫王家下的法旨。

对于王家的当代家主来说，这是一种莫大的耻辱，被逼写下这样一道法旨，他还有什么颜面继续当王家的一家之主？

从古至今，王家从来没有被人胁迫过，更没有下过对自身不利的法旨，可是今天要破例了。法旨一出，外界肯定会对王家投来怀疑的目光，同时还会伴随着各种非议，后果将不堪设想。

“耻辱啊！这既是我身为家族此代之主的耻辱，也是王家的耻辱！”王家的当代家主叹了一口气，道。

这时，大长老已经带着石昊前往王家的神药园，亲自去采摘神草了。

神药园遍布着紫色的岩石，岩石形态各异，形成了一片紫色的石林。

没有土壤，怎么会有神草生长？

很快，石昊就明白了。走进这片区域的深处后，他看见七八株神草扎根在紫色的巨石上。

从石头上长出来的神草！

“这是稀有的神药紫府草，在别处无法寻到。”大长老解释道。

紫府草可以让人的元神变得更加强大，光听名字就知道它有多珍稀。紫府对应的是元神位置，元神强大了，自然可以保证肉身的安全。

“此地来历神秘，别小看这些普普通通的石头，传说它们是仙家高手的紫府破碎后所留。”大长老道出了紫色石头的来历。

石昊心头一震，仙家高手的紫府碎块？他突然很想把地上所有的岩石都捡起来带走，这可都是无价之宝啊！

难怪这里可以长出紫府草来！

“可惜啊！岁月流逝，时光荏苒，再好的东西都会消失。你看，现在这里只有这么七八株紫府草，以前可比现在多了不知道多少。太古初期，这里还长出过一株仙药，紫府长生草！”大长老感慨万千，眼中流露出惋惜之色。

石昊闻言，久久不能平静，王家果然底蕴深厚，这个药园子的来头也太吓人了！

大长老在这里只采摘了一株紫府草，按照他所说，其实半株就够了，多服用也无用。如果将紫府草搭配八珍麒等其他神草，足以供数人同时享用，而且能达到最理想的效果。

“王家有平乱诀，可以修成元神剑胎，紫府草对他们而言极其重要。”大长老解释道。

正是因为如此，王家视紫府草为命根子，如果大长老想采第二株，估计连王长生都会坐不住。

培育一株紫府草需要很多万年，紫府草十分珍贵，价值连城。

随后，大长老带着石昊赶向王家的另一个药园子，采摘了其他几种神药。虽然同为神药，但是这里的神药对于王家来说没有紫府草的意义大，别的神药有替代品，而紫府草无可替代，是修炼平乱诀必不可少的神药。

“这几株神药在外面太不好找了，要是能够常留此地就好了。”大长老感叹道。

几名守护药园子的老者听到这一番话，脸色变得有些难看，可是也不敢多说什么。

“那里是什么地方？”石昊发现神药园围绕着一块密土，便出声询问大长老。

“王家的长生药园，它处在神药园中心，是一处禁地，除了王长生，其他人不可踏足半步。”大长老解释道。

“他们家有长生药？”石昊愕然，而后心头一震，长生药可是能让人窥破仙道，获得长生啊！

“只是一截干枯的药根而已，从太古发现它一直培育到现在，也不知道给它浇灌了多少神泉和灵液，结果它还是没有发芽。”大长老说道。

不过，药根还是多了一点生机，将来说不定真能复苏。

石昊震惊不已，不愧是长生药，枯萎了这么久居然还有复活的希望，未免也太恐怖了。

“法旨可写好了？”回到王家的祖殿前，大长老直接这般说道。

王家的人闻言，火冒三丈，却又不敢呵斥，更不敢与大长老对峙。

王长生已经去闭关了，没有再理会后面的事。

王家九子来了几人，皆目光不善，握紧了拳头，恨不得立刻出手。

“好，我写！”王家的当代家主叹了一口气，道。

“怎么能如此？玄祖，我反对！我王家经历仙古大战都不曾覆灭，何况是今世？为何要妥协？一个孟天正就把我们逼到这一步了吗？”突然，一个反对的声音响起。

说话的是一名白发老者，他是王大的玄孙，也是王家的一个重要人物。

“你家老祖宗都发话了，你还想阻拦？”大长老笑道。

“我反对，不能写法旨！”白发老者厉声道。

王大很想说些什么，但终究还是没有出声，只是看了看远处的石昊，又看了一眼大长老。

“当初是我下的决断，要铲除一切祸患，现在我依旧是那个态度，对外不能软！”白发老者依旧坚持己见。

“哦？你对外很强硬，那么我问你，这一次我的弟子遭你王家暗算，是否也是你下的命令呢？”大长老看向那名白发老者，问道。

白发老者身高近一丈，不显老态，朗声道：“他那么弱小，还入不了我的法眼。我只是偶然得悉此事，随口提了一句‘除掉为好’。”

“这么说，我的弟子遭你王家暗算跟你有莫大的关系，一切因你而起？”大长老冷冷地说道。

“是又如何？我王家的决定，外人凭什么干涉？你纵然神通盖世，也休想在我王家逞能！”白发老者毫不示弱，这般说道。

白发老者一直眼热家主之位，现在是个大好机会。当代家主要写对王家不利的法旨，而他故意表现得这般霸气，若是赢得族人的好感和支持，就很有可能取代当代家主的位置。

“王大，你真是养了一个好玄孙啊！”大长老的语气里是藏不住的嘲讽。

“孟天正，你想做什么？”王大喝道。

“我曾说过，你王家要是敢动我的弟子，我就从‘九条龙’开始下手，一个一个来，绝不会手软。不过，刚才我们已经达成和解，我就不追究了。可是，眼下元凶出现，正是他害得我的弟子险些遇难，我自然要讨个说法！”大长老冷冷地说道。

谁都没有想到大长老会突然变得这么气势汹汹，跟刚才完全不一样了。

白发老者感到一阵心虚，忽然意识到自己可能作秀过头，一不小心让自己身处险境了。

“你……想怎样？这里是王家，不朽的长生世家！”白发老者大吼道。

“啪！”

清脆的声音响起，大长老出手了。王大见状，立即与大长老对了一掌，结果踉跄倒退了好几步。

“噗！”

巨大的声音传来，白发老者被大长老一掌击中，当场殒身。

“别以为我孟天正脾气好，一些小辈在我面前叫嚣，我可以不理会，可是一再扬言要除掉我的弟子，我不能忍！”大长老厉声道。

王大闻言，暴跳如雷，气愤至极，玄孙当着他的面被除掉，怎么能忍？可是，他对大长老感到有些畏惧，一时间竟说不出话来。

“走！”大长老大袖一卷，带走了那道法旨。

随即，大长老带着石昊离开了王家，很快消失不见。

“孟天正，你这老匹夫，我跟你没完！”王大愤怒到了极点，今日经历的一切实在太憋屈了。

大长老带着石昊回天神书院，在路上将那道法旨交给了一个依附于天神书院的大教内。

法旨的内容在当日便以惊人的速度传遍了无量天，世间所有人都知道了。

“什么?!王家服软了，就这么低头了，要‘化干戈为玉帛’吗？”

许多人不敢相信这个消息，可是事实已经摆在眼前。

一些人还特意通过一些重要渠道去求证，结果得悉了大长老去往王家讨说法，并与王长生进行了对决等一系列的事。

一时间，这个消息掀起了惊天的风波，不仅传遍了无量天，还传到了其他的地方。

没过几天，九天十地的一些长生世家都知道了这个消息。

这是一件震惊世间的大事，大长老为了一个少年大闹王家，传递出了一个非常可怕的信号。

“这个少年不能碰，看来孟天正对他寄予了不小的期望，现在谁碰他谁就会遭殃！”

“这件事是一个警告，我们不能忽视那个名为荒的少年，更不能主动去招惹他，不然孟天正会发疯。”

这是长生世家中的一些重要人物传出的话，可见这件事情的影响有多么大。

在这场大风波轰动各地时，一件更重大的事情发生了，可是九天十地上的各大家族还不知晓。

在毗邻异域之地，一座被封印了也不知道多久的雄关崩塌了！

第1061章 边荒告急

王家法旨一出，四海皆惊。

只是，这一次的法旨与以往不同，并非弘扬王家之威势。

大长老与王长生的对决震惊了九天十地，荒之名更是因此传遍了各族，各方都严令弟子门徒不要惹事。

大长老去王家讨说法的效果显现了出来，各大家族在一般情况下不会再针对石昊，所有人都知晓了大长老的态度。

“这可真是……”曹雨生得知这件事后，不由得有些怀疑消息的真假。

这次的动静太大了，为了石昊，大长老居然与王长生对决了！

许多年轻人既羡慕，又嫉妒。天神书院第一高手，九天十地中最强者之一的大长老孟天正表明了态度，守护门徒，谁敢招惹？

“王家活该！本就应当如此，他们以为自己是九天上的霸主，就能随意掌控他人的生死吗？这次大长老灭了他们的气焰，真是痛快！”天神书院的众多弟子都很兴奋，如此说道。

仙家洞府的探索已经结束了，那些年轻至尊都出来了，包括紫日天君、大须陀、蓝仙以及戚顾等人。

此时，王曦听到众人的议论，脸色变得有些难看，很想立刻离开。

相反，邀月公主十分开心，敌对的家族受辱，没有比这更让她高兴的事情了。

邀月公主的父亲是徐明轩，这一次徐家将仙王裹尸布借给大长老，显然是一种结盟的表现。大长老挟仙王裹尸布硬闯王家净土，让徐家至宝在王家发威，也算是帮徐家灭了宿敌的威风。

“王曦仙子你不用担心，王长生老祖何等厉害，王家此次并没有败。”圣院的人赶紧安慰王曦。

圣院的不少人都围到王曦身边，表示金展很快就要出关了。

金展号称一代天骄，是一个传奇，没有人知道他真正的实力，据说他在今世法这条路上已经超越了历代前贤。

可是不管旁人再怎么安慰，王曦还是有些担忧，心想：从古至今只有荒一人成功走通了以身为种的路，这种天资太惊人了。

“荒修的是仙古法，金展师兄修的是今世法，两人孰弱孰强，交手了才能见分晓。”

“况且，听说荒才迈出那第一步，还需要摸索，即便是在年轻至尊中也不见得能排进前三甲。”

圣院的人你一言，我一语，议论纷纷。

“要不要约个日期，对决一场？我帮忙联系荒，你们去请金展？”邀月公主在一旁笑道。

圣院的人闻言，恶狠狠地瞪了邀月公主几眼。

远处，紫日天君一阵沉默。他曾经也是万众瞩目的焦点，号称同代人中的最强者之一，可是他与石昊对决，惨遭大败后，便失去了竞争第一人的资格。

大须陀、戚顾等人还好，虽与石昊交过手，但还不算真正与石昊决一死战。

“都什么时候了？你们还在为这些争吵，还是努力提升自身修为吧，异域的大军随时会打过来！”仙院的一位长老呵斥道。

就在这时，大长老带着石昊回天神书院了。

其实，大长老和石昊两日前就应该回来了，由于炼化紫府草需要以多种神药为辅料，因此他们在途中花费了一些时间采摘神药。

可惜，大长老和石昊还是没能将神药收集完全，有些神药实在太稀有了，即使大长老进入各种绝地百般寻觅，还是没有见到神药的踪影。

不过，紫府草无论什么时候服用都有效果。石昊才出关不久，没有必要立刻突破，紫府草可以留着以后再用。

“大长老！”许多人惊呼，而后上前行大礼。

石昊也被人围住了，太阴玉兔、长弓衍、凤舞等人都很高兴。这下石昊的安全有保障了，九天十地中再无人敢加害他了。

“喂喂喂，你们小心点，别乱拍他的肩膀，本王在此，休得放肆！”站在石昊肩头的小蚂蚁灵活地躲避着那些大手，不满地大叫道。

石昊从心底感激大长老，可与此同时，他也有隐隐的担忧。

在回来的路上石昊向大长老提出了一个疑问，王长生为什么会这样轻易妥协？他和大长老是以平手收场，并没有失败，无愧于他绝代高手的威名。

大长老告诉石昊说，这是因为王长生太敏锐了，似乎已经觉察到了什么，所以想借此让自己置身事外。这次对决也许为王长生制造了借口，他会闭关，暂时不会再出现。

故此，石昊总觉得心中有些不宁，大长老和王长生都是今世的高手，他们的直觉都是很准的。

“人都到齐了，我们是否该商议一下，三院合一后究竟选哪处仙土为根基呢？”圣院的一个老头子说道。

这并非突然做出的决定，在此之前就提到过仙院、圣院、天神书院将要合并，这既是为了给弟子们交流、比试提供便利，也是为了鞭策他们。

此外，主要也是由于之前发现了几个仙家洞府，如今已经开掘出来了，里面的资源可以用于培养三院弟子。

之前大长老不在，如今他回来了，作为一个重要人物，自然也要发表意见。

这一次，仙圣两院有不少长老都亲自赶来了，他们不仅是为了三院合一的事而来，还是为了了解大长老与王长生对决的详情，毕竟这是一件惊天动地的大事。

“几处古地皆为古代真仙的洞府，如果都开掘出来再合并，那将成为无法想象的宝地。”

“你的意思是将几个洞府都搬走，然后合在一起？这难度不小啊！毕竟是真仙的洞府，里面肯定有各种恐怖的法阵。”

众人你一言，我一语，商量着如何选址。

突然，一艘破烂的战船从虚空中冲出，煞气弥散开来。

“什么人？居然敢闯天神书院！”天神书院的一位长老喝道。

大长老摆了摆手，示意那位长老不要呵斥。

所有人都大为震惊，抬头望向那艘满是血迹的青铜战船。

发生了什么？这艘已经断了半截的船为何闯到了这里？

“来自边疆！”大长老说出了这样几个字，在场的人顿时感到身体发冷。

这艘船的式样是边疆特有的，船首刻有清晰的战旗印记——铁血战旗，染血的旗帜！

青铜战船冲出来后，便没有动静了，一片死寂。

“嗖！”

大长老快速冲了过去，其他几个老头子见状也跟了过去。

“醒一醒！”大长老刚登上青铜战船，就发现了一个昏迷的中年人。

大长老赶紧为这个中年人输入一股神力，刺激他的身体。过了一会儿，中年人慢慢恢复了意识。

“不好了……边疆的雄关崩塌，异域的大军出现了。”中年人断断续续地说道。

“什么?!”众人闻言，不由得感到头皮一阵发麻。

这简直是令人难以置信的消息！或许，可以直接称之为噩耗！

没有比这更糟糕的消息了，边疆生变，九天十地的众人最担心的事情发生了。

所有人都知道早晚有一天异域的大军还会再次闯进这一界，那意味着这片天地从此不再安宁。

可是，众人没有料到这一天来得如此突然。

所有人的心都凉了半截，一切都还没有准备好，异域的大军就过来了。

或许……最可怕的时代开启了！

（本册完）